JEAN RHYS

GUTEN MORGEN, MITTERNACHT

ROMAN

Aus dem Englischen von
Grete Felten

Mit einem Vorwort von
Leslie Jamison

K
A
M
P
A

Die englische Originalausgabe erschien 1939 unter dem Titel *Good Morning, Midnight* im Verlag Constable and Company, London. Die deutsche Erstausgabe erschien 1969 im Hoffmann und Campe Verlag, Hamburg. Die Übersetzung wurde für die vorliegende Ausgabe überarbeitet.

Für den Blick hinter die Verlagskulissen: www.kampaverlag.ch/newsletter

KAMPA POCKET
DIE ERSTE KLIMANEUTRALE TASCHENBUCHREIHE
Gedruckt auf säurefreiem und chlorfrei gebleichtem Papier aus verantwortungsvollen Quellen, zertifiziert durch das Forest Stewardship Council. Der Umschlag enthält kein Plastik. Kampa Pockets werden klimaneutral gedruckt, kampaverlag.ch/nachhaltig informiert über das unterstützte CO2-Kompensationsprojekt.

Der Kampa Verlag wird in der Schweiz vom Bundesamt für Kultur mit einem Strukturbeitrag für die Jahre 2021–2024 unterstützt.

Veröffentlicht im Februar 2022 als Kampa Pocket

Covergestaltung: Lara Flues, Kampa Verlag
Covermotiv: © Kuzin & Kolling, Büro für Gestaltung, Hamburg, Kamil Kuzin
Satz: Tristan Walkhoefer, Leipzig
Gesetzt aus der Stempel Garamond LT / 220140
Druck und Bindung: GGP Media GmbH, Pößneck
Auch als E-Book erhältlich
ISBN 978 3 311 15039 8

www.kampaverlag.ch

Schmerz bleibt nie allein

Vorwort von Leslie Jamison

Als ich *Guten Morgen, Mitternacht* zum ersten Mal las, war ich zweiundzwanzig und vollauf damit beschäftigt, ein innerlich wildbewegtes Leben zu führen: Liebesaffären, die zum Scheitern verurteilt waren, hochfahrende Ambitionen, unermessliche Traurigkeit. Niemand hat unermessliche Traurigkeit besser eingefangen als Jean Rhys, und keines ihrer Bücher zeigt sie so ungeschminkt wie *Guten Morgen, Mitternacht* – die Geschichte einer Frau, die sich in einem billigen Hotelzimmer beinahe zu Tode trinkt. Als ich das erste Mal die Anfangsszene las, in der Sasha, die Hauptfigur, von einer Fremden getadelt wird, weil sie in einer Bar weint (»Ich bin manchmal genauso unglücklich wie Sie. Aber das heißt nicht, dass ich es alle Leute merken lasse«), wusste ich, zu wessen Team ich gehörte: Team Sasha, Team Rhys, Team Betrunken-in-der-Öffentlichkeit-Weinen.

Der Ausgangspunkt von *Guten Morgen, Mitter-*

nacht ist schlicht: Sasha streift durch Paris, betrinkt sich, wird gefühlsduselig. (Meist führt Ersteres zu Letzterem, aber es funktioniert auch andersherum.) Sashas Jugend und Schönheit sind Bitterkeit und Geistern gewichen – den Geistern verflossener Liebhaber, Geistern zuversichtlicherer Versionen ihrer selbst und dem Geist ihres Sohnes, der mit fünf Wochen starb. Die verstörendsten Passagen beschwören diesen verlorenen Sohn herauf: der Muttermilchersatz, den er zu trinken bekommt, weil sie ihn nicht stillen kann; die Karte an seinem kalten Handgelenk; wie eine Krankenschwester nach der Niederkunft Sashas Körper in Bandagen wickelt, damit ihre Haut »nicht die geringste Spur, nicht die geringste Runzel, nicht die geringste Falte« davonträgt. Diese Details fahren wie Klingen durch den Nebel ihrer Erinnerung; und tatsächlich beschreibt der Roman auch die Art und Weise, wie unser Bewusstsein nie nur im gegenwärtigen Moment verweilt, sondern immer auch in der Vergangenheit. Alles geht ineinander über. Alles ist jetzt.

Dieses Verschwimmen von Vergangenheit und Gegenwart hat viel mit dem Trinken zu tun. Der Großteil der Geschichte hat mit dem Trinken zu tun. »Und wenn ich dann ein paar Gläser getrunken habe«, gesteht Sasha, »werde ich nicht wissen, ob es gestern, heute oder morgen ist.« Das Moment der Durchlässigkeit ist beinahe omnipräsent: das Ineinanderfließen von Vergangenheit und Gegenwart, von Tragischem und Absurdem, von einem sich vorankämpfenden Selbst und einem Selbst, das auseinanderfällt. »Man erklärt solche Charaktere immer damit, dass man sagt, ihre Gedankenwelt sei wie durch Schotten aufgeteilt – alles wasserdicht voneinander getrennt –, aber mir ist das nie so vorgekommen«, sinniert Sasha. »Alles wirbelt durcheinander wie das Bilgenwasser im Laderaum eines Schiffes, alles wird in demselben Raum durcheinandergespült.« Und auch die zahlreichen Ellipsen wecken das Gefühl eines in Auflösung begriffenen Bewusstseins, das ständig in die Vergangenheit abdriftet, in die Verzweiflung, den trunkenen Blackout, die endlose Schwärze.

Gefangen in diesem immerwährenden »Durcheinanderspülen« aus Vergangenheit und Gegenwart, verläuft der Plot nicht bogenförmig, sondern beschreibt vielmehr einen sich ausbreitenden Wirbel: Sasha weint in einer Bar. Sie weint in einer anderen Bar. Sie weint bei der Arbeit. Sie kauft einen Hut. Sie trifft einen optimistischen Russen. Sie trifft einen Gigolo. Sie denkt an ihren Ehemann. Sie nimmt den Gigolo mit nach Hause. Sie wirft den Gigolo raus. Sie kauft einen Drink, schenkt sich einen ein, lässt sich einen ausgeben – und dann noch einen und noch einen und noch einen. Der Mangel an Handlung ist keine strukturelle Schwäche des Romans, sondern verweist auf seinen Kern. Um die Traurigkeit abzustreifen, versucht Sasha, ihren Tagen Struktur zu geben, aber ihre selbstmörderische Verzweiflung gründet in der Tatsache, dass sie an etwas wie einen »Lebensplot« längst nicht mehr glaubt. Der Alkohol liefert ihr vorübergehend ein Narrativ (die Suche nach dem nächsten Drink), aber er verhindert eine langfristige narrative Entwicklung und verflacht die Tage und Nächte zu endloser Monotonie. Sasha glaubt nicht mehr daran, dass sich Erfahrung in bedeutsamen – geschweige denn erlösenden – Bögen fassen lässt. »Hier ist dies passiert, hier ist das passiert …«, sagt Sasha. »Und dann kamen die Tage, da ich allein war.«

Als ich *Guten Morgen, Mitternacht* zum ersten Mal las, war ich an einem Punkt in meinem Leben angelangt, an dem ich in einem kargen Zimmer auf einem Futon schlief, jeden Morgen geweckt von gnadenlosen Sonnenstrahlen, die durch die vorhanglosen Fenster fielen. Noch vor der ersten Tasse Kaffee rauchte ich fünf oder sechs Zigaretten. Von drei Uhr nachmittags bis elf Uhr abends arbeitete ich in einem Hotel, checkte Gäste in Luxussuiten ein und klaute anschließend billigen Weißwein, um ihn mit in meine kleine Höhle zu nehmen. Zurück auf meinem Futon trank ich den zimmerwarmen Chardonnay direkt aus der Flasche und sah mir dabei Filme auf meinem Laptop an, der eifrig und fiebrig surrte und mir die Oberschenkel versengte, während ich zu einer Pfütze aus betrunkenem Stumpfsinn und filmischer Phantastereien zerfloss. Nicht gerade das romantische Elend aus Rhys' Roman – abblätternde Tapete und krabbelnde Kakerlaken in einem Hotelzimmer nahe der Gare du Nord –, aber zumindest eine Annäherung: eine entfernte Cousine mit dem gleichen Gefühlsstammbaum. Verzweiflung nach dem Vorbild Rhys'schen Verwundetseins.

Die Freundin, die mir *Guten Morgen, Mitternacht* geschenkt und versprochen hatte, das Buch sei anders als alles, was ich bisher gelesen hätte, wirkte selbst wie eine Figur aus einem Rhys-Roman: Sie lebte in einer schäbigen Einzimmerwohnung in der Lower East Side, wo ihre Kaffeekanne voller Zigarettenstummel einmal Feuer gefangen hatte: ein schwelender Haufen all der einsamen Nächte, in denen sie ihre Lungen mit Rauch gefüllt hatte. Sie hatte der Maus einen Namen gegeben, die – wie eine Mitbewohnerin – in den staubigen Ecken ihres Apartments hauste.

Die Ausgabe von *Guten Morgen, Mitternacht*, die sie mir gab, enthielt Bilder von Brassaï, einem ungarischen Fotografen, der während der wilden Zwanziger in Paris gelebt hatte; das Cover zeigte ein turtelndes Paar in der Nische eines Cafés, auf dem Tisch: Kaffeetassen und ein voller Aschenbecher. Jean Rhys' Name war lippenstiftrot, als hätte sie ihn selbst auf eine Serviette geschrieben, und die Fotos suggerierten Heiterkeit und Melancholie. Das Coverfoto war ebenso irreführend wie passend: Zwar lachen Rhys' Protagonistinnen tatsächlich hin und wieder in solchen Nischen, allerdings sitzen sie am Ende des Abends fast immer ein paar Nischen weiter – allein, betrunken und verbittert – und schwelgen in Erinnerungen daran, wie es sich einmal angefühlt hat zu lachen.

Gegen Ende von *Guten Morgen, Mitternacht*, erinnert sich Sasha, wie sie, frisch verheiratet und hoffnungsfroh, die Amsterdamer Kanäle entlangspazierte und Bilder im Rijksmuseum betrachtete, überzeugt, dass ihr eine Zukunft voller Möglichkeiten offenstand. Der Roman beschwört die Überbleibsel dieser Hoffnung im Präsens, als wäre sie noch nicht erloschen:

> Ich bin in Hochstimmung. Alles ist glatt, sanft und zart. Die Liebe. Die Farben der Bilder. Die Sonnenuntergänge. Zarte, nördliche Farben, wenn die Sonne untergeht – Hellrosa, Mauve, Grün und Blau. Und der Wind sehr frisch und kalt, und die Lichter in den Kanälen wie goldene Raupen, und die Möwen stoßen aufs Wasser herab. Hochstimmung. Alles zart und melancholisch –

wie das Leben manchmal ist, gerade nur einen Augenblick lang ... Und wenn wir erst in Paris sind; *wenn – wir – erst – in – Paris – sind* ...

Sie denkt an die Zukunft: »Mein wunderschönes Leben vor mir, es entfaltet sich wie ein Fächer in meiner Hand ...« Aber wir Leser wissen, was Paris für sie sein wird: die Aneinanderreihung trunkener Abende, die in endloser Monotonie ineinanderfließen; nicht die kursiv gesetzten Tagträume von *Wenn wir erst in Paris sind*, sondern die Erinnerung an einen toten Sohn, einen Ehemann, an Ex-Liebhaber.

Und was war ich? Eine Zwanzigjährige, die in ihrer Phantasie als Vierzigjährige auf ihre verlorene Jugend zurückblickte? *Guten Morgen, Mitternacht* übte eine große Anziehung auf mich aus, aber nicht weil es meine Sehnsüchte erfüllte, sondern weil es auf weit komplexere Art befriedigend war: Ein kleiner Teil von mir – der sich immer fremd, verschmäht und allein gefühlt hatte – erhielt Aufmerksamkeit, einen dunklen Glanz, obsiegte.

Als Sasha in eine Buchhandlung geht, verlangt sie ein »dickes, stilles Buch über Leute mit viel Geld – ein Buch wie eine weite grüne Wiese mit Schafen, die auf ihr weiden«. Ein bezeichnender Moment, weil dieser Roman das komplette Gegenteil ist. *Guten Morgen, Mitternacht* ist keine Wiese mit

Schafen, sondern ein Kühlraum für Hammelfleisch: oben im Nobelrestaurant pulsiert und funkelt das Leben, unten im Keller hängt totes Fleisch an Haken. Der Roman fußt auf der Erkenntnis, zu der Sasha gelangt, als das Scheitern ihrer ersten Ehe ersichtlich wird: »diesen Ausdruck in den Augen, den man bekommt, wenn man sehr erschöpft ist, wenn alles wie ein Traum ist und man plötzlich begreift, wie sehr sich die Wirklichkeit von dem unterscheidet, was die Leute einem weismachen wollen.« *Guten Morgen, Mitternacht* zeigt die ungeschminkte Wahrheit. Als ich den Roman zum ersten Mal las, war auch ich davon überzeugt, dass die Wahrheit finster und zerrüttet war. Der Roman schien dreierlei gleichzusetzen: Traurigkeit, Intensität und Tiefsinn – und ich war *all in*.

Außerdem überzeugte mich die Darstellung der Feinmechanik des Sich-Betrinkens: Sashas Sehnsucht nach den Zeiten, als eine halbe Flasche Wein noch reichte, um sie »fröhlich« zu stimmen, ihre Neigung, auf leeren Magen zu trinken. Wir sehen Sasha kaum essen. Nur trinken. »Essen? Ich will jetzt nichts essen«, sagt sie. »Ich will noch dieses Gefühl auskosten – Feuer und Flügel.« *Amen*, dachte ich. Damals ließ ich oft das Abendessen aus. Es vertrug sich einfach nicht mit dem weit wichtigeren Unterfangen, mich zu betrinken. Wenn ich an jene Abende zurückdenke – an die Arbeit im

Hotel und die Stunden danach – erinnere ich mich vor allem an das Gluckern des Weißweins in meinem schmerzenden leeren Magen. *(Alles wirbelt durcheinander wie das Bilgenwasser im Laderaum eines Schiffes …)* Ich wollte nicht essen, genauso wenig wie ich ein Buch über weidende Schafe lesen wollte. Ich wollte mehr von diesem Gefühl. Mehr Gefühl, Punkt. Feuer und Flügel.

Als ich *Guten Morgen, Mitternacht* zum zweiten Mal las, war ich fast dreißig und gerade trocken. Der Roman widerte mich an. Ich verabscheute alles, was Sasha verkörperte: ihre tränenselige Passivität, ihre krankhafte Hoffnungslosigkeit. Sie triefte nicht nur vor Selbstmitleid, sondern wirkte auch noch selbstgerecht – in der Überzeugung, dass ihre Verzweiflung wahrhaftiger sei als die vermeintliche Freude und Geschäftigkeit, hinter der sich andere Leute versteckten: … *und man plötzlich begreift, wie sehr sich die Wirklichkeit von dem unterscheidet, was die Leute einem weismachen wollen.* Beim ersten Lesen hatte ich in diesen Zeilen die Kraft eines Wahrheitsserums gespürt. Jetzt sah ich nur noch Narzissmus, als glaubte Sasha, sie wäre der einzige Mensch, der je lähmende Traurigkeit gekannt hatte.

In einem kleinen *tabac* in der Nähe des Panthéon, wo sie sich als allein trinkende Frau unwohl fühlt, rechtfertigt sich Sasha gegenüber der Welt: »Ich gebe mir solche Mühe, wie Sie zu sein. Ich weiß, dass ich's nicht schaffe, aber sehen Sie doch nur, welche Mühe ich mir gebe ... Jedes Wort, das ich spreche, trägt Ketten um die Knöchel; jeder Gedanke, den ich denke, ist mit schweren Gewichten belastet. Trägt nicht schon seit meiner Geburt jedes Wort, das ich sage, jeder Gedanke, den ich denke, alles, was ich tue, Fesseln, Gewichte, Ketten?« *Ach, komm schon*, dachte ich. *Als wärst du die Einzige!* Anscheinend konnte Sasha das »Sie«, die anderen, nur als einen Haufen unbelasteter Seelen wahrnehmen; als wäre sie blind dafür, dass auch die ihr Päckchen zu tragen hatten.

Meine Abneigung hatte eine zerstörerische Kraft. Aber sie stank nach Übertreibung – oder in den Worten von Hamlets Mutter: »Die Dame, wie mich dünkt, gelobt zu viel.« Ich zeigte dem Roman die kalte Schulter wie einem abgelegten Liebhaber. Zwar identifizierte ich mich noch immer mit Sasha, aber ich verabscheute die Eigenschaft, die wir teilten: Traurigkeit als unverrückbares Glaubenssystem. Inzwischen sträubte ich mich gegen die Gleichsetzung von Traurigkeit und Intensität, die ich im Roman entdeckt hatte. Die Entziehungskur hatte mich gelehrt, dass Intensität auch andere Quellen haben kann. Ich war inzwischen fest davon überzeugt, dass sich Tiefsinn nicht allein aus

Verzweiflung und Dysfunktion speist, sondern dass es ebenso bedeutsam, ja wahrhaftig sein kann, einen jeden neuen Tag zu bewältigen, anderen beizustehen und zu erkennen, dass auch sie manchmal unvorstellbare Lasten mit sich herumschleppen.

Die Freundin, die mir acht Jahre zuvor meine erste Ausgabe von *Guten Morgen, Mitternacht* geschenkt hatte, schrieb längst nicht mehr autobiographische Kurzgeschichten, deren Erzählerinnen von herzlosen Männern besessen waren. (Seien wir ehrlich, solche Geschichten hatte ich auch geschrieben.) Sie hatte als Gewerkschaftsfunktionärin gearbeitet, dann als Journalistin, die über Lohndumping und Arbeiterproteste berichtete. In ihrer Berufswahl sah ich eine Art »Fuck you« an Jean Rhys und alles, wofür ihre Figuren standen, eine radikale Abkehr von der Sorte Frau, die durch Paris zieht und sich in ihrem Schmerz suhlt. Selbst eine von Rhys' Biographinnen nannte sie eine der größten Selbstmitleidskünstlerinnen des zwanzigsten Jahrhunderts, und ich war geneigt, ihr beizupflichten.

So stark war mein Sasha-/Selbsthass, dass ich fast froh war über die erniedrigende letzte Szene des Romans, in der Sasha einen widerlichen Mann in weißem Morgenrock in ihr Bett lässt. Damit ergibt sie sich zuletzt endgültig der männlichen Gefühlskälte, ihren eigenen Geistern, der Anonymität einer herzlosen, unerbittlichen Welt. Ich hatte den Teil meines Selbst vor Augen, der Männer in meinem Bett geduldet hatte – in verschiedenen Betten, in verschiedenen Städten, in verschiedenen Stadien trunkener Traurigkeit –, obwohl ich sie dort gar nicht haben wollte. Ich wollte nichts mit dieser jungen Frau in diesen Betten mit diesen Männern zu tun haben. Ich dachte, dass ich sie vielleicht austreiben könnte, wenn ich mir gestattete, Jean Rhys' Protagonistin ein bisschen zu hassen. Ein unschöner Teil von mir wünschte sich Sashas Bestrafung. Wofür? Für das Verbrechen, traurig zu sein? Für das Verbrechen, dass sie sich das Recht herausnimmt, andere zu verletzen, weil sie selbst verletzt wurde? War ich zu der Frau zu Beginn des Romans geworden, die Sasha für die Zurschaustellung ihrer Traurigkeit rügt?

Am meisten ging mir Sashas hartnäckige Passivität gegenüber ihrem Gefühlsleben gegen den Strich. Als sie einen Russen kennenlernt, der ihr nahelegt, neue Freunde zu finden, um ihre Traurigkeit abzuschütteln (»Dann sind Sie nie mehr allein und viel glücklicher, Sie werden sehen«), macht sich Sasha insgeheim über ihn lustig: »Das klingt ziemlich einfach. Ich muss es probieren, wenn ich wieder nach London komme.« Auch der Roman scheint sich über ihn lustig zu machen, genau wie ich bei meiner ersten Lektüre: Als ob neue Freunde ihrer existenziellen Verzweiflung ein Ende setzen könnten! Eine völlige Fehleinschätzung von Sasha, von Freundschaft, von traurigen Frauen auf der ganzen Welt!

Aber beim zweiten Lesen meinte ich, den Russen in Schutz nehmen zu müssen. Vielleicht sollte Sasha tatsächlich neue Freunde finden. Vielleicht war ihre Ablehnung solch gewöhnlicher Lösungen reine Arroganz.

Als der Gigolo sie fragt, wovor sie Angst habe, sagt sie unverblümt: »Ich habe sehr große Angst vor der ganzen verdammten menschlichen Rasse …«, aber innerlich antwortet sie mit einer träumerischen Vision: »Du gehst friedlich eine Straße entlang«, denkt sie. »Du stolperst. Du fällst in die Dunkelheit. Das ist die Vergangenheit – oder vielleicht auch die Zukunft. Und du weißt, es gibt keine Vergangenheit, keine Zukunft, es gibt nur diese Dunkelheit, die sich kaum merklich langsam verändert und doch immer dieselbe bleibt.« Bevor ich vom Alkohol loskam, glaubte ich an ein inneres Leben, das dieser Vision sehr ähnlich war: Gefühle passieren. Sie befördern dich mit einem Tritt in den Gully. Du fällst in die Dunkelheit. Dagegen kann man nichts tun, außer eine Existenz aus Täuschung und Lügen aufzubauen: *Ich bin noch auf der Straße; nein, wirklich, das bin ich!* Sonst müsste man die Wahrheit zugeben: *Es gibt keine Hoffnung. Ich bin gefallen.*

Aber während der Wiedereingliederung sagten die Leute: »Gefühle sind keine Tatsachen.« Sie sagten: »Ein Tag nach dem anderen.« Sie setzten auf schlichte Überlebensmechanismen. Sie waren überzeugt, dass man sich entscheiden könne – dafür, für Freunde und Familie da zu sein, bei der Arbeit zu erscheinen, sich seiner Verantwortung zu stellen, den Nachwehen seiner Leidenschaften und seinen Fehlern – und dass diese Entscheidungen sich irgendwie auf die Dunkelheit auswirken. Ich glaubte nicht mehr an die Dunkelheit als einzige Wahrheit. Ich glaubte auch an andere Wahrheiten: Man konnte zurück auf die Straße klettern und weiterlaufen.

Als ich *Guten Morgen, Mitternacht* zum dritten Mal las, war ich fünfunddreißig und quetschte die Lektüre in ergaunerte Zeitfenster: auf meinem morgendlichen Weg zur Arbeit in einer überfüllten Subway, wo ich mit einer Hand die Seiten umblätterte und mich mit der anderen an die kalte Haltestange der Linie 3 nach Harlem klammerte; oder schnell noch ein Kapitel fertig lesend, bevor ich meine kleine Tochter vom Babysitter abholte, damit wir den ganzen Nachmittag geröstete Süßkartoffeln essen und Bilderbücher über sprechende Bären anschauen konnten. Kurz: Beim dritten Mal gab es etwas mehr Kontext.

Auch Kontext zu Jean Rhys. Ich hatte eine 735 Seiten schwere Biographie gelesen, deren Autorin über weite Strecken von Rhys genervt wirkte. »Jeans Leben schien aus ein paar wenigen Szenen zu bestehen, die sich immer und immer wieder zutrugen«, schreibt die Biographin – übrigens eine recht treffende Beschreibung des Plots von *Guten Morgen, Mitternacht*. Ich hatte noch eine (etwas kürzere) Biographie gelesen, deren Verfasserin das regelrecht krampfhafte Bedürfnis zu haben schien, Rhys in Schutz zu nehmen: »Selbstmitleid sehe ich nicht bei ihr, weder in ihrem Werk noch in ihrem Leben.« (Wirklich?) Ich war im Rhys-Archiv der University of Tulsa gewesen, wo ich mir eine zerkratzte Aufnahme anhörte, auf der Rhys mit ihrer schwermütigen, kehligen Stimme die kreolischen Lieder ihrer Jugend singt, und die Notizen sichtete, die eine ihrer Pflegerinnen in den letzten Jahren von Rhys' sehr langem Leben pflichtbewusst gemacht hatte: wie man sie vom übermäßigen Trinken abhalten könne, ohne sie zu verärgern (mehr Eiswürfel), und wie man sie am besten von Schwermut und Trübsal ablenkte, wenn sie wieder einmal darin versank.

Und es gab den Kontext meines eigenen gereifteren Lebens – nicht nur die Jahre des Trinkens und Trockenwerdens, von den nüchternen Tagen voll Verbitterung und Selbstgerechtigkeit bis zu den

Phasen von Demut und Dankbarkeit, nicht nur meine passive Einstellung zu Gefühlen oder meine aktive, sondern die Einsicht, dass die Wahrheit irgendwo dazwischen lag. Man konnte dem Rat des Russen folgen, aber es half nicht unbedingt. Man konnte von der Straße in die Dunkelheit fallen, und man konnte wieder hochklettern, aber möglicherweise fiel man erneut hinab. Ich hatte mich selbst bemitleidet, während ich betrunken war. Und ich hatte mich selbst bemitleidet, während ich nüchtern war. Ich war egoistisch und ich war freigiebig gewesen. Die für mich einzig gültige Wahrheit war die Tatsache, dass die Dinge letztlich immer vertrackter waren als in der Vorstellung.

Jetzt, als Mutter, konnte ich es kaum ertragen, von der Karte am winzigen Handgelenk des Babys zu lesen. Nicht dass ich mir jetzt, da ich meine eigene fünf Wochen alte Tochter im Arm hielt, den Schmerz, ein fünf Wochen altes Baby zu verlieren, besser ausmalen konnte. Vielmehr wusste ich, dass ich mir diesen Schmerz *unmöglich* ausmalen konnte. Unmöglich, sich dem zu stellen.

Diesmal konnte ich zugeben, dass ich den Roman streckenweise ein wenig langatmig fand. Sashas Verzweiflung hatte etwas Klaustrophobisches und Repetitives, was kein moralisches Versagen war, aber anstrengend. Wie Rhys' Leben, wie das Leben aller.

Aber unter meiner Ermattung spürte ich auch eine neue Zärtlichkeit für Sasha, vor allem für ihren inneren Kampf. An einem Punkt beginnt sie zu weinen – na ja, an etlichen Punkten –, betrachtet ihr Spiegelbild und denkt:

> Außerdem ist das gar nicht mein Gesicht, diese gequälte und gefolterte Maske. Ich kann es abnehmen, wann immer ich will, und an einen Nagel hängen. Oder soll ich einen tollen Hut mit einer grünen Feder daraufsetzen, einen Schleier darüberhängen und ach so fröhlich durch die dunklen Straßen ziehen? Trotzig singen ›Du magst mich nicht, aber ich mag dich auch nicht … *Don't like jam, ham or lamb, and I don't like roly-poly …*‹

Sasha weiß, dass ihre Traurigkeit sowohl Gefühl als auch Darbietung ist, und sie findet Gefallen daran, sich vorzustellen, auf wie viele verschiedene Arten sie darauf Bezug nehmen kann: Sie putzt sie heraus, macht sich über sie lustig, trägt sie zur Schau, bittet sie, ein Lied anzustimmen. Sie ist sich der Tropen der traurigen Frau bewusst und spielt damit: (»Ja, ich bin traurig«, denkt sie, »traurig wie eine Zirkuslöwin, traurig wie ein Adler ohne Schwingen, traurig wie ein Geiger mit einer einzigen, noch dazu zerrissenen Saite …«) Bei meinen früheren Lektüren war mir diese Distanz völlig entgangen – dieser

Humor und Spott, dieses Unter-Tränen-nach-Reimen-Greifen –, weil ich mich selbst so stark mit Sasha und durch Sasha mit Rhys identifiziert hatte, oder weil ich sie beide so eindeutig in ihrem Leid baden sah.

Beim dritten Mal erkannte ich, dass die Beziehung zwischen Rhys und Sasha komplizierter war: Sasha offenbarte Bruchstücke von Rhys' eigenem Leben, erlaubte ihr aber gleichzeitig, aus sich herauszutreten, mit sich selbst zu zanken und über sich zu lachen. Ich erkannte Rhys als tief verwundete Frau mit einem komplizierten Verhältnis nicht nur zu ihren verwundeten Figuren, sondern auch zu ihrem eigenen Verwundetsein. Nachdem im *Guardian* ein Artikel über Jean Rhys mit dem Titel »Fated to be Sad« (»Zur Traurigkeit bestimmt«) erschienen war, schrieb Rhys einer Freundin, dass es sie ärgere, immer in die Rolle des Opfers gedrängt zu werden. Am Ende des Briefs stellt sie eine an ihre Interviewer gerichtete »Declaration of Rights« auf:

> Ich bin keine leidenschaftliche Frauenrechtlerin
> Oder ein Opfer (für immer und ewig)
> Oder eine verdammte Närrin.

Ich liebe diesen Klammerausdruck: Sie wollte nicht für immer und ewig ein Opfer sein. Aber sie wollte sich das Recht vorbehalten, manchmal ein Opfer zu sein. Wie sie zu einem Journalisten sagte: »Jeder ist doch auf irgendeine Weise ein Opfer, oder?« Sie sah sich vielmehr als Einzige bereit, offen darüber zu sprechen: »Ich bin unmaskiert auf einem Maskenball, die Einzige ohne Maske.«

Beim dritten Lesen erkannte ich, dass der Roman eine breite Palette an Gefühlsnuancen bietet, dass Sasha komplexer und sich ihrer selbst viel mehr bewusst war, als ich gedacht hatte. Sie war nicht bloß in ihr eigenes Leiden verliebt. Beim dritten Lesen sah ich in ihrer Figur weder die naive Bejahung, dass Verzweiflung durch reine Willenskraft besiegt werden kann – das wäre ein gewaltiges Missverständnis! –, noch die Verkörperung von Gefühlspassivität, sondern eine nuancierte Auseinandersetzung mit der Beziehung zwischen Handlungsmacht und Emotion. Sie versucht, ihrer Londoner Traurigkeit zu entfliehen, und muss erkennen, dass diese in Paris schon auf sie wartet. Sie versucht, ihren Tagen Struktur zu geben, um ihre Traurigkeit abzuschütteln, aber die Traurigkeit füllt jede dieser neuen Strukturen. Sie füllt jedes vor ihr stehende Glas. Sie hasst, wie Männer den Anblick weinender Frauen hassen, aber sie hasst es auch, eine weinende Frau zu sein. Sie macht sich über den Russen lustig, der meint, sich besser zu fühlen sei so leicht. Sie will sich auch besser fühlen. Oder vielmehr, sie kann sich an eine Zeit erinnern, da sie sich besser fühlen wollte. Einst hat sie ein Straßenkätzchen bemitleidet, das eine Wunde am Hals hatte. Dasselbe Kätzchen schmiss sie aus ihrem Zimmer. Ein Teil von ihr glaubt, dass ein Drink Abhilfe schaffen könne. Ein anderer weiß es besser.

Beim dritten Lesen ging ich nicht vor Sasha als Schutzheiliger aller traurigen Frauen in die Knie, tat sie aber auch nicht als lächerliche Heulsuse ab. Ich huldigte nicht länger ihrem Schmerz. Aber ich verabscheute ihn auch nicht. Ich respektierte ihn für die Bereitschaft, verabscheuenswert zu sein. Wenn Sasha von den Ketten um ihre Worte spricht, will sie damit vielleicht gar nicht ihren Schmerz als außergewöhnlich darstellen, sondern ausdrücken, wie viel Anstrengung es kostet, überhaupt irgendetwas zu sagen. Vielleicht gibt es auf der Welt genug Platz für weinende Frauen *und* für Gewerkschaftsfunktionärinnen. Vielleicht kann man Schmerz als überwältigend verstehen und zugleich als dynamisch, als überraschend.

Letztlich liebe ich das am meisten an *Guten Morgen, Mitternacht*: die Erkenntnis, dass Traurigkeit, so sehr sie alles andere verdecken mag, immer verbunden ist mit dem, was dahinterliegt. Schmerz bleibt nie allein. Er muss es aufnehmen mit der Welt in all ihrer Fülle, mit ihren Zwängen, ihren zerbrechlichen Sehnsüchten, ihrem absurden

Humor, ihren gnadenlosen Erinnerungen, ihren Schnapsgläsern und kalten Nächten und ihrer beharrlichen, gnadenlosen Schönheit.

Aus dem amerikanischen Englisch von
Nora Petroll

Guten Morgen, Mitternacht

Guten Morgen, Mitternacht!
Ich komm jetzt nach Haus,
Der Tag ist meiner müde –
Wie könnte ich seiner müde sein?
Das Sonnenlicht war so süß,
Ich wäre gern geblieben –
Doch der Morgen wollte mich nicht – jetzt –
Drum gute Nacht, Tag!

Emily Dickinson

Erster Teil

Ganz wie in alten Zeiten‹, sagt das Zimmer. ›Ja? Nein?‹

Da sind zwei Betten, ein großes für Madame und gegenüber ein kleineres für Monsieur. Das Waschbecken ist durch einen Vorhang verdeckt. Es ist ein großes Zimmer, und es riecht nur schwach, fast unmerklich, nach billigem Hotel. Die Straße draußen ist schmal, mit Kopfsteinen gepflastert, sie führt steil bergauf und endet in einer Treppe. Sie nennen das *impasse.*

Fünf Tage bin ich jetzt hier. Ich habe mir ein Lokal fürs Mittagessen ausgesucht, ein anderes fürs Abendessen, ein drittes für den Drink nach dem Abendessen. Ich habe mir mein kleines Leben eingerichtet.

Das Lokal, in dem ich meinen Drink nach dem Essen nehme … Halt, da muss ich vorsichtig sein. Diese Dinge sind sehr wichtig.

Gestern Abend zum Beispiel. Gestern Abend war eine Katastrophe … Die Frau am Nebentisch fing ein Gespräch mit mir an – eine dunkle, magere

Frau von etwa vierzig Jahren, sehr gut zurechtgemacht. Sie hatte die Noten eines Liedes bei sich, und sie hatte es leise vor sich hin gesummt, während sie mit den Fingern den Takt klopfte.

»Ein hübsches Lied.«

»Ah, ja, aber es ist ein trauriges Lied. *Gloomy Sunday.*« Sie lachte leise. »Ein bisschen traurig.«

Sie warte auf ihren Freund, sagte sie mir.

Der Freund kam – ein Amerikaner. Er bestellte mir noch einen Brandy mit Soda, und während ich ihn trank, fing ich an zu weinen.

Ich sagte: »Ich musste an etwas denken.«

Die Dunkle setzte sich sehr gerade hin und drückte die Brust heraus.

»Ich verstehe«, sagte sie, »ich verstehe. Trotzdem … Ich bin manchmal genauso unglücklich wie Sie. Aber das heißt nicht, dass ich es alle Leute merken lasse.«

Da ich nicht aufhören konnte zu weinen, ging ich hinunter in die Damentoilette. Eine Toilette wie so viele, und zum Glück ganz leer. Die Toilettenfrau saß draußen neben dem Telefon und unterhielt sich mit einem Mädchen.

Da stand ich nun und starrte mein Spiegelbild an. Habe ich denn Grund zum Weinen? … Ganz im Gegenteil, gerade wenn ich ganz vernünftig bin wie jetzt, wenn ich ein paar Glas mehr getrunken habe und ganz vernünftig bin, dann wird mir klar, was ich für ein Glück hatte. Gerettet, geborgen, halb ertrunken herausgefischt aus dem tiefen, dunklen Fluss, trockene Kleider, das Haar gewaschen und frisiert. Niemand käme auf den Gedanken, dass ich je darin war. Nur, dass natürlich immer etwas bleibt. Ja, es bleibt immer etwas … Trotzdem, hier bin ich, gesund und trocken, ich habe mein Zimmer zum Verstecken. Was will ich mehr? … Ein wenig bin ich wie ein Automat, aber durchaus bei Verstand – trocken, kalt und bei Verstand. Die dunklen Straßen und die dunklen Flüsse, den Schmerz, den Kampf und das Ertrinken habe ich vergessen. Wohlgemerkt, ich spreche nicht von dem Kampf, den man besteht, wenn man stark ist und ein guter Schwimmer, wenn Freunde hilfsbereit und eifrig am Ufer darauf warten, dich beim ersten Anzeichen von Erschöpfung herauszuziehen. Ich spreche vom Ernstfall. Du springst hinein, ohne dass hilfsbereite und eifrige Freunde in der Nähe sind, und wenn du untergehst, hörst du die anderen laut lachen.

Damentoiletten … Wie wär's mit einer Abhandlung über Damentoiletten – Toiletten – Damen? … Eine Londoner Toilette in schwarzem und weißem Marmor, fünfzehn Frauen stehen Schlange, jede hält ihren Penny fest in der Hand, und keine bringt den Mut auf auszuscheren und an der streng blickenden Wärterin vorbeizustürzen. Das nenne ich Disziplin … Die Toilette in Florenz und das bildhübsche, phantastisch gekleidete Mädchen, das hereinstürmte, die Toilettenfrau zärtlich küsste und umarmte und sie mit Gebäck aus einer Tüte fütterte. Die Tochter Tänzerin? … Die gemütliche kleine Damentoilette in Paris, wo man bei der Aufwärterin Rauschgift bekommen konnte – Pflaster auf wunde Herzen.

Als ich wieder nach oben kam, waren der Amerikaner und seine Freundin gegangen. »Ich musste an etwas denken«, sagte ich zu dem Kellner, und er sah mich verständnislos an, machte sich nicht einmal die Mühe, über mich zu lachen. Sein Gesicht war reglos, ohne jeden Ausdruck.

Das war gestern Abend.

Ich liege wach, denke an gestern und an das Geld, das Sidonie mir geliehen hat, und wie sie sagte: »Ich kann's nicht ertragen, dich so zu sehen.« Mit halb geschlossenen Augen und jenem Lächeln, das bedeutet: Sie fängt an, alt auszusehen. Sie trinkt.

»Wir beide kennen uns schon so lange, Sasha«, sagte sie. »Wir brauchen uns doch nichts vorzumachen.«

Ich war gerade heimgekommen von meinem kleinen Verdauungsspaziergang rund um den Mecklenburgh Square und durch die Gray's Inn Road. Ich hatte nur dies angeschaut, ich hatte nur jenes angeschaut, ich hatte die Leute auf der Straße angeschaut und ein Schaufenster voller künstlicher Gliedmaßen. Nun kam ich heim zu jemandem, der sagte: »Ich kann's nicht ertragen, dich so zu sehen.«

»Wie denn?«, sagte ich.

»Ich glaube, du brauchst eine Veränderung. Warum gehst du nicht wieder mal ein Weilchen nach Paris? ... Du könntest dir ein paar neue Kleider kaufen – die brauchst du wirklich ... Ich werde dir das Geld borgen«, sagte sie. »Nächste Woche bin ich dort, ich könnte dir ein Zimmer besorgen, wenn's dir recht ist.« Et cetera, et cetera ...

Ich hatte diese Frau seit Monaten nicht gesehen, und nun fiel sie plötzlich über mich her ... Hier bin ich also. Wenn man kalt und sehr vernünftig geworden ist, wird man auch sehr willenlos. (Warum sich den Kopf zerbrechen, warum?)

Ich kann nicht schlafen. Wälze mich hin und her ...

War es 1923 oder 1924, als wir hier um die Ecke in der Rue Victor Cousin wohnten und Enno mir die Kosakenmütze und den Mantel aus falschem Astrachan kaufte? Damals fing ich an, mich Sasha zu nennen. Ich dachte, es brächte mir vielleicht Glück, wenn ich meinen Namen änderte. Hat es mir Glück gebracht, frage ich mich – dass ich mich Sasha nenne?

War es 1926 oder 1927?

Ich mache das Licht an. Die Flasche Evian auf

dem Nachttisch, das Röhrchen Luminal, die zwei Bücher, die Uhr, die auf dem Sims tickt, die roten Vorhänge …

Ich sehe Sidonie vor mir, wie sie mit Bedacht gerade ein solches Hotel aussucht. Sie stellt sich vor, das sei meine Atmosphäre. Lieber Gott, wenn man sich's recht überlegt, ist es eine Beleidigung. Wieder dunkle Zimmer, wieder rote Vorhänge …

Aber man darf nicht alles auf die gleiche Stufe stellen. Das sagt sie doch immer. Und man darf auch nicht alle Menschen auf die gleiche Stufe stellen. Natürlich nicht. Und das hier ist eben meine Stufe … Quatrième à gauche, und passen Sie auf, dass Sie nicht über das Loch im Teppich stolpern. Das bin ich.

Es sind ein paar schwarze Flecke auf der Wand. Ich starre sie an und bin überzeugt, dass sie sich bewegen. Nun, ich sollte doch inzwischen über ein paar Wanzen hinwegsehen können. ›Il ne faut pas mettre tout sur le même plan …‹

Ich stehe auf und sehe nach. Nur Schmutzspritzer. Es ist ja auch gar nicht die Jahreszeit für Wanzen.

Ich nehme noch etwas Luminal, mache das Licht aus und schlafe sofort ein.

Ich bin im Durchgang einer U-Bahn-Station in London; vor mir sind viele Leute, hinter mir sind viele Leute. Überall hängen Plakate, auf denen in roten Buchstaben gedruckt steht: Zur Ausstellung –

geradeaus. Zur Ausstellung – geradeaus. Aber ich suche nicht den Weg zur Ausstellung – ich suche den Weg hinaus. Ich sehe Gänge nach rechts und Gänge nach links, aber nirgends steht ›Ausgang‹. Überall zeigen die Finger und verkünden die Plakate: Zur Ausstellung – geradeaus … Ich berühre den Mann, der vor mir geht, an der Schulter, ich sage: ›Ich suche den Ausgang.‹ Aber er deutet auf die Plakate, und seine Hand ist aus Stahl. Ich gehe mit gesenktem Kopf weiter, sehr beschämt, und denke: ›Das sieht mir wieder ähnlich – immer will ich anders sein als andere Leute.‹ Der Stahlfinger zeigt auf einen langen steinernen Gang. Geradeaus – Geradeaus – Geradeaus – Zur Ausstellung …

Jetzt redet ein kleiner bärtiger Mann mit Stupsnase in einem langen weißen Nachthemd ernsthaft auf mich ein. ›Ich bin dein Vater‹, sagt er. ›Denk daran, dass ich dein Vater bin.‹ Aber aus einer Wunde in seiner Stirn fließt Blut. ›Mord‹, schreit er, ›Mord, Mord.‹ Hilflos sehe ich zu, wie das Blut fließt. Schließlich befreit sich meine Stimme aus meiner Brust. Auch ich schreie: ›Mord, Mord, Hilfe, Hilfe‹, und die Schreie erfüllen das Zimmer. Ich wache auf, und draußen auf der Straße singt ein Mann den Walzer aus *Les Saltimbanques.* »C'est l'amour, qui flotte dans l'air à la ronde«, singt er.

Ich glaube, es ist schön draußen, aber es ist so schummrig in diesem Zimmer, dass man es nicht genau wissen kann. Draußen auf dem Flur sieht man überhaupt nichts, wenn das elektrische Licht nicht brennt. Es ist ein geräumiger Flur, der von morgens bis abends voller Besen und Eimer, Haufen schmutziger Bettwäsche und so weiter ist – Strandgut der pompösen unteren Stockwerke.

Der Mann, der das Zimmer neben mir hat, spreizt sich wie üblich in seinem weißen Morgenrock. Lungert da herum. Er ist wie der Geist dieses Flurs. Immer laufe ich ihm in die Arme.

Er ist dürr wie ein Gerippe. Er hat ein Vogelgesicht und dunkle, tief liegende Augen mit einem eigentümlichen Ausdruck – hündisch, zudringlich, durchtrieben. Warum muss er mich so ansehen? … Immer hat er einen Morgenrock an – einen blauen mit schwarzen Punkten oder den berühmten weißen. In Straßenkleidern kann ich ihn mir gar nicht vorstellen.

»Bonjour.«

»Bonjour«, murmele ich. Ich mag ihn nicht, diesen verdammten Mann …

Unten angekommen, sagt mir der Patron, dass er meinen Pass sehen möchte. Ich habe die Passnummer nicht auf die *fiche* geschrieben, sagt er.

Der Patron gleicht aufs Haar einem von den Angestellten, mit denen ich in der Pfandleihe in der Rue de Rennes zu tun hatte – dem, der so mürrisch war, wenn er einem die Sachen zum Schätzen abnahm. Ein Fisch, der in seinem kleinen Behälter den Tyrannen spielt und die Welt draußen mit glasigen, verständnislosen Augen anstarrt.

Was stimmt denn nicht mit der *fiche*? Ich habe sie doch richtig ausgefüllt, oder nicht? Name soundso, Staatsangehörigkeit soundso ... Staatsangehörigkeit – das hat ihm Kopfzerbrechen bereitet. Ich hätte schreiben sollen: Staatsangehörigkeit durch Heirat.

Ich sage ihm, dass ich ihm den Pass am Nachmittag gebe, und er wirft einen unfreundlichen, missbilligenden Blick auf meinen Hut. Das nehme ich ihm nicht übel. Er schreit ›Anglaise‹, mein Hut. Und mein Kleid macht mich zur Null. Und zu alledem noch dieser verdammte alte Pelzmantel – idiotischer, unpassender geht es wirklich nicht.

Immerhin, ich habe jetzt ein bisschen Geld. Vielleicht lässt sich da was machen. Zwölf Uhr an einem schönen Herbsttag und keine Sorgen. Etwas Geld und keine Sorgen.

Doch Vorsicht, Vorsicht! Lass dich nicht hinreißen. Du weißt, was geschieht, wenn du dich hinreißen lässt und ins Schwärmen kommst, nicht wahr? ... Ja ... Und dann, du weißt doch, dass du dann zusammenfällst wie ein angestochener Ballon, nicht wahr? Weil du kein Stehvermögen hast ... Ja, ich weiß es genau ... Also, keine Schwärmerei. Dies sollen vierzehn ruhige, vernünftige Tage werden.

Nicht zu viel trinken, bestimmte Cafés, bestimmte Straßen, bestimmte Stellen meiden, dann wird alles großartig laufen.

Hauptsache, man hat ein Programm und überlässt nichts dem Zufall – keine Lücken. Nicht ziellos herumziehen, bis plötzlich in deinem Kopf kitschige Grammophonplatten zu laufen anfangen, kein ›Hier ist dies passiert, hier ist das passiert‹. Vor allem keine Tränen in der Öffentlichkeit, überhaupt keine Tränen, wenn irgend möglich.

Während mir all das durch den Kopf geht, komme ich an dem richtigen Lokal für meinen Drink nach dem Essen vorbei. Ein Café an der Avenue de l'Observatoire, das immer leer wirkt. Ich erinnere mich, dass das auch früher schon so war.

Ich werde hineingehen und einen Pernod trinken. Nur einen, nur einmal, als Glücksbringer … Auf das Wunder, werde ich sagen, auf das Wunder …

Ein Mann kommt herein, der wie ein Araber aussieht, begleitet von einem melancholischen Mädchen mit Brille.

»Das Leben ist schwer«, sagt der Araber.

»Ja, das Leben ist nicht leicht«, sagt das Mädchen.

Lange Pause.

»Man braucht viel Mut zum Leben«, sagt der Araber.

»Ach, da haben Sie recht«, sagt das Mädchen, schüttelt den Kopf und schnalzt mit der Zunge.

Sie trinken ihren Wermut aus und gehen wieder, und ich sitze allein in einem großen, sauberen, leeren Raum und betrachte mich im langen Spiegel gegenüber, blättere eine alte Nummer der *Illustration* durch und denke, dass ich keine Sorgen habe, außer dass morgen Sonntag ist – überall ein schwieriger Tag. *Sombre dimanche …*

Alles planen. Essen. Kino. Wieder essen. Ein einziger Drink. Den ganzen Weg zu Fuß zurück ins Hotel. Bett. Luminal. Schlaf. Nur Schlaf – keine Träume.

Am nächsten Nachmittag um vier Uhr sitze ich planmäßig in einem Kino an den Champs-Élysées. Und lache von Herzen an den richtigen Stellen.

Es ist ein sehr guter Film, und ich sehe ihn mir zweimal an. Als ich aus dem Kino komme, ist es dunkel, und die Laternen brennen. Ich bin froh darüber. Wenn man allein herumlaufen muss, ist es leichter, wenn die Laternen brennen.

Paris sieht heute Abend sehr hübsch aus … Du siehst sehr hübsch aus heute Abend, meine Schöne, mein Liebling, und oh, wie gemein kannst du doch sein! Aber umgebracht hast du mich schließlich doch nicht, nicht wahr? Und sie konnten mich auch nicht umbringen …

Ganz in der Nähe haben wir mehrere Stunden gewartet, um Anatole France' Leichenzug zu sehen, weil wir – wie Enno sagte – einen so bedeutenden Literaten nicht dahingehen lassen durften, ohne ihm den Tribut eines letzten Grußes zu entrichten.

Da standen wir, schwatzten munter drauflos und entrichteten Anatole France den Tribut eines letzten Grußes, und die meisten Leute, die in der Prozession vorüberzogen, schwatzten genauso munter drauflos und sahen aus, als träfen sie Verabredungen zum Mittagessen und zum Abendessen, und alle entrichteten wir Anatole France den Tribut eines letzten Grußes.

Ich gehe weiter, erinnere mich an dies, erinnere mich an das, während ich auf der Suche nach einem billigen Speiselokal bin – nicht so leicht hier in der Gegend. Die Grammophonplatte dröhnt in meinem Kopf: ›Hier ist dies passiert, hier ist das passiert …‹

Damals arbeitete ich in einem Geschäft gleich um die Ecke.

Ich sehe mich jeden Morgen um halb neun aus der Metrostation am Rond-Point kommen, die Avenue Marigny entlanggehen, erst links und dann rechts abbiegen, Hut und Mantel in der Garderobe ablegen, durch einen Korridor gehen und meine Arbeit beginnen mit den Worten: ›Guten Morgen, Madame. Haben Madame eine *vendeuse*?‹

*

... Es war ein großer weißgoldener Raum mit dunkel glänzendem Fußboden. Falsche Louis-Quinze-Stühle, farbige spanische Wände, drei oder vier übergroße Puppen mit wunderbaren Kleidern und reizenden, boshaften ovalen Gesichtern.

Jedes Mal, wenn eine Kundin kam, drückte der Portier eine Klingel, die genau über meinem Kopf läutete. Ich ging dann auf die drei Stufen zu, die zur Eingangstür hinabführten, und blieb dort mit einem kleinen diskreten Lächeln stehen. Dann sagte ich »Guten Tag, Madame ... Gewiss, Madame«, oder »Guten Tag, Madame. Mademoiselle Mercédès hat Ihre Nachricht erhalten, alles liegt bereit«, oder »Gewiss, Madame ... Haben Madame eine *vendeuse*?«

Dann führte ich die Kundin ins Obergeschoss, wo sich der eigentliche Geschäftsbetrieb abspielte, und verlangte Mademoiselle Mercédès oder Mademoiselle Henriette oder Madame Perron, je nachdem. Wenn ich ein Gesicht vergessen hatte oder eine neue Kundin einer Verkäuferin zuwies, die nicht an der Reihe war, gab es Krach.

Das Geschäft hatte keinen Lift. Deshalb war ich dort. Es war eines jener Modeateliers, die sich – jedenfalls unter Franzosen – ein gewisses Ansehen bewahrt hatten, doch wurden die Kunden immer weniger.

Ich hatte die Stelle seit drei Wochen. Es war langweilig. Man durfte nicht lesen: Das mochten sie nicht. Ich fühlte mich immer wie betäubt, wenn ich dasaß, diese verdammten Puppen betrachtete und mir überlegte, was für ein erfolgreiches Leben sie hätten führen können, wenn sie Frauen gewesen wären. Atlashaut, Seidenhaar, Samtaugen, ein Herz aus Sägemehl – alles perfekt. Ich beneidete den Portier, weil er doch wenigstens die Leute auf der Straße beobachten konnte. Andererseits musste er die ganze Zeit stehen. Ja, vielleicht war ich doch besser dran als der Portier.

Es roch immer sehr stark nach Parfum. Ich bildete mir ein, ich könne die verschiedenen Parfums unterscheiden. Heute ist es L'Heure Bleu; gestern war's Nuits de Chine ... Es roch auch nach dem Wachs auf dem Fußboden, nach den alten Möbeln, nach den Kleidern der Puppen.

Das Geschäft hatte eine Filiale in London, und der Chef der Londoner Filiale hatte den ganzen Laden aufgekauft. Alle drei Monate etwa kam er in die französische Niederlassung, und jetzt hieß es, sein Besuch sei dieser Tage fällig. Wie ist er denn? Oh, er ist ein typischer Engländer. Sehr nett, sehr, sehr chic, wirklich ein typischer Engländer, *le businessman* ... Ich dachte: ›O Gott, ich weiß, was diese Leute meinen, wenn sie sagen ‚ein typischer Engländer'.‹

... Er ist da. Melone, würdevolle Hose, seine Miene

sagt ›Oh my God‹, seine Augen sagen ›Haha‹ – ich weiß sofort Bescheid. Er kommt die Stufen herauf. Salvatini, der sehr besorgt aussieht, folgt ihm. (Salvatini ist der Chef unseres Geschäfts.) Mach, dass er mich nicht bemerkt, mach, dass er mich nicht ansieht. Kannst du nicht irgendwas tun, dass dich niemand anschaut, dass dich niemand sieht? Natürlich, du musst deinen Kopf ganz leer machen, ganz unbeteiligt, dann wird auch dein Gesicht ganz leer, ganz unbeteiligt – du bist unsichtbar.

Zwecklos. Er kommt auf meinen Tisch zu.

»Guten Morgen, guten Morgen, Miss …«

»Mrs Jansen«, sagt Salvatini.

Aufstehen oder sitzen bleiben? Aufstehen, natürlich. Ich stehe auf.

»Guten Morgen.«

Ich lächle ihn an.

»Und wie viele Sprachen sprechen Sie?«

Er scheint ganz angetan zu sein. Er lächelt auch. Zugewandt, das ist das richtige Wort. Wahrscheinlich denke ich deshalb, er macht Spaß.

»Eine«, sage ich und lächle immer noch.

Was ist jetzt passiert? … Oh, natürlich …

»Ich verstehe Französisch recht gut.«

Er spielt an seinen Rockknöpfen herum.

»Man hat mir gesagt, die Empfangsdame spricht fließend Französisch und Deutsch«, sagt er zu Salvatini.

»Sie spricht Französisch«, sagt Salvatini. »Assez bien, assez bien.«

Mr Blank sieht mich mit hochgezogenen Augenbrauen an.

»Manchmal«, sage ich idiotischerweise.

Natürlich, manchmal, wenn ich ein bisschen getrunken habe und mit jemandem spreche, den ich mag und den ich kenne, spreche ich wirklich fließend Französisch. Andere Male spreche ich es nur gerade soso. Im Übrigen, mein lieber Herr, sind Sie vollkommen im Irrtum. Ich bin hier, weil ich eine Freundin habe, die Herrn Salvatinis Geliebte kennt, und Herrn Salvatinis Geliebte hat mit Herrn Salvatini über mich gesprochen, und an dem Tag, an dem er mich kennenlernte, sah ich ganz passabel aus, und er hatte gute Laune. Hat überhaupt nichts mit fließend Deutsch und Französisch zu tun, lieber Herr, nicht das Geringste. Ich bin hier, weil ich hier bin, weil ich hier bin. Und um Ihnen zu beweisen, dass ich Französisch spreche, werde ich Ihnen jetzt ein kleines Lied vorsingen: ›Si vous saviez, si vous saviez comment ça se fait.‹

Um Gottes willen, denke ich, reiß dich zusammen.

Ich sage: »Ich spreche ziemlich gut Französisch. Ich lebe schon acht Jahre in Frankreich.«

Nein, jetzt ist er misstrauisch. Kurze und scharfe Fragen.

»Wie lange arbeiten Sie schon hier?«

»Ungefähr drei Wochen.«

»Was war Ihre letzte Stelle?«

»Ich habe in der Maison Chose an der Place Vendôme gearbeitet.«

»Ach, tatsächlich, Sie haben für Chose gearbeitet, ja? Sie haben für Chose gearbeitet.« Jetzt liegt mehr Respekt in seiner Stimme.

»Sind Sie dort Empfangsdame gewesen?«

»Nein«, sage ich. »Ich habe als Mannequin gearbeitet.«

»Sie haben als Mannequin gearbeitet?« Seine Augen wandern auf und ab, auf und ab.

»Wie lange ist das her?«, sagt er.

Wie lange ist das her? In meinem Kopf ist jetzt alles ausgelöscht – Jahre, Tage, Stunden, alles ist ausgelöscht in meinem Kopf. Wie lange ist das her? Ich weiß es nicht.

»Vier, fast fünf Jahre.«

»Wie lange waren Sie dort?«

»Ungefähr drei Monate«, sage ich.

Er scheint auf weitere Auskünfte zu warten.

»Und dann bin ich gegangen«, sage ich mit hoher Stimme. (Heute habe ich eindeutig einen guten Tag. Das ist so ein Tag, an dem ich immer das Richtige sage.)

»Ach, Sie sind gegangen?«

»Ja, ich bin gegangen.«

Ja, mein lieber Herr, ich bin gegangen. Mir wurde langweilig, und ich habe diese Leute sitzen lassen. Aber das war vor vier, fast fünf Jahren, und in fünf Jahren kann viel passieren. Ich habe nicht die leiseste Absicht, Sie sitzen zu lassen, das kann ich Ihnen versichern. Und ich hoffe, auch Sie haben nicht die leiseste Absicht, mich … Und allein der Gedanke, Sie könnten die leiseste Absicht haben, mich … lässt meine Hände kalt werden und mein Herz laut klopfen.

»Haben Sie seither noch irgendwo anders gearbeitet?«

»Hm, nein. Nein, nirgends.«

»Aha«, sagt er. Er schwankt vor und zurück wie ein hoher Baum, der gleich auf mich fallen wird. Dann gibt er einen Laut von sich, der wie ›Ha‹ klingt, und begibt sich in ein Hinterzimmer. Salvatini hinterher.

Nun, das ist schlecht gegangen, das lässt sich nicht verheimlichen. Es ist so schlecht gegangen wie nur möglich. Es hätte gar nicht schlechter gehen können. Aber es ist vorbei. Jetzt wird er mich nicht mehr beachten, er wird mich vergessen.

Eine alte Engländerin und ihre Tochter betreten den Laden. Ich führe sie nach oben und mache mich dann an der Auslage in den Schaukästen hinten im Raum zu schaffen. Nach etwa einer Stunde kommen sie wieder herunter. Sie treten an die Schaukästen heran, die alte Dame voller Eifer, die Tochter nur sehr widerwillig.

»Können Sie mir ein paar von diesen hübschen Sachen zeigen?«, sagt die alte Dame. »Ich möchte etwas für die Haare, am Abend.«

Sie nimmt den Hut ab, und sie ist oben auf dem Kopf vollkommen kahl – ein weißer, kahler Schädel mit einem Kranz grauer Haare. Die Tochter bleibt im Hintergrund. Sie schämt sich schon nicht mehr, sie distanziert sich grollend.

»Komm, Mutter, gehen wir. Sei nicht albern, Mutter. Hier findest du nichts.«

Zwischen den beiden Fenstern ist ein hoher Spiegel. Die alte Dame, ganz mit sich zufrieden, probiert alles Mögliche auf ihrem kahlen Schädel aus.

Die Augen der Tochter begegnen meinen im Spiegel. Verdammte alte Hexe, ist sie nicht komisch? … Ich antworte mit einem eisigen Blick.

Die alte Dame kümmert das nicht im Geringsten. Sie deutet auf verschiedene Dinge und sagt: »Zeigen Sie mir das – zeigen Sie mir jenes.« Eine rüstige alte Dame mit fröhlichem, forschem Blick.

Sie probiert ein Stirnband, einen spanischen Kamm, eine Blume. Eine grüne Feder wedelt über dem kahlen Kopf. Sie ist gelassen und völlig unbefangen. Mit dem letzten Kopfschmuck, den sie aufprobierte, sah sie aus wie ein römischer Kaiser.

»Mutter, bitte komm. Lass uns gehen.«

Die alte Dame lässt sich nicht im Geringsten beirren, und als sie geht, sind beide Kästen ausgeräumt. Dann sagt sie: »Also – es tut mir sehr leid. Es tut mir leid, dass ich Ihnen so viel Mühe gemacht habe.«

»Das macht durchaus nichts, Madame.«

Während sie zur Tür gehen, kann sich die Tochter nicht mehr beherrschen. Ein lautes, bösartiges Zischen: »Na, du hast dich ja wieder mal gründlich lächerlich gemacht. Alle im Laden haben gekichert. Wenn du das noch mal vorhast, kannst du's allein machen. Ich bin raus.«

Die alte Dame antwortet nicht. Ich kann ihr Gesicht in einem Spiegel sehen, ihre Augen blicken noch unverzagt, aber um Mund und Kinn bricht etwas zusammen … Ach, warum kauft man ihr keine Perücke, ein paar ordentliche Kleider, so viel Champagner, wie sie trinken kann, alles, was sie gern isst und eigentlich nicht essen sollte, einen Gigolo, wenn sie einen haben will? Ein letztes Auflodern, und spätestens in einem halben Jahr ist sie tot. Darauf wartet ihr doch alle, nicht wahr? Aber nein, für euch muss es der langsame Tod sein, das unblutige Töten, das euer Gewissen rein lässt …

Ich lege die Sachen wieder in die Kästen, langsam, vorsichtig, genau wie sie vorher gelegen haben.

Damit ist meine Zeit bis zum Mittagessen ausgefüllt. Ich gehe hinauf. Ein langer Tisch, Mannequins und Verkäuferinnen bunt durcheinander.

Es gibt natürlich auch ein englisches Mannequin. »Kind, kind and gentle is she« – das ist auch wieder so eine verdammte Lüge. Aber sie ist sehr schön – »belle comme une fleur de verre«. Und die andere, die kleine Französin, die ich so gernhabe, sie ist »belle comme une fleur de terre« …

Noch immer komme ich mit dem Essen hier im Geschäft nicht zurande. Ich habe in der letzten Zeit von Brot und Kaffee gelebt, und mein Magen rebelliert jedes Mal. Vorspeise, Hauptgericht, Gemüse, Nachspeise. Kaffee und ein Viertel Wein gehen extra, aber der Aufschlag ist so gering, dass keiner verzichtet.

Niemand spricht über den englischen Manager – ein wachsames Schweigen.

Ich gehe die Treppe hinunter, benommen und glücklich. Allmählich schwindet das Glücksgefühl, die Benommenheit bleibt.

Salvatini steckt den Kopf durch die Tür hinter mir und sagt: »Mr Blank möchte Sie sprechen.«

Ich bilde mir sofort ein, dass er feststellen will, ob ich Deutsch spreche. Das ganze bisschen Deutsch, das ich kann, entschwindet aus meinem Kopf. Lieber Gott, hilf mir! Ja, ja, nein, nein, was kostet es, Wien ist eine sehr schöne Stadt, Budapest ist auch sehr schön, ist schön, mein Herr, ich habe meine Blumen vergessen, aus meinen großen Schmerzen, homo homini lupus, aus meinen großen Schmerzen mach ich die kleinen Lieder, homo homini lupus (das jedenfalls sitzt), do re mi fa so la si do …

Er sitzt am Schreibtisch und schreibt einen Brief. Ich stehe da. Bestimmt merkt er jetzt, wie abgetragen meine Schuhe sind.

Salvatini blickt auf, lächelt mir flüchtig zu und sieht dann wieder weg.

Komm, komm, steh gerade, halt den Kopf hoch, lächle … Nein, lächle nicht. Wenn du lächelst, denkt er, du willst dich einschmeicheln. Ich kenne diesen Typ. Er wird ganz sicher immer gleich das Schlimmste denken. Lächle also nicht, aber gib dich munter, unbefangen, aufmerksam … Lauf zur Tür hinaus und geh fort … Du dummes Ding, steh gerade, gib dich munter, unbefangen, aufmerksam … Nein, schau doch, er macht das ja mit Absicht … Natürlich macht er es nicht mit Absicht. Er schreibt einfach einen Brief … Doch, doch. Es ist Absicht. Er weiß es, ich fühle es. Ich stehe nun schon fünf Minuten hier. Das ist unmöglich.

»Sie wollten mich sprechen, Mr Blank?«

Er blickt auf und sagt schroff: »Ja, ja, was ist los? Was wollen Sie? Warten Sie einen Augenblick, warten Sie einen Augenblick.«

Ich weiß sofort Bescheid. Er will gar nicht, dass ich Deutsch spreche, er will mich rausschmeißen. Also schön, mach schnell, bring's hinter dich …

Nichts. Ich stehe einfach da. Jetzt gerate ich in Panik. Meine Hände zittern, mein Herz pocht, meine Hände sind kalt. Weg, nur weg, flieh vor dieser grässlichen Stimme, diesen abscheulichen Augen …

Er beendet seinen Brief, schreibt eine oder zwei Zeilen auf ein anderes Blatt Papier und steckt es in einen Umschlag.

»Würden Sie das bitte zur Kaise bringen?«

Zur Kaise bringen … Ich sehe Salvatini an. Er lächelt aufmunternd.

Mr Blank schnarrt: »Machen Sie so schnell Sie können, Mrs … äh … bitte. Vielen Dank.«

Ich drehe mich um und gehe blindlings durch eine Tür. Es ist eine Toilette. Spöttisch beobachten sie mich, während ich zur richtigen Tür hinausgehe.

Ich laufe ein kleines Stück den Korridor entlang, dann lehne ich mich mit dem Rücken gegen die Wand.

Dies ist ein sehr altes Haus – zwei alte Häuser. Der erste Stock, das eigentliche Geschäft, ist modernisiert worden. Die Ausstellungsräume, die Ankleidekabinen, das Zimmer für die Mannequins … Im Erdgeschoss sind die Arbeitsräume und die Büros und Dutzende von kleinen Zimmern, Gänge, die nirgendwo hinführen, Treppen nach oben und Treppen nach unten.

Kaise, Kaise ... Es sagt mir überhaupt nichts. Er hat mich derart durcheinandergebracht, dass ich keine Idee habe, was es bedeuten mag.

Jetzt nur keine Panik. Auf dem Umschlag muss doch ein Name stehen ... Monsieur L. Grousset.

Irgendwo in diesem Haus gibt es einen Monsieur L. Grousset. Ich muss ihm diesen Brief bringen. Ganz leicht. Irgendjemand wird mir sagen, wo sein Zimmer ist. Grousset, Grousset ...

Ich wende mich nach rechts, gehe einen anderen Korridor entlang, eine Treppe hinunter. Die Arbeitsräume ... Nein, hier kann ich nicht fragen. Die Mädchen werden mich alle anstarren. Wie ein Idiot werde ich dastehen.

Ich probiere es mit einem anderen Korridor. Er endet vor einer Toilette. Wie viele Toiletten es in diesem Haus gibt, c'est inouï ... Ich gehe um die Ecke, bin wieder im ersten Korridor und stoße mit einem fremden jungen Mann zusammen. Er bedenkt mich mit einem höchst unfreundlichen Blick.

»Könnten Sie mir bitte sagen, wo ich Monsieur Grousset finde?«

»Connais pas«, sagt der junge Mann.

Danach wird es ein Albtraum. Ich gehe Treppen hinauf, an Türen vorbei, Korridore entlang – alle verschieden, alle vollkommen gleich. Ich muss etwas sehr Dringendes erledigen. Aber ich begegne keiner Menschenseele, und alle Türen sind zu.

So kann das nicht weitergehen. Soll ich das verdammte Ding wegwerfen und die ganze Geschichte vergessen? ›Du musst folgendermaßen vorgehen‹, sage ich mir. ›Du musst zu ihm gehen und ganz ruhig sagen: ‚Es tut mir leid, aber ich habe nicht verstanden, wo ich diesen Brief hinbringen sollte'.‹

Ich klopfe an. Er ruft: »Herein.« Ich gehe hinein.

Er nimmt den Brief aus meiner Hand. Er sieht mich an, als wäre ich ein Hund, der ihm einen ganz, ganz alten Knochen gebracht hat. (Sag etwas, sag doch etwas …)

»Ich konnte ihn nicht finden.«

»Was soll das heißen, Sie konnten ihn nicht finden? Er muss da sein.«

»Entschuldigen Sie bitte. Ich wusste nicht, wo ich ihn suchen sollte.«

»Sie wissen nicht, wo Sie den Kassierer suchen sollen – das Büro?«

»La caisse«, sagt Salvatini – hilfsbereit, aber zu spät.

Doch wenn ich ihm sage, dass seine Aussprache mich verwirrt hat, wird es unverschämt klingen. Lieber gar nichts sagen …

»Nun, wissen Sie das denn nicht?«

»Doch, doch. O ja, natürlich weiß ich das.«

Das heißt, noch am selben Morgen wusste ich,

wo der Kassierer sein Büro hat. Es ist nicht sehr weit von der Stelle, wo wir unsere Hüte und Mäntel ablegen. Jetzt weiß ich verdammt überhaupt nichts mehr … Weg, weg von ihren Augen, von ihren Stimmen, nur weg …

Wir starren einander an. Ich hole tief Luft und atme wieder aus.

»Unbegreiflich«, sagt er sehr langsam, »ganz unbegreiflich. Ich bin doch weiß Gott dumme Menschen gewohnt, aber so völlig blöd … Diese Frau ist die dümmste Gans, die mir in meinem ganzen Leben begegnet ist. Sie scheint wirklich nicht ganz dicht zu sein. Ein hoffnungsloser Fall. Oder etwa nicht?«, sagt er zu Salvatini.

Salvatini macht eine kreisende Bewegung mit Kopf, Schultern und Augen, die besagt: ›Ich bin ganz Ihrer Meinung. Bedauerlich, bedauerlich.‹ Oder auch: ›Es ist nicht so schlimm mit ihr, wie Sie denken.‹ Oder auch: ›Ach du lieber Gott, was soll das alles? Was für ein Tag, was für ein Tag! Nimmt er denn gar kein Ende?‹ Salvatinis Achselzucken kann alles heißen.

Nur nicht weinen unter den Augen dieses Mannes. Tout, mais pas ça. Sag doch was … Nein, sag gar nichts. Geh einfach aus dem Zimmer.

»Nein, warten Sie«, sagt er. »Nehmen Sie den Brief mit. Sie wissen doch jetzt, wo Sie ihn hinbringen müssen, nicht wahr? Zum Kassierer.«

»Ja.«

Er fixiert mich. Seine Augen sehen jetzt ganz anders aus. Er weiß, wie mir zumute ist – ja, er weiß es.

»Sie sind einfach ein hoffnungsloser Fall, ein hilfloses, dummes kleines Ding, nicht wahr?«, sagt er. Aufmunternd? Als Neckerei? Oberflächlich betrachtet, ja. Wenn man tiefer blickt? Nein, ich glaube nicht. »Nun, habe ich recht?«

»Ja, ja, ja, ja. O ja.«

Ich breche in Tränen aus. Ich habe nicht mal ein Taschentuch.

»Lieber Himmel«, sagt Mr Blank.

»Allons, allons«, sagt Salvatini. »Voyons …«

Ich stürze weg von ihnen in einen Ankleideraum. Er wird nur ganz selten benutzt. Man benutzt ihn nur, wenn die Kabinen oben besetzt sind. Ich schließe die Tür und drehe den Schlüssel.

Ich weine lange – über mich, über die alte Frau mit dem kahlen Kopf, über die ganze Traurigkeit in dieser verdammten Welt, über alle Dummköpfe und alle Geschlagenen …

In diesem Ankleideraum hängt in einem der Schränke ein Kleid, das von den Mannequins schon wer weiß wie oft vorgeführt worden ist und das für vierhundert Franc zu haben wäre. Die Verkäuferin hat versprochen, es für mich zurückzulegen. Ich habe es anprobiert, ich habe mich angeschaut. Es ist ein schwarzes Kleid mit weiten, in lebhaften Farben bestickten Ärmeln – rot, grün, blau, purpurn. Es ist mein Kleid. Hätte ich es angehabt, ich hätte nicht gestottert oder mich so albern aufgeführt.

Jetzt weine ich nicht mehr. Nun wird mir das Kleid niemals gehören. Heute, an diesem Tag, in dieser Stunde, in dieser Minute, bin ich endgültig geschlagen. Ich habe genug.

Jetzt hat sich der Kreis geschlossen. Seltsam, aber jetzt habe ich keine Angst mehr vor Mr Blank. Er steht auf der einen Seite und ich auf der anderen. Er hat mich sofort durchschaut, als ich zur Tür hereinkam. Und ich habe ihn durchschaut …

Ich gehe in das andere Zimmer, diesmal ohne anzuklopfen. Salvatini ist fort. Mr Blank schreibt noch immer Briefe. Verabredet er sich mit all den Mädchen, die er in Paris kennt? Ich möchte wetten, dass er genau das tut. Er sieht mich voller Widerwillen an. *Plat du jour* – gekochte Augen, kalt serviert …

Also, lassen Sie uns das zu Ende bringen, Mr Blank. Sie als Vertreter der Gesellschaft haben das Recht, mir vierhundert Franc im Monat zu bezahlen. Das ist mein Marktwert, denn ich bin ein untaugliches Glied der Gesellschaft, schwer von Begriff, unsicher, im Kampf schon ein wenig angeschlagen, das lässt sich nicht leugnen. Sie haben also das Recht, mir vierhundert Franc im Monat zu zahlen, mich in einen kleinen dunklen Raum zu stecken, mich schäbig zu kleiden, mich mit Sorge, Langeweile und unerfüllten Sehnsüchten zu quälen, bis Sie mich so weit gebracht haben, dass ich auf einen Blick hin erröte, auf ein Wort hin weine. Wir können nicht alle fröhlich sein, wir können nicht alle reich sein, wir können nicht alle glücklich sein – und es wäre so viel weniger lustig, wenn wir's wären. Nicht wahr, Mr Blank? Es muss den dunklen Hintergrund geben, von dem sich die leuchtenden Farben abheben. Manche müssen weinen, damit die anderen umso herzlicher lachen können. Opfer sind notwendig … Zugegeben, Sie haben dieses unerklärliche Recht, mir die Beine abzuschneiden. Aber das Recht, mich hinterher auszulachen, weil ich ein Krüppel bin – nein, ich glaube, das haben Sie nicht. Und gerade das ist das Recht, an dem Ihnen am meisten liegt, nicht wahr? Sie müssen die Menschen verachten können, die Sie ausbeuten. Aber ich wünsche Ihnen eine Menge Scherereien, Mr Blank, und zuerst soll gleich mal Ihr verdammter Laden pleite gehen. Halleluja! Habe ich das alles gesagt? Natürlich nicht. Ich habe es nicht mal gedacht.

Ich sage, dass ich krank bin und gehen will. (Komm ihm zuvor.) Und er sagt, er sei durchaus der Meinung, dass das die beste Lösung sei. »Habe nichts dagegen«, sagt er, »nichts dagegen.«

Und da stehe ich nun draußen auf der Avenue Marigny, mit meinem Monatsgehalt – vierhundert Franc. Und die Luft so süß, wie sie es nur in Paris sein kann. Es ist Herbst, und das trockene Laub wirbelt umher. Auf und ab, hin und her …

Wenn ich an meine Jobs denke …

Einmal arbeitete ich in einem Laden, der sich Young Britain nannte. X plus ZBW. Das hieß fcs 68.60 Dann noch eine Hieroglyphe – XQ 15tn –, die wieder etwas anderes bedeutete: fcs 112.75. Dort gab es Matrosenanzüge für kleine Jungen und Norfolkanzüge für junge Herren … Nun ja, nach einer Woche flog ich raus, und das war mir sehr recht.

Dann hatte ich einen anderen Job – als Fremdenführerin. Als ich mitten auf der Place de l'Opéra stand, verlor ich den Kopf und wusste nicht mehr, wie man zur Rue de la Paix kommt. Norden, Süden, Osten, Westen – das sagt mir gar nichts. Sie wollen herumbummeln, die dicke, sanfte Dame und ihre etwas weniger sanfte Tochter. Sie wollen im wunderbaren Pariser Sonnenschein zur Rue de la Paix bummeln.

Ich nehme mich zusammen, und wir gelangen zur Rue de la Paix. Wir gehen in die französisch-englischen Modegeschäfte, und wir gehen in die französisch-französischen Modegeschäfte. Und dann sagen sie, sie möchten zu Mittag essen. Ich führe sie in ein Restaurant an der Place de la Madeleine. Sie sind ungeheuer reich, diese beiden, die Mutter und die Tochter. Beide sind sie sehr reich und sehr traurig. Keine von ihnen kann sich vorstellen, wie es ist, wenn man glücklich oder sogar fröhlich ist, die Mutter nicht und die Tochter auch nicht.

Im Restaurant empfiehlt der Kellner Pfannkuchen mit Rumsoße zum Nachtisch. Sie sind strenge Abstinenzlerinnen, aber sie stürzen sich auf die Rumsoße. Ich habe noch nie erlebt, dass sich bei jemandem die Laune so schnell änderte wie bei der Mutter, nachdem sie zwei Portionen davon gegessen hatte.

»Was für eine köstliche Soße!« Sie bestellen eine dritte Portion. Ihre Augen schwimmen. Die Augen der Tochter sagen ›Bestimmt, bestimmt‹, die Augen der Mutter sagen ›Vielleicht, vielleicht‹.

»Es ist seltsam, wie traurig das sein kann – Sonnenschein am Nachmittag, nicht wahr?«

»Ja«, sage ich, »es kann traurig sein.«

Aber sie bleibt nicht so sanft.

Sie trinkt Kaffee und ein Glas Wasser und ist wieder die Alte.

Jetzt möchte sie zu der Ausstellung von Loïe-Fuller-Stoffen geführt werden, und sie will dorthin geführt werden, wo man diese deutsche Kamera kaufen kann, die es sonst außerhalb Deutschlands nirgends gibt, und sie will in ein Geschäft geführt werden, wo sie einen Hut kaufen kann, den alle ihre Bekannten *épatant* finden werden und der trotzdem leicht zu tragen ist, und zu guter Letzt will sie auch noch in eine ganz bestimmte Gemäldeausstellung geführt werden. Aber sie weiß den Namen des Malers nicht mehr, und sie kann nicht genau sagen, wo die Ausstellung stattfindet, weiß aber, dass ihr der Name wieder einfällt, wenn sie ihn hört.

Ich gebe mir alle Mühe. Ich frage Kellner, Toilettenfrauen, Verkäuferinnen. Alle sind hilfsbereit. Es besteht ein geheimes Einverständnis unter all denen, die von den Reichen leben. Es gelingt mir, alle Wünsche zu erfüllen, nur beim Hut vielleicht nicht.

Aber sie hatte mich durchschaut. Sie gab mir nur zwanzig Franc Trinkgeld, und ich bekam nie wieder einen Job als Fremdenführerin vom American Express. Es war mein erster und letzter.

Ich gebe mir alle Mühe, aber immer durchschauen sie mich. Die Korridore führen niemals irgendwohin, die Türen sind immer zu. Ich weiß es …

Dann wandern meine Gedanken zu dem schwarzen Kleid, ich wünsche es mir so sehr, wie verrückt, wie besessen. Könnte ich es bekommen, wäre alles anders. Wenn ich nun Soundso bitte, Soundso zu bitten, sie möge Madame Perron bitten, es für mich aufzuheben? … Ich kriege das Geld. Ich kriege es …

Durch die Nacht, wenn die dunklen Häuser

sich wie Ungeheuer über einem auftürmen. Hast du Geld und Freunde, dann sind Häuser einfach Häuser mit Vortreppen und einer Eingangstür – freundliche Häuser, bei denen die Tür sich öffnet und dir jemand lächelnd entgegenkommt. Wenn du ganz sicher und standfest bist, wissen sie es. Sie treten respektvoll zurück und warten auf den armen Teufel, der keine Freunde hat und kein Geld. Dann drängen sie vor, die wartenden Häuser, sie drohen und wollen erdrücken. Keine gastfreundlichen Türen, keine erleuchteten Fenster, nur drohendes Dunkel. Sie drohen und höhnen und grinsen, eins nach dem anderen. Hohe Würfel aus Finsternis, mit zwei hellen Augen ganz oben zum Grinsen. Und sie wissen, wem sie drohen müssen. Sie wissen es genauso gut wie der Polizist an der Ecke, da sei ganz unbesorgt …

Durch die Nacht. Zurück zum Hotel. Immer das gleiche Hotel. Du drückst den Knopf. Die Tür öffnet sich. Du gehst die Treppe hinauf. Immer die gleiche Treppe, immer das gleiche Zimmer …

Der Flur ist leer und verlassen. Um diese Zeit sind hier keine Eimer, keine Besen, keine Haufen schmutziger Laken. Der Mann von nebenan hat seine Schuhe rausgestellt – lange, spitze, sehr rissige Lackschuhe. Er zieht sich also tatsächlich an … Ich denke über diesen Mann nach. Vielleicht ist er ein Handelsreisender, der zurzeit keine Stellung hat. Ja, das könnte er sein – ein *commis voyageur.* Vielleicht verkauft er Morgenröcke.

Nur ruhig, ruhig … Es sollen doch nette, vernünftige vierzehn Tage werden. ›Ruhig, ruhig‹, sage ich zu der Uhr, wenn ich sie aufziehe, und sie gibt einen Laut von sich, halb ein Rülpsen, halb ein Kichern.

*

Das Badezimmer ist hier im Erdgeschoss. Ich liege in der Badewanne und höre zu, wie die Patronne mit einem Gast spricht. Er sagt, er sucht ein Zimmer für eine befreundete junge Dame. Nicht sofort, er sieht sich erst mal um.

»Ein Zimmer? Ein nettes Zimmer?«

Ich sehe den Schaben zu, die unter dem Teppich hervorkriechen und wieder verschwinden. Das Badezimmer hat einen Teppich mit Blumenmuster, zwei alte Sessel und einen riesigen Kleiderschrank mit fleckigem Spiegel.

›Ein nettes Zimmer?‹ Natürlich, *une belle chambre*, das will der Fremde. Die Patronne sagt, sie hat ein sehr schönes Zimmer im zweiten Stock, das etwa in einem Monat frei wird.

So spielt sich's ab, so geht es zu, so ging es zu … Ein Zimmer. Ein nettes Zimmer. Ein schönes Zimmer. Ein schönes Zimmer mit Bad. Ein sehr schönes Zimmer mit Bad. Ein Schlafzimmer und Wohnzimmer mit Bad. Und der atemberaubende Gipfel ist dann eine Suite. Zwei Schlafzimmer, Wohnzimmer, Bad und Diele. (Das kleine Schlafzimmer ist für den Fall, dass dir nicht der Sinn nach mir steht, oder dass du eine triffst, die dir besser gefällt, und du spät nach Hause kommst.) Alles, was du haben willst, bringt man auf dem Teewagen herbei. (Doch oje, der Kellner hat eine Laus auf dem Kragen. Was ist das auf seinem Kragen? … Bitte schön, mein Herr, bitte schön …) Hoch hinauf … und jetzt langsam hinunter. Ein schönes Zimmer mit Bad. Ein Zimmer mit Bad. Ein nettes Zimmer. Ein Zimmer …

Und was sagen sie jetzt? »Marthe, montrez le numéro douze.« Und der Preis? Vierhundert Franc im Monat. Ich zahle dreimal so viel für mein Zimmer im vierten Stock. Da sieht man doch, dass ich zu guter Letzt als erfolgreiche Frau dastehe, wie immer ich auch begonnen habe. Ein Blick auf mich, und die Preise gehen in die Höhe. Und wenn die Ausstellung abgebaut ist und die Touristen abgereist sind, wo bin dann ich? In dem anderen Zimmer natürlich – in dem Zimmer hinter der Gray's Inn Road, wo ich wieder mal versuche, mich zu Tode zu trinken …

Als ich die Treppe hinaufgehe, steht der Mann

von nebenan auf dem Flur und ruft ebenfalls nach Marthe. Sein Nachthemd aus Flanell geht ihm kaum bis an die Knie. Als er mich sieht, grinst er, tritt an den Treppenabsatz und bleibt dort stehen, sodass er mir den Weg versperrt.

»Bonjour. Ça va?«

Ich gehe an ihm vorbei, ohne zu antworten, und schlage die Tür hinter mir zu. Wahrscheinlich soll das alles ein Witz sein. Wahrscheinlich sagt er zu seinem Freund im Stockwerk darunter: ›Im Zimmer neben mir wohnt jetzt eine englische Touristin. Ich habe viel Spaß mit der Frau.‹

An einem offenen Fenster unmittelbar gegenüber schminkt sich ein Mädchen. Die Straße ist so schmal, dass wir einander sozusagen Auge in Auge gegenüberstehen. Ich sehe Socken, Strümpfe und Unterwäsche, die auf einer Leine in ihrem Zimmer trocknen. Sie wendet sich ab, ihre Miene verhärtet sich. Mir wird klar, wenn ich jetzt zuschaue, wie sie sich zurechtmacht, wird sie sich revanchieren und mich anstarren, wenn ich es tue. Ich mache mein Fenster halb zu und trete zurück. Schrecklich, dieses Hotel hier – ein furchtbares Haus. Ich muss hier raus. Das konnte nur mir passieren – hier zu landen und zu bleiben …

Ich bin eben fertig mit Anziehen, als es an die Tür klopft. Es ist der Commis in seinem schönen Schlafrock von makellosem Weiß, mit langen, weit fallenden Ärmeln. Ich würde gern wissen, wo er den herhat. Eine Frau muss ihn ihm geschenkt haben. Er steht da mit dem üblichen albernen Lächeln. Ich starre ihn an. Er sieht aus wie ein Priester, der Priester einer obszönen, halb verstandenen Religion.

Schließlich bringe ich heraus: »Nun, was ist los? Was wollen Sie?«

»Nichts«, sagt er, »nichts.«

»Oh, gehen Sie.«

Er antwortet nicht, und er rührt sich nicht. Er steht lächelnd in der Tür. (Also, wir beide verstehen uns doch, nicht wahr? Machen wir einander doch nichts vor.)

Ich lege meine Hand gegen seine Brust, schiebe ihn zurück und schlage die Tür zu. Es geht ganz leicht. So leicht, als würde man einen Mann aus Papier wegschieben, einen Geist, etwas, das gar nicht vorhanden ist.

Und da stehe ich nun in diesem düsteren Zimmer mit dem Bett für Madame und dem Bett für Monsieur und der schmalen Straße draußen (eine *impasse* nennen sie das) und denke an den weißen Schlafrock, der wie ein Priestergewand ist. Ich habe schreckliche Angst. Es ist wie ein Albtraum …

Heute Morgen riecht die Halle wie ein ganz billiges türkisches Bad in London – eins von der Sorte, die nach außen respektabel und sauber wirken; der Zugang sehr hygienisch, die Frau, die einen empfängt, eine Kreuzung aus Gefängniswärterin und Diakonisse, und alle sprechen mit Flüsterstimme und niedergeschlagenen Augen: ›Schaum oder Türkisch, Madam?‹ Und dann geht man ins eigentliche türkische Bad hinunter, in Schwaden aus schalem Schweiß – zehn, zwanzig Jahre alt.

Der Patron, die Patronne und die beiden Mädchen sitzen gerade beim Essen in einem Zimmer hinter dem Empfang. Sie haben Freunde bei sich. Lautes Gespräch und Gelächter … »›Tu n'oses pas‹, qu'elle m'a dit. ›Ballot!‹, qu'elle m'a dit. Comment, je n'ose pas? Vous allez voir que je lui ai dit: ›Attends, attends, ma fille. Tu vas voir, que je n'ose pas.‹ Alors, vous savez, ce que j'ai fait? J'ai …«

Seine Stimme verfolgt mich bis auf die Straße hinaus. ›Attends, ma fille, attends …‹

Ich muss mir ein anderes Hotel suchen. Ich fühle mich krank und schwindlig und nehme lieber ein Taxi. Wohin? Mir fällt ein, dass ich eine Adresse in meiner Handtasche habe, einen Prospekt mit Bildern. *Le hall*, *le restaurant*, *le lounge*, ein Schlafzimmer mit Bad, ein Schlafzimmer ohne Bad und so weiter. Alles höchst respektabel – dort gehöre ich hin …

An der Tür steht ein Portier und am Empfang eine grauhaarige Frau und ein aalglatter junger Mann.

»Ich möchte ein Zimmer für heute Nacht.«

»Ein Zimmer? Ein Zimmer mit Bad?«

Ich fühle mich noch immer krank und schwindlig. Ich beuge mich vor und sage halblaut: »Ich möchte ein helles Zimmer.«

Der junge Mann zieht die Augenbrauen hoch und starrt mich an. Ich versuche es noch einmal. »Ich möchte kein Zimmer, das auf den Hof geht. Ich möchte ein helles Zimmer.«

»Ein helles Zimmer?«, sagt die Dame nachdenklich. Sie sieht ihre Bücher durch und sucht ein helles Zimmer.

»Da haben wir Nummer 219«, sagt sie. »Ein schönes Zimmer mit Bad. Fünfundsiebzig Franc die Nacht.« (Gott, das kann ich mir nicht leisten.) »Es ist ein sehr schönes Zimmer mit Bad. Zwei Fenster. Sehr hell«, sagt sie mit Nachdruck.

Man ruft ein Mädchen, das mir das Zimmer zeigen soll. Wir wollen gerade zum Lift gehen, da sagt der junge Mann aus dem Mundwinkel: »Sie wissen doch, dass Nummer 219 besetzt ist.«

»O nein, Nummer 219 hat vorgestern seine Rechnung bekommen«, sagt die Empfangsdame. »Ich erinnere mich. Ich habe sie ihm selber gegeben.«

Ängstlich lausche ich diesem Dialog. Plötzlich habe ich das Gefühl, ich müsse Nummer 219 unbedingt haben, mit Bad – Nummer 219 mit rosenfarbenen Vorhängen, Teppich und Bad. Ich werde sofort ein anderer Mensch sein, wenn ich dieses Zimmer bekommen kann, und sei es nur für ein paar Nächte. Es wird ein Omen sein. Wer sagt denn, man könne seinem Schicksal nicht entfliehen? Ich werde meinem ins Zimmer 219 entfliehen. Lasst mich's nur beweisen, gebt mir nur die Chance.

»Er hat seine Rechnung verlangt«, sagt der junge Mann mit einer Stimme, in der Spott und Hohn triumphieren. »Er hat seine Rechnung verlangt, aber das heißt noch nicht, dass er fort ist.«

Die Empfangsdame beginnt zu streiten. »Wenn die Leute ihre Rechnung verlangen, dann doch, weil sie fortwollen, oder nicht?«

»Ja«, sagt er, »*Franzosen.* Die anderen verlangen ihre Rechnung, um zu sehen, ob wir sie auch nicht betrügen.«

»Mein Gott«, sagt die Empfangsdame, »Ausländer, Ausländer, mein Gott …«

Der junge Mann dreht sich um und nimmt keinerlei Anteil mehr an dem, was vorgeht.

Nummer 219 – ja, jetzt weiß ich alles von ihm. Während sie reden, sehe ich ihn – seine Hose, seine Schuhe, wie er sein Haar bürstet, welche Mädchen er mag. Sein Handgepäck ist hellgelb und er hat einen Bauch. Aber ich kann sein Gesicht nicht sehen. Er trägt eine Maske, Nummer 219 …

»Zeigen Sie der Dame Nummer 334.«

Das damenhafte Mädchen – wir sind alle Damen

hier, lauter Damen – bringt mich im Lift hinauf und zeigt mir ein behaglich möbliertes Zimmer, das auf eine hohe, kahle Mauer hinausgeht.

»Aber ich möchte kein Zimmer, das auf den Hof geht. Ich möchte ein helles Zimmer.«

»Das hier ist ein helles Zimmer«, sagt das Mädchen und knipst die Nachttischlampe an.

»Nein«, sage ich. »Ich meine ein helles Zimmer. Ein helles. Kein dunkles.« Sie starrt mich an. Wahrscheinlich höre ich mich ein bisschen verrückt an. Ich sage: »Ja … Ich danke Ihnen sehr, aber – nein.«

Die Empfangsdame im Erdgeschoss möchte mich zurückhalten und über andere Zimmer reden, die sie noch hat – schöne Zimmer. Ich sage: »Ja, ja, ich rufe an«, und stürze hinaus.

Ein schönes Zimmer mit Bad? Ein Zimmer mit Bad? Ein nettes Zimmer? Ein Zimmer? … Aber sag ja nie die Wahrheit über die Sache mit den Zimmern, denn das würde das ganze Gebäude zum Einsturz bringen und das gesamte Gesellschaftssystem aushöhlen. Alle Zimmer sind gleich. Alle Zimmer haben vier Wände, eine Tür, ein Fenster oder zwei, ein Bett, einen Stuhl und vielleicht ein Bidet. Ein Zimmer ist ein Ort, an dem man sich vor den Wölfen draußen versteckt, und mehr ist ein Zimmer nie. Warum soll ich mir das Herz wegen eines Zimmers schwer machen?

Als ich, nachdem ich eine Kleinigkeit gegessen habe, ins Hotel zurückkomme, wirkt es ganz normal und riecht so respektabel, wie man es sich nur wünschen kann. Ich habe mir das alles nur eingebildet, ich habe mir überhaupt alles eingebildet … Ein *Times Literary Supplement* lugt schüchtern aus der Briefablage. Eine weißhaarige Amerikanerin und ein Mädchen, das wie ihre Tochter aussieht, unterhalten sich in der Halle.

»Schau hier, schau das an. Hier ist ein Bild von Rimbaud. Rimbaud hat hier gewohnt, da steht es.«

»Und hier ist Verlaine … Hat er auch hier gewohnt?«

»Ja, er hat auch hier gewohnt. Also wirklich, ist das nicht interessant?«

Der Commis steht auf dem Flur. Er sieht mich böse an, geht unverzüglich in sein Schlafzimmer und schließt die Tür. Nun, das ist in Ordnung, das ist in Ordnung. Wenn wir uns beide sehr bemühen, einander aus dem Weg zu gehen, sollte uns das doch gelingen.

Das Zimmer heißt mich willkommen.

›Da bist du ja‹, sagt es. ›Du bist also nicht ausgezogen?‹

›Nein, nein. Ich habe es mir anders überlegt. Hier gehöre ich her, und hier will ich bleiben.‹

*

Er nannte diese Bar immer »Pig and Lily«, weil der Besitzer Pecanelli hieß. Sie liegt in einer der Straßen hinter dem Bahnhof Montparnasse. So hergerichtet, dass sie wie eine alte englische Taverne aussieht. Ich sehe nicht ein, warum ich da nicht wieder hingehen sollte. Ich habe dort nie eine Szene gemacht, bin nie zusammengeklappt, habe nie geweint – soviel ich weiß, bin ich dort ein unbeschriebenes Blatt. Wir gingen dort immer hin, um ein paar Glas zu trinken, Hotdogs zu essen und über den nächsten Krieg oder Ähnliches zu reden. Kein Grund zum Weinen, meine ich …

›Wir‹? Nun ja, er war einer von den Männern mit sehr langem, schmalem Gesicht und sehr hellen blauen Augen. Nachdem er bis zu seinem fünfundzwanzigsten Lebensjahr in einem Schiffsmaklerbüro in Manchester gearbeitet hatte, ist er weg und nach Paris gegangen, wo er an der Universität Medizin studieren wollte. Ein treu sorgender Verwandter unterstützte ihn finanziell – das war die eine Version. Nach einer anderen lebte er von dem Geld, das er beim Kartenspiel gewann. Das mochte stimmen, denn er war der Typ, der sehr gut Karten spielt.

Er liebte die Jahrmärkte, dieser Junge – den Jahrmarkt von Neuilly, den Jahrmarkt auf dem

Montmartre, sogar die Karussells am Lion de Belfort – und er hatte sich selber mühsam beigebracht, Musik zu hören. Natürlich war Bach sein Lieblingskomponist. Die anderen, sagte er, lese er lieber, als dass er sie höre. »Gehörte Melodien sind süß, aber die ungehörten sind noch süßer« – so etwa. Eigentlich war er irgendwie ein Fisch. Manchmal ließ er mir das Blut zu Eis erstarren. Trotz seines langen mageren Gesichts war er nicht feinfühlig.

Eines Tages sagte er: »Komm mit, ich will dir etwas zeigen, das wird dich interessieren.« Und als wir durch die Straßen hinter den Hallen spazierten, kamen wir zu einem Café, wo die Gäste nicht bezahlten, um zu trinken, sondern um zu schlafen. Sie saßen dicht aneinandergepresst beisammen, die Arme auf den Tischen, die Köpfe auf den Armen. Jeder Platz war besetzt, und auf dem Boden lagen auch noch welche. Wir spähten durch die Fenster zu ihnen hinein. »Möchtest du hineingehen und sie dir ansehen?«, sagte er, als wollte er mir ein Rudel Affen zeigen. »Es ist nichts dabei, wir können hineingehen – der Kerl hier kennt mich. Da gibt's einen, der ist fast immer hier. Wenn du dem ein paar Schnäpse ausgibst und ihn richtig auf Touren bringst, dann fängt er an und isst sein Glas auf. Das ist sehr komisch. Du müsstest das mal sehen.«

Als ich sagte: »Um nichts in der Welt«, dachte

er, ich wäre plötzlich schüchtern oder sentimental. »Na schön«, sagte ich. »Ich werde mit Vergnügen zusehen, wie du ein Glas aufisst.« Das gefiel ihm ganz und gar nicht.

In Gedanken an diesen Jungen stehe ich plötzlich vor dem Lokal und gebe mir einen Ruck, unter die vielen Menschen zu gehen. Aber drinnen ist es leer – völlig ausgestorben. Ein neuer Wirt ist da – ein fetter kahlköpfiger Mann mit einer Holländernase. Er ist erst zwei Jahre hier, sagt er mir.

Seine Spezialität sind indonesische Gerichte, und die englischen Jagdszenen an den Wänden wirken sehr exotisch … *Tally-ho, tally-ho, tally-ho, a-hunting we will go* … Die kalten, klaren Stimmen, die kalten hellen Augen … *Tally-ho, tally-ho, tally-ho* …

Drei Gäste kommen herein – zwei Männer und ein Mädchen. Einer der Männer starrt mich an. Er sagt zu dem Mädchen: »Tu la connais, la vieille?«

Also – von wem spricht er da? Von mir etwa? Unmöglich. Ich – la vieille?

Das Mädchen sagt: »Die Engländerin? Nein, die kenne ich nicht. Wie kommst du darauf, dass ich sie kenne?«

Genau wie ich mir's dachte – und schlimmer noch. Eine verrückte alte Engländerin, die sich in Montparnasse herumtreibt. *A Paris il y a des Anglaises, Oah, yes, oah, yes, aussi plat's comm' des punaises,*

Oah, yes, oah, yes … Das ist wirklich noch schlimmer, als ich dachte.

Ich fixiere den jungen Mann. Er wird verlegen und sieht weg. Kein Franzose …

Das ist wirklich noch schlimmer, als ich dachte. So hat man's mir prophezeit, als ich in jenem unvergesslichen Winter vor fünf Jahren wieder nach London kam. »Warum«, sagte der alte Teufel, »bist du nicht in die Seine gegangen?« In die Seine, ich bitte Sie – aber das waren seine Worte. Eine durchaus berechtigte Haltung – aber was für eine Art, sich auszudrücken! Wenn das nicht melodramatisch ist! »Für uns bist du tot. Warum hast du nicht ein Loch ins Wasser gemacht? Warum bist du nicht in die Seine gegangen?« Solche Sätze gehen den achtbarsten Leuten rasch über die Lippen. Sie denken im Stil einer rührseligen Ballade. Und das ist so erschreckend an ihnen. Es ist nicht die Grausamkeit, es ist nicht einmal ihre Schläue – es ist ihre unglaubliche Naivität. In ihrer ganzen verfluchten Welt ist alles nur Klischee. Alles entsteht aus Klischees, beruht auf Klischees, hält sich dank Klischees. Und sie glauben an die Klischees – da gibt es keine Hoffnung.

Dann das Bonbon nach der bitteren Pille. Ich werde jeden Dienstag einen Brief eines Anwalts mit £ 2 / 10 s – bekommen. Ein Legat – das Kapital darf nicht angerührt werden … »Wer?«

Als ich es hörte, war ich sehr überrascht – ich hatte immer gedacht, sie hätte absolut nichts für mich übrig. »Du kannst wirklich von Glück reden«, sagte er, und als ich den Ausdruck in seinen Augen sah, wusste ich genau, warum sie es gemacht hatte. Sie wollte die übrige Familie damit ärgern ... Und natürlich hatten sie mir nicht eher Bescheid geben können, da sie ja meine Adresse nicht wussten. Dazu konnte man weiter nichts sagen als: »Leben Sie wohl, lieber Herr, und geben Sie Acht, dass Sie nicht über das Loch im Teppich stolpern.«

Es sieht ihm so ähnlich, dachte ich, dass er sich weigert, mich Sasha oder auch nur Sophie zu nennen. Nein, Sophia muss es sein, volltönend und großartig. Warum bist du nicht in die Seine gegangen, Sophia? ... *Sophia went down where the river flowed – Wild, wild Sophia ...*

Nun, jetzt war ich am Ende, wirklich am Ende. Zwei Pfund zehn jeden Dienstag und ein Zimmer hinter der Gray's Inn Road. Gerettet, geborgen und dazu ein Versteck – was wollte ich noch mehr? Ich kroch hinein und verbarg mich. Der Deckel meines Sargs fiel krachend zu. Jetzt will ich nicht mehr geliebt werden, will nicht mehr schön, glücklich oder erfolgreich sein. Ich habe nur den einen, den einzigen Wunsch – dass man mich in Ruhe lässt. Kein Herumstoßen mehr, kein Herumschnüffeln mehr –

lasst mich in Ruhe … (Das werden sie wunderbar hinkriegen, meine Liebe.)

›Zuerst hatte ich Angst, sie würden mir die Gatter auf die Kruppe fallen lassen, und ich fürchtete mich ständig vor Menschen und Orten, die ich noch nicht kannte.‹ Zitat aus *Autobiografie einer Stute* – einem meiner Lieblingsbücher … Wir Engländer können uns so in die Tiere hineindenken. Wir wissen ganz instinktiv, was die Tiere empfinden und warum sie es empfinden …

Das war die Zeit, als ich die großartige Idee hatte, mich zu Tode zu trinken. Wie es aussah, hatten sich schon fünfunddreißig Pfund des Legats angesammelt. Damit musste es doch glücken.

Ich versuchte es auch wirklich. Ich hatte genug von diesen Straßen, die einen kalten gelben Schleim ausschwitzen, von feindseligen Menschen, von den Tränen, mit denen ich mich jeden Abend in den Schlaf weine. Ich hatte genug vom Denken, genug vom Erinnern. Jetzt Whisky, Rum, Gin, Sherry, Wermut, Wein aus Flaschen mit Etiketten, auf denen es heißt ›Dum vivimus, vivamus …‹. Trinken, trinken, trinken … Sobald ich nüchtern werde, fange ich wieder an. Manchmal muss ich es hinunterzwingen. Man sollte meinen, ich bekäme Delirium tremens oder so was.

Nichts. Ich muss so fest sein wie eine Eiche. Außer wenn ich weine.

Ich beobachte, wie mein Gesicht allmählich die Konturen verliert – wie die Wangen aufgeschwemmt, die Augen kleiner werden. Sei's drum. ›Solange wir leben, wollen wir leben‹, steht auf den Weinflaschen. Wenn wir geben, wollen wir geben. Außerdem ist das gar nicht mein Gesicht, diese gequälte und gefolterte Maske. Ich kann es abnehmen, wann immer ich will, und an einen Nagel hängen. Oder soll ich einen tollen Hut mit einer grünen Feder daraufsetzen, einen Schleier darüberhängen und ach so fröhlich durch die dunklen Straßen ziehen? Trotzig singen ›Du magst mich nicht, aber ich mag dich auch nicht … *Don' t like jam, ham or lamb, and I don't like roly-poly …*‹ Singen ›*One more river to cross, that's Jordan, Jordan*‹.

Ich habe keinen Stolz – keinen Stolz, keinen Namen, kein Gesicht, keine Heimat. Ich gehöre nirgendwohin. Zu traurig, zu traurig. Schadet aber nichts, da bin ich, wie ein Strohhalm, der um den Rand eines Strudels kreist und allmählich in die Mitte gesaugt wird, in die tote Mitte, wo alles stillsteht, wo alles ruhig ist. Zwei Pfund zehn die Woche und ein Zimmer gleich hinter der Gray's Inn Road …

Die ganze Zeit lese ich die Speisekarte, immer wieder von vorn. Früher war das ein Lokal, wo man nur Hotdogs, Choucroute, Wiener Schnitzel,

Welsh rabbit und Ähnliches bekam. Heute ist es anspruchsvoller: ›Spécialités Javanaises (par personne, indivisibles): Rystafel complet (16 plats), 25.00, Rystafel petit (10 plats), 17.50, Nasi Goreng, 12.50‹. Auf die Rückseite der Speisekarte sind lauter kleine Frauen gezeichnet, und überall ist ›Schickt noch Geld, schickt noch Geld‹ dazwischengeschrieben. Das amüsiert mich. Ich denke an die vielen Telegrafendrähte, die ›Schickt noch Geld‹ summen. Trotz allem summen die Drähte aus Paris immerzu ›Schickt noch Geld‹.

Die drei Leute am Nebentisch unterhalten sich über Pferderennen. Die beiden Männer sind Holländer.

Ich nehme einen Bleistift aus meiner Handtasche. Ich schreibe auf eine Ecke der Speisekarte: ›As-tu compris? Si, j'ai compris. Ich hoffe, du hast es kapiert. Ja, ich habe es kapiert.‹ Ich falte die Karte zusammen und stecke sie in meine Handtasche. Ein kleines Andenken …

Die Tür geht auf. Fünf Chinesen kommen rein. Sie durchqueren im Gänsemarsch den ganzen Raum, bleiben stehen und besprechen sich. Dann marschieren sie feierlich und höflich lächelnd alle wieder hinaus. Der Wirt murmelt etwas vor sich hin. Dann tut er so, als müsste er die Messer und Gabeln auf einem Tisch in der Nähe zurechtrücken, und erklärt uns, die Männer hätten gewünscht, dass er das Feuer im offenen Kamin anzünde, ehe sie ihre Drinks bestellten, da das zur altenglischen Atmosphäre gehöre. Sie wollten die Flammen tanzen sehen. Er wisse schon lange, sagt er, dass es in Montparnasse nur Verrückte gebe, aber das setze doch allem die Krone auf. »Tous piqués«, sagt er im Ton der Verzweiflung. »Tous dingo, tous, tous, tous …«

Ich bin kein bisschen traurig, während ich zum Hotel zurückgehe. Wenn ich bedenke, dass mich in London ein einziges gezieltes »Oh my God« vollständig umhaut, kann ich nur staunen, was für eine Wirkung diese Stadt hier auf mich hat. Wahrscheinlich liegt es daran, dass die Getränke so viel besser sind.

Nein, ich bin nicht traurig, aber am Boulevard Saint-Michel angelangt, fühle ich mich müde. So oft bin ich hier entlanggegangen und habe mich müde gefühlt … Hier ist der Brunnen mit den wunderschönen, sich aufbäumenden Pferden. Dort ist ein *tabac*, wo ich was trinken kann. Gleich bei dem nächsten Denkmal, dem Chinindenkmal.

In diesem Augenblick holen mich zwei Männer ein und bleiben rechts und links an meiner Seite. Einer von ihnen sagt: »Pourquoi êtes-vous si triste?«

Ja, ich bin traurig, traurig wie eine Zirkuslöwin,

traurig wie ein Adler ohne Schwingen, traurig wie ein Geiger mit einer einzigen, noch dazu zerrissenen Saite, traurig wie eine Frau, die alt wird. Traurig, traurig, traurig … Oder vielleicht könnte ich auch einfach »merde« sagen, um das auszudrücken.

Ich bleibe stumm, und wir gehen schweigend weiter. Dann sage ich: »Ich bin doch gar nicht traurig. Wie kommen Sie darauf, dass ich traurig bin?« Ist das ein Ritual? Muss ich die Frage mit den gleichen Worten beantworten?

Wir bleiben unter einer Laterne stehen, um zu erraten, was wir für Landsleute sind. Zumindest sagen sie das, aber ich nehme an, sie wollen mich nur genauer ansehen. Sie sind taktvoll genug, nicht zu erraten, woher ich komme. Sind sie Deutsche? Nein. Vielleicht Skandinavier? Nein, der Kleinere sagt, sie seien Russen. Daraufhin erkläre ich mich sofort bereit, einen Drink mit ihnen zu nehmen. *Les Russes* – das wird dem Abend einen netten Abschluss geben …

In dieser Straße gibt es nicht weit von meinem Hotel zwei Cafés, die einander gegenüberliegen – das mit dem feindseligen Wirt und das andere, dessen Wirt sich neutral verhält. Ich muss ein bisschen betrunken sein, denn ich führe sie in das falsche.

Mein Leben, das so schlicht und eintönig zu sein scheint, ist in Wirklichkeit eine komplizierte Angelegenheit, zusammengesetzt aus Cafés, wo man mich mag, und Cafés, wo man mich nicht mag, aus Straßen, die freundlich sind, und Straßen, die es nicht sind, aus Zimmern, in denen ich glücklich sein könnte, und Zimmern, in denen ich es nie sein werde, aus Spiegeln, in denen ich hübsch aussehe, und Spiegeln, in denen ich's nicht bin, aus Kleidern, die mir Glück bringen, und Kleidern, die mir keines bringen – und so weiter.

Aber nun bin ich, ein wenig beschwipst, auf der falschen Straßenseite im feindlichen Café. Was macht das schon – ich bin ja nicht allein.

Einer der beiden Russen, der jüngere, sieht auf eine sanfte, melancholische Art gut aus. Er wirkt ein bisschen wie der Mann, der vor ein paar Jahren in deutschen Filmen immer den Spion spielte. Das liegt an der Kopfform. Der andere ist klein und blond und hat sehr blaue Augen. Er trägt einen Kneifer. Er muss der Lebhaftere von den beiden sein, denn ich stelle fest, dass ich die ganze Zeit ihn anschaue und mit ihm spreche.

Die übliche Unterhaltung … Ich sage, dass ich nicht traurig bin. Ich erkläre ihnen, dass ich sehr glücklich bin, dass es mir sehr gut geht, dass ich genügend Geld habe und dass ich für zwei Wochen hergekommen bin, um mir einen Haufen Kleider zu kaufen, mit denen ich meine Freunde – meine vielen Freunde – schockieren will. Der Kleinere, der Arzt zu sein scheint, will mir zwar glauben, dass ich glücklich bin, nicht aber, dass ich reich bin. Er habe schon oft bemerkt, sagt er, dass Engländerinnen einen melancholischen Ausdruck hätten. Das bedeute gar nichts. Dem anderen macht mein Pelzmantel Eindruck, das sehe ich. Er will gern glauben, dass ich reich bin, aber er sagt noch mal, er glaube nicht, dass ich glücklich sei. Der Kleine muss mehr Lebenserfahrung haben; der andere ist wie ich – er hat seine Gefühle und hält daran fest. Er ist derjenige, der mich angesprochen hat.

»Ich spüre eine große Traurigkeit in Ihnen«, sagt er.

Tristesse, was für ein hübsches Wort! Tristesse, lointaine, einsam, forlorn, forlorn …

Jetzt hör doch um Himmels willen auf die Unterhaltung hier – nach dem zweiten Glas scheint sie sich um Götter und Göttinnen zu drehen.

»Madame Vénus se fâchera«, sagt der Kleinere und droht mir mit dem Finger.

»Ach, die«, sage ich. »Ich mag sie nicht mehr. Sie hat mir zu viele böse Streiche gespielt.«

»Das macht sie mit jedem. Trotzdem, seien Sie vorsichtig … Welchen Gott betet man denn in England an, welche Göttin?«

»Ich weiß es nicht, aber Venus ist es bestimmt nicht. Jemand hat mal geschrieben, sie beten eine göttliche Hure an. Venus ist es bestimmt nicht.«

Dann reden wir über Grausamkeit. Ich schaue mit leerem Blick in die Ferne und sage: »Die Menschen sind grausam – entsetzlich grausam.«

»Ganz und gar nicht«, erwidert der Ältere gereizt, »ganz und gar nicht. Das ist zu kurz gedacht. Die Menschen wollen sich durchsetzen, deshalb sind sie Egoisten. Aber es ist falsch zu sagen, sie seien durch und durch grausam – das ist ganz verkehrt.«

So geht es noch eine Weile weiter und verläuft sich dann. Jetzt haben wir über Liebe gesprochen, wir haben über Grausamkeit gesprochen, und die Politik meiden sie. Es ist recht merkwürdig – wie sie die Politik meiden. Der Gesprächsstoff geht aus.

Aber wir treffen uns doch wieder, nicht wahr? … Natürlich. Es wäre ein Jammer, wenn man sich nicht wieder träfe, oder? Ob ich morgen mit ihnen im Pékin zu Mittag essen wolle? Ich habe so eine Ahnung, als wäre mir morgen um halb eins nicht sehr nach chinesischer Küche zumute. Wir machen aus, dass wir uns um vier Uhr im Dôme treffen wollen.

Sie bringen mich bis zur Tür meines Hotels. Dem Jüngeren fällt ein, dass ich meine Speisekarte liegen lassen habe – ich hatte sie ihnen gezeigt, die Zeichnungen mit den kleinen Frauen und das ›Schickt noch Geld, schickt noch Geld‹ –, er geht zurück, um sie zu holen.

»Nicht nötig. Ich brauche sie wirklich nicht.«

Aber er ist schon fort, ehe ich ihn aufhalten kann. Ich muss dieses Ding behalten. Es ist Schicksal.

Wieder liege ich wach und versuche, den heftigen Wunsch zu unterdrücken, am Vormittag zum Friseur zu gehen und mir die Haare färben zu lassen.

*

Als ich am nächsten Morgen aus dem Hotel trete, hält mich eine kleine alte Frau an und bettelt um Geld. Ich gebe ihr zwei Franc. Während sie sich bedankt, sieht sie mir mit spöttischer Miene unverwandt in die Augen.

Als ich am Bäcker an der Ecke vorbeigehe, kommt sie mit einem Laib Brot heraus, lächelt mir zu und winkt fröhlich; ich winke zurück. Einen Augenblick lang entfliehe ich mir. Aber sie beißt in ihr Brot und verschwindet in einer Seitenstraße, und ich fange wieder an, über das Haarefärben nachzudenken.

Ich komme am italienischen Restaurant vorbei. Ich komme bei Théodore vorbei. Es ist ein weiter Weg bis zu dem Lokal, in dem ich gewöhnlich esse. Ich zögere, kehre um, gehe hinein. Eigentlich wollte ich Théodores Lokal meiden, weil er mich wiedererkennen könnte, weil er denken könnte, dass ich mich verändert habe, weil er das sagen könnte.

Ich setze mich in eine Ecke, mir ist unbehaglich zumute.

Er hat sich ganz und gar nicht verändert. Er schaut von seinem Platz hinter der Bar zu mir herüber und lächelt ein wenig. Er hat mich erkannt … Sehr unwahrscheinlich. Außerdem, selbst wenn, was macht das schon? Sie können dich doch nicht umbringen, oder? Oh, können sie's nicht, können sie's nicht doch?

Heute muss ich sehr vorsichtig sein, heute habe ich meine Rüstung zu Hause gelassen.

Bei Théodore ist es teurer als in den meisten Restaurants hier in der Gegend, und es ist nicht sehr voll. Ich schaue zu, wie das Mädchen mir gegenüber das Fleisch auf seinem Teller zerschneidet. Sie spießt ein Stück mit der Gabel auf und steckt es ihrem Begleiter in den Mund. Er isst es mit allen Zeichen äußersten Wohlbehagens, sucht das beste Stück auf seinem Teller heraus und füttert sie damit. Man meint, die beiden müssten jeden Augenblick anfangen zu zwitschern und mit den Flügeln zu schlagen.

Dann ist da noch ein etwas älteres Paar, die beiden haben sich die Servietten unters Kinn gestopft, und eine hübsche Frau in Begleitung ihres Mannes – es ist ihr Mann, glaube ich, nicht ihr Liebhaber.

Alle diese Leute fallen über mich her. Weil ich unruhig bin und traurig, fallen sie alle miteinander über mich her, riesengroß sind sie. Doch ich kann den Arm heben, um mich vor dem Zusammenstoß zu schützen, und sie gleiten alle sanft zu Boden. Individualisten, die Gott sei Dank alle genug mit sich selbst zu tun haben. Die Extrovertierten, die umherstolzieren und für ihr Leben gern ein bisschen Spaß haben möchten – das sind die Leute, vor denen man auf der Hut sein muss.

Ich bestelle Seezunge und Weißwein. Ich halte die Augen beim Essen fest auf meinen Teller geheftet – die Furcht, in Panik zu geraten, wird stärker. (Ich hab's dir doch gesagt, dass du hier nicht reingehen sollst, ich hab's dir doch gesagt.)

Zum Schluss Kaffee. Ich wünschte, ich säße nicht so weit von der Tür. Aber nun ist's bald vorbei. Gleich bin ich wieder draußen. Es geht mir besser.

Ich zünde mir eine Zigarette an und trinke langsam meinen Kaffee. Währenddessen kommen zwei Mädchen herein – eine große Rothaarige und eine kleine, mollige Dunkle. Sportliche Kleidung, keine Hüte, Engländerinnen.

Théodore watschelt an ihren Tisch und redet mit ihnen. Das große Mädchen spricht sehr gut Französisch. Ich kann nicht verstehen, was Théodore sagt, aber ich beobachte seine Mundbewegungen und das breite Mondgesicht unter der hohen Chefmütze.

Die Mädchen drehen sich um und starren mich an.

»Oh my God!«, sagt die Große.

Théodore redet weiter. Dann dreht auch er sich nach mir um. »Ach, das waren noch Zeiten«, sagt er.

»Et qu'est-ce qu'elle fout ici, maintenant?«, sagt das große Mädchen mit lauter Stimme.

Jetzt starren mich alle Gäste an; alle Augen im ganzen Lokal sind auf mich gerichtet. Es ist passiert.

Ich bleibe ruhig, aber dann zittert meine Hand so heftig, dass ich die Kaffeetasse absetzen muss.

»Alle«, sagt Théodore, »alle kehren sie nach Paris zurück. Immer.« Er zieht sich wieder hinter die Bar zurück.

Ich raffe mich auf und sehe das große Mädchen an. Sie schaut sofort weg und beginnt laut über das Essen zu reden – über die verschiedenen Arten, Huhn zuzubereiten. Die Kleine hängt an ihren Lippen.

Das rote Haar ist sehr sorgfältig über ihren winzigen Schädel drapiert. Die Stimme ist hart und klar. Diese Stimmen wie Uniformen – blechern, nichtssagend … Diese Stimmen, die sie schwingen wie Waffen.

Aber was für ein Französisch! Deiner ganzen Aufmachung nach hättest du sagen müssen: ›Qu'est-ce qu'elle fiche ici?‹ Der ganzen Aufmachung nach hätte man genau das von dir erwartet.

Was für eine Ausdrucksweise, was für eine Ausdrucksweise! Was würden Debenham & Freebody dazu sagen, was Harvey Nichols?

Na schön, jetzt haben sie mich alle gründlich gemustert und den beiden jungen Mädchen einen kurzen, missbilligenden Blick zugeworfen, und nun essen sie alle wieder.

»Ah! Quelle plaie, quelle plaie, les Anglais«, wie der alte Herr im Bus von Cros-de-Cagnes sagte. Aber eine Pest, die etwas einbringt, mein Lieber, eine Pest, die etwas einbringt. Und lustig, lustig geht das Leben weiter … »Quelle plaie, quelle plaie, les Anglais«, sagte er mit einem tiefen Seufzer.

Die Kellnerin kommt an meinem Tisch vorbei, und ich bitte um die Rechnung.

»Es ist noch etwas Kaffee übrig, Madame. Möchten Sie?« Sie lächelt mich an. Ohne meine Antwort abzuwarten, gießt sie den Rest aus der Kanne in meine Tasse. Ich tue ihr leid, sie möchte mich trösten.

Es schnürt mir die Kehle zu, mir brennen die Augen. Das ist furchtbar. Jetzt fange ich womöglich an zu weinen. Das ist das Allerschlimmste … Wenn ich jetzt weine, muss ich mich gleich wirklich vor einen Bus werfen.

Ich überlege, wie ich mein Haar färben lassen soll, und klammere mich an diesen Gedanken, wie sich ein Ertrinkender an irgendetwas klammert.

Soll ich es rot färben lassen? Soll ich es schwarz färben lassen? Also, schwarz – das wäre zu auffallend. Soll ich es *blond cendré* färben lassen? Aber *blond cendré,* Madame, das ist die schwierigste Farbe. Nur sehr, sehr selten, Madame, lässt sich Haar mit Erfolg *blond cendré* färben. Es greift das Haar noch mehr an, als wenn man es platinblond färbt. Zuerst muss es gebleicht werden, das heißt, die natürliche Farbe muss entfernt werden – und dann muss es gefärbt werden, das heißt, eine andere Farbe muss aufgetragen werden. (Kultiviertes Haar … Und wie dann weiter?)

Ich trinke meinen Kaffee aus, bezahle die Rechnung und gehe. Ich gäbe den Rest meines Lebens dafür, wenn ich jetzt die Zunge herausstrecken und beim Vorbeigehen am Tisch dieses Mädchens sagen könnte: ›Hören Sie mal …‹ Ich gäbe den Rest meines Lebens dafür, wenn ich sie mit einem eisigen Blick durchbohren könnte. Aber so – ich kann sie nicht ansprechen, kann sie nicht einmal ansehen. Ich gehe bloß hinaus.

Macht nichts … Eines Tages, ganz plötzlich, wenn du nicht darauf gefasst bist, hole ich einen Hammer aus den Falten meines dunklen Mantels und knacke deinen kleinen Schädel wie eine Eierschale. Knack, macht sie dann, die Eierschale; und heraus strömt es, das Blut und das Gehirn. Eines Tages, eines Tages … Eines Tages wird der wilde

Wolf an meiner Seite dich anspringen und dir deine abscheulichen Eingeweide herausreißen. Eines Tages, eines Tages. Nun, nun, langsam, ruhig, ruhig …

Théodore kommt hinter seiner Bar hervor und macht mir die Tür auf. Er lächelt, seine Schweinsäuglein blinzeln. Ich kann nicht recht erkennen, ob sein Lächeln boshaft ist (auch ein Angriff auf mich) oder Entschuldigung heischend (er hat es gut gemeint) oder nur professionell.

Wie steht's mit dem Programm für diesen Nachmittag? Darauf kommt es an – einen Plan zu haben und ihn durchzuführen. Erst das eine tun und dann etwas anderes, und, ehe du dich's versiehst, ist alles vorüber.

Aber meine Beine werden schwach. Was, schon geschlagen? Das kann doch nicht sein … Nein, ganz und gar nicht. Aber ich denke, ich überquere die Straße und setze mich ein Weilchen in den Jardin du Luxembourg.

Und füge eines zum anderen, lege mir alles zurecht …

Es ist weiter nichts passiert als das: Théodore hat wahrscheinlich zu dem Mädchen gesagt: ›Ich glaube, da drüben sitzt eine Landsmännin von Ihnen‹, und das Mädchen hat gesagt: ›Oh my God!‹ Und dann hat Théodore wahrscheinlich gesagt: ›Ich kenne sie von früher. Vor ein paar Jahren war sie ziemlich oft hier. Ach, das waren noch Zeiten ...‹ Und dies und das. Und dann hat das junge Mädchen gesagt: ›Qu'est-ce qu'elle fout ici?‹, teils, weil ihr mein Äußeres nicht gefiel, teils, weil sie zeigen wollte, wie gut sie Französisch spricht, und teils, weil sie dachte, Théodore sei ihre persönliche Entdeckung. (Aber, meine Liebste, Beste, bei Théodore wimmelt es schon seit fünfzehn Jahren von netten Angelsachsen, so viel weiß ich gewiss, und wahrscheinlich schon viel länger.) Und weiter ist nichts passiert – wozu die Aufregung? ... Aber ich bin doch gar nicht aufgeregt, wirklich nicht. Kann ich etwas dafür, wenn ich Herzklopfen habe und meine Hände kalt werden?

Ich drehe meinen Stuhl mit der Lehne gegen den Teich, auf dem die Kinder ihre Schiffe schwimmen lassen. Jetzt kann ich nichts sehen als die schlanken, geraden Baumstämme. Sie sehen jung aus, diese Bäume. Das ist ein freundlicher Platz, ein freundlicher, ordentlicher Platz. Es ist nicht traurig hier, es ist nicht mal melancholisch.

Der Wärter kommt und verkauft mir ein Billett. Jetzt ist alles legal. Wenn jemand sagt: »Qu'est-ce qu'elle fout ici?«, kann ich ihm das Billett zeigen. Es ist alles legal ... Ich fühle mich sicher, und das Billett halte ich fest in der Hand. Ich kann hierbleiben, solange ich will, kann mir alles zurechtlegen, ganz ruhig, ohne dass jemand mich stört.

Gestern Abend und heute – das passt recht gut zusammen. Qu'est-ce qu'elle fout ici, la vieille? … Was zum Teufel (wenn ich es wohlwollend übersetze) hat sie hier zu suchen, die alte Frau? Was hat sie hier zu suchen, die Ausländerin, die Fremde, die Alte? … Ich bin ja ganz ihrer Meinung, durchaus. Das habe ich mein ganzes Leben lang in den Augen der Leute gelesen. Ich frage mich selbst die ganze Zeit, was zum Teufel ich hier zu suchen habe. Die ganze Zeit.

Alte Leute gehen vorüber und schäbige Frauen, und ab und zu einmal eine, die fröhlich aussieht, geschminkt, in einem mächtigen Pelzmantel. Ein Mann geht vorbei, er spreizt sich wie ein Gockel und schiebt einen großen Kinderwagen. Sein schwarzer Überzieher ist bis oben zugeknöpft, das Halstuch unter dem blauen Kinn sorgsam drapiert. Dann ein Mann, der fast genauso aussieht, er spielt mit einem kleinen Mädchen, das gerade erst laufen gelernt hat. Er ruft ihr zu: »Du hast ein Tröpfchen an der Nase.« Das kleine Mädchen läuft von ihm fort, kreischend vor Angst und Wonne, und er läuft mit kleinen täppischen Schritten hinter ihr her. Sie verschwinden zwischen den Bäumen, und ich höre ihn noch immer rufen: »Komm her, du hast ein Tröpfchen an der Nase, du hast ein Tröpfchen an der Nase …«

Alles in Ordnung. Ich bin nicht unglücklich. Aber nun muss ich an das Kätzchen denken.

Das ist in London passiert, und das Kätzchen gehörte dem Ehepaar in der Wohnung über mir – einem deutschen Friseur und seiner englischen Frau. Das Kätzchen hatte einen Minderwertigkeitskomplex und Verfolgungswahn und *nostalgie de la boue* und was nicht noch alles. Man sah es ihm an den Augen an, jenen schrecklichen Augen, die sein Schicksal kannten. Es war ganz mager, zottig und verhuscht und hatte diese Augen, die sein Schicksal kannten. Nun, alle Kater in der Umgebung stürzten sich auf das Kätzchen wie toll. Es bekam eine wunde Stelle am Hals, und die wunde Stelle am Hals wurde immer schlimmer. »Widerlich«, sagte die englische Frau des deutschen Friseurs. »Man müsste sie totschlagen, diese Katze.« Dann kam das Kätzchen, weil es spürte, was in der Luft lag, runter in mein Zimmer. Es duckte sich an die Wand, sah mich mit diesen schrecklichen Augen an und mit dieser großen wunden Stelle im Genick. Es wollte nicht fressen, fauchte, wenn man es streicheln wollte. Es duckte sich nur in die Zimmerecke und starrte mich an. Ich hielt das eine Weile aus, dann konnte ich nicht mehr und scheuchte es hinaus. Zuerst ging es sehr zögernd und wandte noch immer kein Auge von mir. Und dann wie ein Pfeil durch die Tür und die Treppe runter. Ich musste den ganzen Tag an es denken, und am Abend sagte ich: »Ich habe dieses unglückliche Kätzchen aus meinem Zimmer gejagt. Nun mache ich mir Sorgen Ist alles in Ordnung mit ihm?« – »Ach, haben Sie's nicht gehört?«, sagten sie. »Es ist überfahren worden. Mrs Greiner wollte es zum Einschläfern in die Apotheke bringen, da ist es mitten auf die Straße gelaufen.« Mitten auf die Straße ist es geschossen, und ein barmherziges Taxi hat es überfahren …

Ich schaue mich in meinem Handspiegel an. Ich wollte doch um vier den Russen im Dôme treffen. Er ist einer von denen mit leuchtend blauen Augen, der mit beiden Füßen auf der Erde steht, wie man zu sagen pflegt. Er ist bestimmt ein Optimist.

Wir werden im Dôme sitzen und über vernünftiges Verhalten und normale menschliche Beziehungen reden. Er wird sagen: ›Nein, nein, nicht grausam – nur egoistisch. Sie meinen es nicht so.‹ Er wird mir erklären, wo mein Fehler liegt, wo meine Gedankengänge sich verwirrt haben. Vielleicht …

Ich habe Schatten unter den Augen. Auf der Terrasse vom Dôme sitzen, Pernod trinken und über vernünftiges Verhalten reden – mit riesigen Schatten unter den Augen?

Ich höre eine Uhr schlagen und zähle die Schläge. Es ist vier.

›Nein, danke schön‹, denke ich, ›so wie ich jetzt

aussehe, werde ich nicht im Dôme aufkreuzen – nein, danke schön.‹

Sofort tut es mir bitter leid. Vielleicht hätte er etwas gesagt, was mich trösten könnte …

Ich bin völlig leer. Ich bin völlig leer bis auf die dünnen, zarten Stämme der Bäume und die feinen, zarten Geister in meinem Zimmer. ›La tristesse vaut mieux que la joie.‹

Im Spiegel gerade eben waren meine Augen wie die Augen des Kätzchens.

Ich sitze da, ohne mich zu rühren, nicht unglücklich.

Jetzt wird es dunkel. Jetzt werden die Tore geschlossen. (Qu'est-ce qu'elle fout ici, la vieille?)

Steh auf, steh auf. Iss, trink, geh, marschiere … Pourquoi êtes-vous triste?

Morgen muss ich mir wirklich die Haare färben lassen. Ich weiß genau, zu wem ich gehen werde. Sein Name ist Félix, aber ich weiß die Straße nicht mehr. Doch wenn ich zu den Galeries Lafayette gehe, finde ich den Weg.

Wenn man den Raum betritt, sitzt Félix an einem Schreibtisch. Er hat lockiges Haar, ein sanftes Gesicht, sehr hübsche Hände. Er trägt eine schwarze Samtjacke. Der vollendete Künstler – Antoines einziger Rivale. Im Schaufenster seines Ladens eine große Fotografie mit Unterschrift: ›Für Monsieur Félix, der mein Haar so lange schön erhalten hat –

Adrienne.‹ Es besteht natürlich keine Hoffnung, dass Félix sich meiner annehmen wird, aber vielleicht bekomme ich einen guten Assistenten.

Alles in Ordnung. Morgen bin ich wieder hübsch, morgen bin ich wieder glücklich, morgen, morgen …

*

Ich gehe hinauf ins Zimmer. Ich verriegle die Tür. Ich lege mich aufs Bett, das Gesicht ins Kissen gedrückt. Jetzt kann ich ausruhen, ehe ich wieder rausgehe. Was kümmert mich die Welt, wenn ich auf dem Bett liegen und die Vergangenheit wie eine Decke über mich ziehen kann. Zurück, zurück, zurück …

… Eben erst war ich die Treppe heraufgekommen, und nun musste ich sie wieder hinabsteigen.

»Nein, nein, Ihr Zimmer ist noch nicht fertig. Sie müssen wiederkommen, wiederkommen. Kommen Sie zwischen fünf und sechs Uhr wieder.« – »Wie spät ist es jetzt?« – »Es ist halb elf.«

»Courage, courage, ma petite dame«, sagt sie. »Alles wird gut gehen.«

Ich steige die Treppe wieder hinunter, wobei ich mich krampfhaft am Geländer festhalte – eine Stufe nach der anderen.

Ich halte ein Taxi an. Der Mann sieht mich an und zögert. Vielleicht hat er Angst, ich könnte mein

Baby in seinem neuen Taxi bekommen. Das wär ja was!

Absolut keine Gefahr, möchte ich zu ihm sagen. Noch Stunden und Stunden und Stunden, sagt sie.

Ich gehe wieder ins Hotel und hoch in mein Zimmer. Das fällt mir furchtbar schwer. Haben das andere vor mir auch schon tun müssen? Natürlich, viele Leute, arme Leute. Oh, ich verstehe, natürlich, arme Leute … Trotzdem, eine Qual, in diesem Zustand rumlaufen zu müssen. Und bis halb sechs ist es noch lange hin – Hunderte von Jahren.

Als ich die Treppe wieder hinaufsteige, sehe ich nicht so gut.

»Courage, meine kleine Dame. Ihr Zimmer ist jetzt fertig.«

Ein Zimmer, ein Bett, auf das ich mich legen kann. Sicher ist das Schlimmste jetzt überstanden. Aber die lange Nacht, die endlose Nacht …

»Courage, courage«, sagt sie. »Alles wird gut. Alles wird großartig.«

Ein komisches Haus. Überall sind hier Leute, die Kinder kriegen. Jedenfalls – zumindest zwei werden Kinder kriegen.

»Jesus, Jesus«, sagt eine Frau. »Mutter, Mutter«, sagt eine andere.

Ich spreche nicht. Wie lange dauert es, bis ich spreche?

»Chloroform, Chloroform«, sage ich, als ich

spreche. Natürlich, das sieht mir ähnlich. So ein Unsinn. Hier ist kein Arzt, der mit Chloroform arbeitet. Das ist ein Haus für arme Leute. Außerdem hält sie nichts von Chloroform. Kein Jesus, keine Mutter und auch kein Chloroform …

Was denn dann?

Das hier.

Immer?

Ja, immer.

Sie kommt und wischt mir die Stirn ab. Sie spricht zu mir in einer Sprache, die keine Sprache ist. Aber ich verstehe sie.

Zurück, zurück, zurück … So ist es immer wieder gewesen.

Was bist du? Ich bin ein Instrument, ein Ding, dessen man sich bedient …

Sie schießt aus einem Zimmer ins andere, spricht Mut zu, beruhigt, tadelt. »Also – Sie geben sich keine Mühe. Courage, courage.« Sie spricht ihre alte, alte Sprache, Worte, die keine Worte sind.

Ein komisches Leben, wenn man sich's recht überlegt. Ich würde es hassen. Doch für sie ist es einfach ihr Leben …

Hinterher konnte ich nicht schlafen. Ich schlief immer nur eine oder zwei Stunden, dann wachte ich auf und dachte an Geld, Geld, Geld für meinen Sohn; Geld, Geld …

Liebe ich ihn? Der arme kleine Teufel, ich weiß nicht, ob ich ihn liebe.

Aber zu denken, dass sie ihn zerbrechen werden, weil wir kein Geld haben – das ist qualvoll.

Geld, Geld für meinen Sohn, meinen schönen Sohn …

Ich kann nicht schlafen. Meine Brüste trocknen aus, mein Mund ist trocken. Ich kann nicht schlafen. Geld, Geld …

»Was denn?«, sagt sie. »Können Sie nicht schlafen? Das geht aber nicht, das geht nicht.«

Wahrscheinlich weiß sie, warum ich nicht schlafen kann. Ich wette, dass es anderen hier genauso geht. Sie machen sich die gleichen Sorgen. (Das ist nicht irgendein Kind; das ist *mein* Kind. Geld, Geld …)

»Also, warum können Sie nicht schlafen?«, sagt sie. »Schreit er, der junge Mann hier?«

»Nein, er schreit fast gar nicht. Ist es ein schlechtes Zeichen, dass er nicht schreit?«

»Wieso denn, ganz und gar nicht. Ein schönes, wunderschönes Kindchen … Aber warum können Sie nicht schlafen?«

Sie hat sehr klare, schräge Augen. Ich mag Leute mit klaren, schrägen Augen. Noch immer kann ich mich Menschen anvertrauen, die ich gernhabe. (Sagen Sie mir, was ich tun soll. Wissen Sie eine Lösung? Sagen Sie mir, was ich tun soll.)

Sie klopft mir auf die Schulter und sagt: »Sie machen sich ganz unnötige Sorgen. Es wird alles gut werden mit Ihnen. Ich schicke Ihnen einen Schlaftrunk aus Orangenblütenwasser herein, und heute Nacht müssen Sie schlafen, schlafen …«

Ich kann das arme Kind nicht ernähren. Man holt ihn und gibt ihm Nestlé-Milch. Nun kann ich schlafen …

Am nächsten Tag kommt sie und sagt: »Jetzt sorge ich dafür, dass Sie wieder genauso werden, wie Sie vorher waren. Es wird keine Spur bleiben, nichts.«

Das ist ihre Lösung, wie es scheint.

Sie wickelt mich in sehr enge, unbequeme Bandagen ein, verschlingt und verknüpft sie kunstvoll. Sie gibt mir zu verstehen, dass das gewöhnlich extra kostet. In der Regel verlangt sie sehr viel dafür.

»In ganz Paris kann das niemand so gut wie ich«, sagt sie. »Kein Arzt, niemand von den Leuten mit den Anzeigen; niemand in ganz Paris kann das so gut wie ich.«

Und da liege ich in diesen verdammten Bandagen, eine ganze Woche lang. Und da liegt er, auch eingewickelt, wie eine kleine Mumie. Und nie schreit er.

Aber jetzt nehme ich ihn gern in die Arme und schaue ihn an. Eine wunderschöne Stirn, unglaublich weiß, die Augenbrauen ganz zart aus Goldstaub gezogen …

Ja, das war eine seltsame Zeit. (Die große Tasse Kaffee am Morgen mit einem Muster aus roten und blauen Blumen. Ich war immer so durstig.) Aber unruhig, unruhig … Durfte ein Baby eigentlich so hübsch sein wie meines, so blass wie meines, so still wie meines? Die anderen schreien vom Morgen bis zum Abend. Unruhig …

Als ich mich über die Bandagen beklage, sagt sie: »Ich verspreche Ihnen, wenn Sie sie abnehmen, sind Sie genauso wie vorher.« Und es ist wahr. Als sie die Bandagen abnimmt, findet sich nicht die geringste Spur, nicht die geringste Runzel, nicht die geringste Falte.

Und da bin ich nun, fünf Wochen später, ohne die geringste Spur, ohne die geringste Runzel, ohne die geringste Falte.

Und da ist er, mit einer Karte am Handgelenk, weil er in einem Krankenhaus gestorben ist. Und da schaue ich auf ihn hinab – nicht die geringste Spur, nicht die geringste Runzel und nicht die geringste Falte …

*

Der Friseur redet mich schließlich auch mit »Ma petite dame« an.

Er denkt eine Weile über mein Haar nach, lässt

es durch die Finger gleiten. Dann: »An Ihrer Stelle, Madame, würde ich nicht lange überlegen. Nein, keinen Augenblick. Ein hübsches *blond cendré*«, sagt er.

Das hat er genau richtig ausgedrückt. ›Wäre ich an Ihrer Stelle, Madame, würde ich nicht lange überlegen.‹

Er berührt sanft mein Haar. Der Duft nach Seife, Parfum, Haarwasser, das Geräusch der Trockenhaube gleich neben mir, seine Finger in meinem Haar – ich könnte einschlafen.

»Also gut«, sage ich schmollend. (Du fängst schon wieder an, meine Liebe, du fängst schon wieder an!)

Ich kann natürlich den Vorgang nicht weiter beobachten. Ich lese Illustrierte – *Femina, Illustration, Eve.* Dann nehme ich mir den *Hairdresser*, die *Hairdresser's Weekly*, die *Art of Hairdressing* und eine komische Zeitschrift mit einem umfangreichen Teil, der sich »Bienenkorb« nennt – Antworten auf Leserbriefe.

›*Pierrette Claire de la Lune* – Nein, Mademoiselle, Ihr Brief ist töricht. Auf diese Weise nehmen Sie nicht ab – niemals. So leicht ist das Leben nicht. Das Leben, Mademoiselle, ist schwer. In Ihrem Alter ist es sehr schwierig abzunehmen. Aber …‹

›*Petite Maman* – Nein, Petite Maman, Sie sind

unvernünftig. Liebe und Ehe sind fürwahr zwei grundverschiedene Dinge. Wenn Ihnen das bisher noch nicht klar geworden ist, so werden Sie bestimmt bald dahinterkommen. Immerhin …‹

Nein, Mademoiselle, nein, Madame, das Leben ist nicht leicht. Täuschen Sie sich nicht. Nichts ist leicht. Aber es besteht Hoffnung (siehe Seite 5) und noch mehr Hoffnung (siehe Seite 9) …

Ich stecke mitten in der langen Zuschrift einer Dame, die sich die Brust hat straffen lassen, als er mir die Trockenhaube vom Kopf nimmt.

»Voilà«, sagt er.

»Ja«, sagt er, »ein sehr gutes *blond cendré.* Ein Erfolg.«

Ich hatte damit gerechnet, dass mich diese verdammten Haare tagelang ununterbrochen beschäftigen würden. (Ist es gut geworden? Ist es nicht gut geworden?) Aber noch ehe das Taxi wieder in Montparnasse ist, habe ich alles schon völlig vergessen.

Ich mag nichts essen. Ich entschließe mich, in den Jardin du Luxembourg zu gehen und dort zu sitzen wie gestern. Es ist merkwürdig, wie friedlich mir zumute ist – als würde ich von etwas abgelenkt. Nicht dorthin – hierhin. Nicht jene Straße – diese hier. Tanze nur, und die Musik überlass mir … So etwa.

Im Bassin des Medicibrunnens schwimmen ein paar Fische. Drei sind rot und einer ist golden. Die vier Fische wirken so verlassen, dass ich mich frage, ob sie als Erste ausgesetzt wurden oder ob schon viele da waren und weggestorben sind.

Ich bleibe lange stehen und sehe den Fischen zu. Und ein paar Leute, die vorbeikommen, bleiben auch stehen und sehen ihnen zu. Wir stehen nebeneinander und beobachten die Fische.

*

Heute Nachmittag muss ich mir einen Hut kaufen, denke ich, und morgen ein Kleid. Ich muss vorankommen mit der Verwandlung. Aber hier sitze ich und lasse die immer gleiche Prozession schäbiger Frauen mit Kinderwagen und in schwarze Mäntel eingeknöpfter Männer an mir vorüberziehen.

Eine der Gestalten löst sich aus der Prozession und kommt auf mich zu. Erst als er dicht neben mir steht und die Hand ausstreckt, erkenne ich ihn. Der jüngere Russe, der melancholische.

Auch er ist bis oben in einen schwarzen Mantel eingeknöpft. Sein Halstuch ist sorgfältig gebunden. Er trägt einen schwarzen Filzhut. Genau wie alle die Väter, die Kinderwagen schieben. Sehr korrekt, sehr achtbar. Er verbeugt sich und gibt mir die Hand.

»Gestatten Sie?« Er stellt einen Stuhl dicht neben meinen.

»Sie sind gestern Nachmittag nicht zu der Verabredung mit meinem Freund gekommen«, sagt er.

»Nein, es tut mir leid, aber mir war nicht gut.« – »Er war verärgert. Er fand es absolut nicht nett von Ihnen. Er sagte …« Er beginnt zu lachen.

»Na, was hat er gesagt?« – »Oh, er war sehr schlechter Laune. Er hatte am Morgen einen unangenehmen Brief bekommen.« – »Ich habe mich über mich selber geärgert«, sage ich. »Aber ich konnte nicht hingehen.«

Er sagt, indem er mich unverwandt ansieht: »Wenn ich eine Verabredung treffe, halte ich sie immer ein, auch wenn ich denke, dass der andere nicht kommen wird.«

»Wirklich? So habe ich mir die Russen überhaupt nicht vorgestellt.«

»Ach, Russen, Russen – warum glauben Sie, dass sie anders sind als andere Leute?«

Er kommt aus der Ukraine, erzählt er, und es ist sehr heiß dort und im Winter sehr kalt. Doch wieder lässt er das Thema Russland und alles, was damit zusammenhängt, fallen, obwohl er sonst sehr bereitwillig über sich selbst spricht. Er hat sich einbürgern lassen und seinen Militärdienst in Frankreich geleistet. Er sagt, er heiße Nicolas Delmar, was mir nicht sehr russisch klingt. Aber so nennt er sich jedenfalls, und er schreibt es auf ein Stück *Le Journal*, samt Adresse, und gibt es mir. Er wohnt in Montrouge. Er hat eine Verwandte – Schwester oder Mutter oder Tante, das wird mir nicht ganz klar –, die krank ist, und das macht ihm viel Kummer.

»Aber ich kann es vergessen«, sagt er. »Jeden Tag, an dem ich ins Quartier Latin komme oder im Jardin du Luxembourg spazieren gehe, kann ich es vergessen.«

Er spricht langsam und schwerfällig. Das gibt mir Vertrauen. Und sofort stürzen wir in ein philosophisches Gespräch.

Er sagt: »Sehen Sie, was mich betrifft, sehe ich das Leben so: Wenn jemand zu mir gekommen wäre und mich gefragt hätte, ob ich geboren werden wolle, hätte ich wohl Nein gesagt. Ganz bestimmt hätte ich Nein gesagt. Aber es hat mich niemand gefragt. Ich bin nicht aus freien Stücken hier. Die meisten Dinge, die mir zustoßen – die habe ich auch nicht selbst gewollt. Und deshalb sage ich mir immer: ›Du hast nicht verlangt, geboren zu werden, du hast die Welt nicht so gemacht, wie sie ist, du hast dich selbst nicht so gemacht, wie du bist. Warum dich quälen? Warum das Leben nicht nehmen, wie es eben kommt? Du hast das Recht dazu; du gehörst nicht zu den Schuldigen.‹ Wenn man nicht reich oder stark oder mächtig ist, gehört man nicht zu den Schuldigen. Und man hat das Recht, das Leben zu nehmen, wie es eben kommt, und so glücklich zu sein, wie man kann.«

Während er spricht, habe ich die verrückte Vorstellung, dass es sich vielleicht folgendermaßen abspielt: Jetzt also, du, X – du musst hinuntergehen und geboren werden. Oh, nicht ich, bitte, nicht ich. Na schön, Y, dann geh du und werde geboren – einer muss es machen. Wo ist Y? Y versteckt sich. Na, komm schon, Z, du musst gehen und geboren werden. Komm, komm, mach schnell, beeil dich … Es kommt jede Minute einer. Oder sogar jede Sekunde?

»Aber wünschen Sie sich niemals, reich oder stark oder mächtig zu sein?«

»Nicht mehr«, sagt er, »nicht mehr. Ich bin lieber so, wie ich bin. So wie es jetzt ist, möchte ich nicht reich oder stark oder mächtig sein. Ich möchte nicht zu den Schuldigen gehören. Ich weiß, dass ich nicht schuldig bin, also habe ich das Recht auf so viel Glück, wie ich mir selber verschaffen kann.«

So geht das noch eine Weile. Ich frage mich, was er bloß treiben mag, was er ist. Er sieht aus wie jemand, der von einem sehr kleinen festen Einkommen lebt. Während ich mir das überlege, erzählt er mir, dass er diesen Teil von Paris, das Quartier Latin, liebt, weil er die Jugend liebt. Ich sehe ihn scharf an, als er das sagt. Aber er will weiter nichts sagen, als dass er die Jugend liebt.

»Ja«, sage ich. »Auch ich liebe die Jugend. Wer liebt sie nicht? Und da sind wir hier am richtigen Platz – es wimmelt ja von Kinderwagen, kleinen Kindern und so weiter.«

»Nach Montmartre gehe ich sehr selten«, sagt er. »Ich gehe sehr selten anderswohin. Das hier ist der Teil von Paris, den ich liebe – das Quartier Latin und Montparnasse.«

›Seite an Seite und, ach, so verschieden.‹

»Haben Sie schon mal bemerkt«, sagt er, »wenn man aus einem Teil von Paris in einen anderen kommt, dann ist das, als käme man aus einer Stadt in eine andere – ja, aus einem Land in ein anderes. Die Menschen sind anders, die Atmosphäre ist anders, sogar die Frauen ziehen sich anders an.«

Ich weiß nicht, warum er mir nicht so recht gefällt. Diese sanfte, resignierte Melancholie – sie erscheint mir unnatürlich bei einem Mann, der nicht viel über dreißig sein kann, wenn er überhaupt schon dreißig ist. Oder vielleicht kommt es daher, dass er eher wie ein Abglanz ist, nicht wie ein Licht. Im Augenblick empfinde ich es so, und im nächsten gefällt er mir sehr, als wäre er der Bruder, den ich nie hatte.

Ich sage: »Montparnasse hat sich sehr verändert, seit ich es kennenlernte, das kann ich Ihnen sagen. Das war kurz nach dem Krieg«, sage ich brutal. (Da du die Jugend so gernhast, wird dir das zu denken geben.)

»Sie sind kurz nach dem Krieg hierhergekommen?«

»Ja, und ich habe bis vor fünf Jahren hier gelebt. Dann bin ich wieder nach England gegangen.«

»Ja, es muss sich sehr, sehr verändert haben«, sagt er, kräuselt die Lippen und nickt.

»Oh, schrecklich«, sage ich. »Aber ich glaube, in Wirklichkeit verändern sich die Dinge gar nicht sehr; man denkt das nur. Mir scheint, dass sich alles immer und immer nur wiederholt.«

Er sagt: »Ich glaube, Ihnen wird kalt, Madame. Sie frösteln. Möchten Sie eine Tasse Schokolade trinken? Ganz in der Nähe ist eine nette Konditorei.«

Ich sage: »Ich würde lieber in ein Café gehen, auf einen Drink.«

Ich habe so ein Gefühl, als missbillige er das, aber er sagt: »Ja, gewiss. Gehen wir.«

Diesmal mache ich's richtig. Wir gehen in das neutrale Café.

Als wir mit einem Kaffee und einem *fine* in einer Ecke sitzen, sagt er: »Wissen Sie, wie Sie mir vorkommen? Ich glaube, Sie sind sehr einsam. Ich weiß das, weil ich selbst lange Zeit einsam war. Ich hasste die Menschen, ich wollte niemanden sehen. Und dann dachte ich eines Tages: ›Nein, so geht das nicht.‹ Und jetzt bin ich viel unterwegs. Ich zwinge mich dazu. Ich habe eine Menge Freunde; ich bin nie allein. Jetzt bin ich viel glücklicher.«

Das klingt ziemlich einfach. Ich muss es probieren, wenn ich wieder nach London komme.

Ich sage: »Ihr Freund neulich Abend hat mir gefallen.« – »Ah, ja«, sagt er und schüttelt den Kopf. »Aber er hat sich geärgert, und er hat eine schlechte Nachricht bekommen …« (Der Optimist hat keine Verwendung mehr für mich, so viel ist sicher.) »Aber ich habe viele Freunde. Wenn Sie wollen, mache ich Sie mit allen bekannt. Wollen Sie mir das gestatten? Dann sind Sie nie mehr allein und viel glücklicher, Sie werden sehen.«

»Glauben Sie denn, dass ich ihnen gefalle, Ihren Freunden?«

»Aber bestimmt. Unbedingt.«

Dieser junge Mann ist ein rechter Trost – fast so tröstlich wie der Friseur.

»Wollen Sie jetzt mitkommen, einen Freund von mir besuchen? Er ist Maler. Ich glaube, er wird Ihnen gefallen. Er ist immer fröhlich, und er findet für jeden das rechte Wort … Ja, Serge, versteht jeden – es ist unglaublich.« *(And, whether prince or prostitute, he always did his best …)*

›Mais au fond, vous savez, il s'en fiche de tout, il s'en fiche de tout le monde.‹

Das klingt prächtig.

»Ja, da käme ich gern mit«, sage ich. »Aber heute Nachmittag kann ich nicht. Ich muss mir einen Hut kaufen gehen.«

»Und würden Sie morgen mitkommen?«, sagt er, und wir machen aus, dass wir uns am nächsten Tag um vier Uhr treffen wollen.

Früher gab es ein gutes Hutgeschäft in der Rue Varin.

Es ist nicht mehr da. Ich durchstreife ziellos eine Menge Nebenstraßen, in denen es überhaupt keine Hutgeschäfte gibt. Und dann eine Straße, in der es davon wimmelt – Virginie, Josette, Claudine ... Ich schaue ins Fenster des ersten Hutgeschäftes. Eine Kundin ist drinnen. Ihr halb gefärbtes, halb ergrautes Haar ist sehr unordentlich. Während ich sie beobachte, setzt sie einen Hut auf, schneidet ihrem Spiegelbild eine Grimasse und nimmt ihn sehr schnell wieder ab. Sie probiert einen anderen auf – dann noch einen. Ihr Gesichtsausdruck ist schrecklich – hungrig, verzweifelt, hoffnungsvoll, beinahe verrückt. Jeden Augenblick meint man, sie müsse in das Gelächter einer Irren ausbrechen.

Ich stehe draußen und sehe zu. Ich kann mich nicht von der Stelle rühren. Sie setzt einen Hut nach dem anderen auf, schneidet ihrem Spiegelbild diese schreckliche Grimasse und reißt ihn wieder runter. Wenn ich sie so sehe – sehe ich mich da selbst, wie ich sein werde? In fünf Jahren, in sechs Jahren, werde ich da auch so sein?

Aber sie ist immer noch besser als die andere,

die spießige, bleiche, fette Schwarzhaarige, die ihr die Hüte mit gelassener, spöttischer Miene reicht. Man meint zu sehen, wie sie die Zunge in ihrer Wange kreisen lässt. Es ist, als beobachte man den Teufel mit einer verdammten Seele. Wenn ich wie eine von den beiden werden muss, dann lieber die alte Hexe.

Ich merke, dass ich nicht noch länger dastehen und zu ihnen hineinstarren kann, und gehe weiter, sehr erschüttert. Dann fällt mir der Russe ein, wie er sagte: »Ich habe nicht verlangt, geboren zu werden, ich habe die Welt nicht so gemacht, wie sie ist, ich habe mich nicht so gemacht, wie ich bin, ich bin keiner von den Schuldigen. Und deshalb habe ich das Recht …« Et cetera.

Es gibt mindestens zehn Modistinnen in dieser Straße. Ich entschließe mich, in das vorletzte Geschäft auf der linken Seite zu gehen, und hoffe, dass ich's gut treffe.

Das Mädchen drinnen sagt: »Die Hüte sind jetzt sehr diffizil, sehr diffizil. Alle meine Kundinnen sagen, dass die Hüte jetzt sehr schwierig zu tragen sind.«

Dieses Geschäft ist viel größer als das andere. Ein hartes, grausames Licht brennt über den beiden Spiegeln und hinten in einem langen Raum, der in Düsternis verschwimmt.

Sie verschwindet in der Düsternis und bringt

Hut um Hut, Hut um Hut, wobei sie murmelt: »Alle meine Kundinnen beklagen sich, dass die Hüte jetzt so schwierig zu tragen sind, aber ich denke – ich bin überzeugt –, ich finde das Richtige für Sie.«

Im Spiegel kommt es mir vor, als hätte ich denselben irren Ausdruck wie die Frau am Anfang der Straße. »Du lieber Gott, nicht den da.«

Ich fixiere sie argwöhnisch im Spiegel. Lacht sie mich aus? Nein, ich glaube nicht. Ich glaube, sie macht ein Gesicht wie jemand, dessen Ehrgeiz erwacht ist. Sie ist entschlossen, mir vor dem Verlassen des Ladens das Zugeständnis abzuringen, dass sie Hüte machen kann. Sowie ich diesen Ausdruck in ihren Augen sehe, beschließe ich, ihr zu vertrauen. Auch ich werde ganz ruhig. »Ich bin ganz durcheinander, wissen Sie. Bitte, sagen Sie mir, welchen ich nehmen soll.«

»Den ersten, den ich ihnen gezeigt habe«, sagt sie sofort.

»Oh, lieber Gott – den doch nicht.«

»Oder vielleicht den dritten.«

Als ich den dritten aufsetze, sagt sie: »Ich will Sie nicht überreden, aber – ja, das ist Ihr Hut.«

Ich betrachte ihn zweifelnd, und sie beobachtet mich – nicht spöttisch, aber gespannt.

Sie sagt: »Gehen Sie hier drin damit auf und ab. Schauen Sie, ob Sie sich wohlfühlen.«

Es ist sonst niemand im Laden. Draußen ist es ganz dunkel. Wir sind allein, während wir diese sonderbare Zeremonie vollziehen.

Sie sagt: »Ich überrede nur sehr selten jemanden, aber ich bin überzeugt, wenn Sie sich an diesen Hut gewöhnt haben, werden Sie den Kauf nicht bereuen. Sie werden merken, dass das Ihr Hut ist.«

Ich habe mich entschlossen, diesem Mädchen zu vertrauen, und es bleibt mir ja auch gar nichts anderes übrig, als ihm zu vertrauen.

»Er gefällt mir nicht besonders, aber er scheint der einzige zu sein«, sage ich mürrisch.

Ich bin nun schon fast zwei Stunden im Laden, aber ihre Augen sind noch immer ganz freundlich.

Ich bezahle den Hut. Ich setze ihn auf. Ich bin ganz nahe daran, sie aufzufordern, mit mir essen zu gehen, aber ich wage es nicht. All mein Schwung hat mich verlassen. (Hatte ich je welchen? Ja, ich glaube – zeitweise hatte ich welchen. Jedenfalls ist er jetzt dahin. Würde ich sie auffordern, mit mir essen zu gehen, es käme nur eine Enttäuschung dabei heraus.)

Sie setzt mir den Hut sehr sorgfältig zurecht. »Denken Sie immer daran, er muss nach vorn getragen werden und ganz auf der Seite sitzen. Comme ça.«

Sie begleitet mich hinaus, noch immer lächelnd.

Eine seltsame Kundin, l'étrangère … Ihr letztes Wort ist: »Die Hüte sind jetzt alle sehr diffizil. Alle meine Kundinnen beklagen sich darüber.«

Danach fühle ich mich ruhiger und zufriedener. Ich gehe in ein nahe gelegenes Restaurant, esse ausgiebig und passe genau auf, wie der Hut auf die anderen Gäste wirkt, comme ça. Niemand starrt mich an, das halte ich für ein gutes Zeichen.

Ein Mann, der in meiner Nähe sitzt, fragt, ob er in meine Abendzeitung schauen darf, da er später ins Kino gehen will. Dann versucht er, eine Unterhaltung mit mir in Gang zu bringen. Ich denke mir: ›Es ist alles in Ordnung …‹

*

Als ich auf die Place de l'Odéon hinaustrete, fühle ich mich glücklich – das macht mein neues Haar und mein neuer Hut und das gute Essen und der Wein und der *fine* und der Kaffee und der Duft hier draußen – Paris am Abend. Heute gehe ich nicht in so eine abscheuliche kleine Bar. Nein, heute Abend gehe ich irgendwohin, wo es Musik gibt; irgendwohin, wo ich unter vielen Menschen bin; irgendwohin, wo getanzt wird. Aber wohin? So allein, wo kann ich da hingehen? Ich muss erst noch ein Glas trinken – und mir's dann überlegen.

Nicht ins Dôme. Das verdammte Dôme werde

ich meiden. Natürlich gehe ich dann doch ins Dôme.

Die Terrasse ist überfüllt, aber drinnen sitzen kaum Leute. Wozu um Himmels willen bin ich hergekommen? Dieses Lokal habe ich nie leiden können, nur ganz am Anfang, als der Plüsch noch nicht so prächtig war und jedermann auf den Boden spuckte. Damals war es recht nett.

Ich zahle meinen Drink und gehe wieder. Ich warte, um die Straße überqueren zu können. Jemand sagt: »Entschuldigen Sie, aber darf ich mit Ihnen reden? Ich glaube, Sie sprechen Englisch.«

Ich gebe keine Antwort. Wir gehen nebeneinander über die Straße.

Er sagt: »Bitte gestatten Sie mir, mit Ihnen zu reden. Ich möchte es so gern.«

Er spricht Englisch mit ganz leichtem Akzent. Ich kann ihn nicht recht zuordnen. Ich sehe ihn an und erkenne ihn. Er saß im Dôme in der Ecke mir gegenüber.

»Bitte. Könnten wir nicht in ein Café gehen und uns unterhalten?«

»Natürlich«, sage ich. »Warum nicht?«

»Schön, wo gehen wir hin?«, sagt er etwas nervös. »Sie müssen nämlich wissen, ich kenne Paris nicht gut. Ich bin erst gestern Abend angekommen.«

»So?«, sage ich.

Während wir weitergehen, sehe ich ihn von der

Seite an; ich werde nicht klug aus ihm. Er macht nicht den Versuch, mich kritisch zu mustern, wie das sonst üblich ist – er bringt sich selber, seine eigene Person, zur Geltung. Er sieht sehr gut aus, das habe ich schon im Dôme bemerkt. Aber die Nervosität, das etwas affektierte Lachen …

Natürlich. Jetzt verstehe ich. O Gott, mache ich wirklich diesen Eindruck? Sehe ich wirklich aus wie so ein reiches Weib, das sich in Montparnasse herumtreibt in der Hoffnung, sie könnte … Sehe ich nach all der Mühe, die ich mir gegeben habe, wirklich so aus? Es muss wohl so sein.

Soll ich ihm sagen, er möge sich zum Teufel scheren? Aber, denke ich, jetzt kann ich vielleicht endlich ein bisschen Rache nehmen. Man spricht mit ihnen, man tut, als wären sie einem sympathisch, und dann, genau in dem Augenblick, in dem sie nicht damit rechnen, sagt man: ›Scher dich zum Teufel.‹

Wir kommen an der Closerie des Lilas vorbei. Er sagt: »Das scheint ein nettes Café zu sein. Könnten wir nicht da reingehen?«

»Schön. Aber es ist sehr voll. Setzen wir uns doch auf die Terrasse.«

Die Terrasse ist kalt und dunkel, und kein Mensch sitzt draußen.

»Wie wär's mit einem Drink?«

»Sie werden den Kellner holen müssen. Er wird nicht rauskommen.«

»Ich hole ihn.«

Er geht ins Café und kommt mit dem Kellner und zwei Brandy wieder.

Er sagt: »Haben Sie je dieses Gefühl gehabt – als könnten Sie es nicht mehr aushalten, als müssten Sie mit irgendjemandem reden, als müssten Sie jemandem alles sagen, weil Sie sonst sterben würden?«

»Ich kann es mir vorstellen.«

Er sieht mich nicht an – er hat mich nicht ein einziges Mal angesehen. Er blickt starr geradeaus, sammelt sich. Jetzt wird er sein Sprüchlein sagen. Ich habe das selbst so oft getan, dass es mir Spaß macht, jemand anderen dabei zu beobachten.

»Aber warum wollen Sie denn mit mir reden?«

Jetzt wird er sagen: ›Weil Sie so gütig aussehen‹ oder ›Weil Sie so schön und gut aussehen‹ oder raffinierter ›Weil Sie aussehen, als ob Sie mich verstehen würden …‹

Er sagt: »Weil ich glaube, dass Sie mich nicht verraten.«

Ich hatte vorgehabt, diesen Mann zum Reden zu bringen und mir alles von sich erzählen zu lassen, dann aber so verheerend britisch zu werden, dass es mir vielleicht gelänge, ihn ein wenig zu kränken – eine Rache für all die vielen Male, die ich gekränkt worden bin … ›Weil ich denke, dass Sie mich nicht verraten, weil ich denke, dass Sie mich nicht verraten …‹ Jetzt ist das nicht mehr so leicht.

»Natürlich verrate ich Sie nicht. Warum sollte ich Sie denn verraten?«

»Nein«, sagt er. »Warum auch?«

Er wirft den Kopf zurück und lacht. Das ist die Haltung, in der man seine schönen Zähne zeigen kann. Wahrscheinlich bringt ihn auch die Vorstellung zum Lachen, dass ich in der Lage sein könnte, ihn zu verraten.

»Sehr hübsch, wirklich sehr hübsch. Wunderbare Zähne«, sage ich in unverschämtem Ton.

»Ja, ich weiß«, antwortet er nur.

Aber ich habe ihn ein bisschen aus dem Konzept gebracht. Er trinkt sein Glas aus und beginnt von Neuem. »Ich bin ein *mauvais garçon*, wie die Franzosen das nennen.«

»Die mag ich aber. Ich mag *les mauvais garçons*.«

Zum ersten Mal sieht er mir in die Augen. Er schaut nicht wieder weg, sondern fährt in demselben nervösen Ton fort: »Zu Hause bin ich in eine üble Situation geraten. Ich bin weggelaufen. Ich bin Kanadier, Frankokanadier«, sagt er.

»Frankokanadier? Aha.«

»Trinken wir noch etwas?«

Wieder muss er hineingehen und den Kellner mit den Getränken holen. Ich spüre jetzt den Brandy, er kriecht mir in die Arme, in die Beine – ich fühle mich benommen.

Ich höre mir seine Geschichte an: Er ist in die

Fremdenlegion eingetreten, war drei Jahre in Marokko, konnte es unmöglich länger aushalten und floh über Spanien – das Spanien Francos. Eben erst aus der Fremdenlegion entflohen … La Légion, la Légion Etrangère …

»Ich hatte riesiges Glück, sonst hätte ich es nicht geschafft. Gestern Abend bin ich in Paris angekommen. Ich wohne in einem Hotel an der Gare d'Orsay.«

»Ist die Legion wirklich so schlimm, wie man immer sagt?«

»Oh, es werden eine Menge Lügen erzählt. Aber ich hatte genug … Sie glauben mir nicht, oder? Sie glauben nichts von dem, was ich Ihnen erzähle. Aber immer, wenn etwas klingt, als wäre es nicht wahr, dann ist es gerade wahr«, sagt er.

Natürlich. Ich weiß das … Wird einem eine sorgsam zurechtgestutzte und hergerichtete Geschichte präsentiert, so hält man sie für wahr. Aber sie ist es eben nicht. Die Wahrheit ist unwahrscheinlich, die Wahrheit ist phantastisch; die Wahrheit erblickt man dort, wo man in einen Zerrspiegel zu schauen glaubt.

»Eines glaube ich Ihnen nicht, und ich will Ihnen auch sagen, was: Ich glaube nicht, dass Sie Frankokanadier sind.«

»Wofür halten Sie mich denn?«

»Spanier? Südamerikaner?«

Er blinzelt und sagt vor sich hin: »Elle n'est pas si bête que ça.«

Nun, das kann alles bedeuten.

»Es ist furchtbar kalt hier«, sage ich, »zu kalt, um noch länger zu bleiben.«

»Nein, bitte. Bitte, gehen Sie nicht. Sie dürfen nicht gehen. Wenn Sie fortwollen, lassen Sie uns woandershin gehen. Aber ich muss mit Ihnen reden.«

Es klingt so dringend, dass ich langsam wütend werde. »Aber mein lieber Freund, ich weiß nicht, was Sie von mir erwarten. Leute, die in Not sind, brauchen jemanden, der Geld hat und ihnen helfen kann. Oder nicht? Nun, ich habe kein Geld.«

Er zieht die Mundwinkel nach unten. Das sagen sie alle.

Ich möchte ihn anschreien: ›Ich habe kein Geld, wenn ich's Ihnen sage. Ich weiß, wonach Sie mich beurteilen. Sie beurteilen mich nach meinem Mantel. Sie dürfen mich nicht nach meinem Mantel beurteilen. Sie müssen mich nach dem beurteilen, was ich unter meinem Mantel anhabe, nach meiner Handtasche, nach meinem Gesichtsausdruck, wonach Sie wollen. Nicht nach diesem verdammten Mantel, den ich geschenkt bekommen habe – und wenn ich denjenigen, der ihn mir geschenkt hat, damit nicht kränken würde, hätte ich ihn schon längst verkauft. Und außerdem würden Sie staunen, wenn

Sie wüssten, wie wenig man für Sachen bekommt, die man verkaufen möchte, und überhaupt …‹

Nun, da haben wir's – ich kann sagen, was ich will. Ich sehe genau, er hat sich in den Kopf gesetzt, dass ich eine reiche Hure bin und er mir nur lange genug zusetzen muss, um mich weichzukriegen.

»Aber ich will doch gar kein Geld«, sagt er. »Es geht wirklich nicht um Geld. Ich hatte nur gehofft, wir könnten irgendwo hingehen, wo wir ganz allein wären. Ich möchte meinen Kopf an Ihre Brust legen und meine Arme um Sie schlingen und Ihnen alles sagen. Es ist seltsam, wirklich, aber so ist mir heut Abend zumute. Ich könnte dafür sterben – für eine Frau, die mich in die Arme nimmt und der ich alles sagen dürfte. Könnten wir nicht irgendwo hingehen?«

»Nein«, sage ich. »Das können wir nicht. Unmöglich.«

»Schön«, sagt er und nimmt das gelassen hin, »wenn Sie das nicht tun wollen, dann könnten Sie mir doch vielleicht bei meinen Papieren helfen. Wissen Sie, ich habe keine Papiere, keinen Pass. Deshalb bin ich in Schwierigkeiten. Der geringste Zwischenfall, und ich bin erledigt. Ich habe keine Papiere. Aber wenn ich einen Pass bekommen könnte, würde ich nach London gehen. Dort wäre ich sicher. Ich könnte Verbindung mit Freunden aufnehmen.«

Ich sage: »Und Sie glauben, ich kann Ihnen dabei behilflich sein, an einen Pass zu kommen? Ich? Ausgerechnet ich? Für wen halten Sie mich denn? Ich muss ja heute einen besonders guten Abend haben.«

In diesem Augenblick finde ich alles so lustig, dass ich laut loslache. Er lacht auch.

»Ich kann nicht länger auf dieser verdammten Terrasse bleiben. Es ist zu kalt.«

Er klopft an das Fenster, und als der Kellner kommt, bezahlt er die Getränke.

»Also, wohin gehen wir jetzt?« Er hakt sich bei mir ein und sagt auf Französisch: »Also, wohin?«

Nun, was kann er mir schon tun? Er ist auf Geld aus, und ich habe keines. Ich bin unverwundbar.

Da stehen wir nun. Arm in Arm vor der Closerie des Lilas, und wenn ich über mein Leben nachdenke, kommt es mir so komisch vor, dass ich lachen muss. Ich habe lange gebraucht, bis mir klar wurde, wie komisch es ist, aber jetzt ist es mir klar, wirklich.

»Sie müssen sagen, wo wir hingehen sollen«, sagt er. »Ich kenne Paris nicht.«

Ich führe ihn in das Café, in das ich abends meistens gehe – das Lokal, das immer leer ist. Dies ist das erste Mal, dass ich ihn in hellem Licht und aus der Nähe sehe. Es ist auch das erste Mal, dass ich mir bei einer solchen Gelegenheit nicht das Geringste daraus mache, was der Mann von mir hält, und nur neugierig darauf bin, wie er aussieht.

Er sieht nicht aus wie ein Gigolo – jedenfalls nicht so, wie ich mir einen Gigolo vorstelle. Sein Haar zum Beispiel ist ziemlich unordentlich. Aber es ist hübsch, das Haar.

Noch ein Brandy mit Soda. Ich nehme an, all das Geld, das er für mich ausgibt, ist der Köder, mit dem er den großen Fisch fangen will.

Der Kellner, der ihm rausgibt, bringt aus seiner Tasche eine höchst seltsame Sammlung kleiner Münzen hervor. Fünfundzwanzig-, Zehn-, Fünfcentimestücke – der ganze Tisch ist voll. Nachdem er alles langsam wieder eingesammelt hat, geht er in die Ecke des Raumes, zieht seine Schuhe aus und fängt an, sie blank zu putzen.

Ich sage: »Das ist ein Lokal nach meinem Geschmack – dieses elegante, heitere Ambiente. Gefällt es Ihnen?«

»Nein, es gefällt mir nicht, aber ich verstehe, warum Sie hierherkommen. Ich mag manchmal auch keine Menschen sehen.«

Nun, da ist noch jemand gar nicht so dumm.

Er sagt: »Wissen Sie, dieser Kellner – er war überzeugt, dass wir uns lieben und heute Nacht sehr glücklich sein werden. Er hat uns beneidet.«

»Ja, ich nehme an, er wird die ganze Nacht wach liegen und daran denken. Einen Dreck wird er.«

Er sieht mutlos aus, müde, als ob er dächte: ›Taugt nichts. Ich muss noch einmal ganz von vorne anfangen.‹ Armer Gigolo!

Ich sage: »Was die Papiere betrifft – es gibt hier Leute, die Pässe fälschen. Da lässt sich was machen.«

»Ich weiß. Ich stehe schon mit jemandem in Verbindung.«

»Was, und Sie sind erst seit gestern Abend hier? Da haben Sie sich aber rangehalten.«

»Ja, das musste ich auch.«

Er steckt irgendwie in Schwierigkeiten. Ich kenne diesen Blick. Ich möchte ihn sehr gern trösten – irgendetwas sagen, um ihn aufzuheitern.

»Ich mag *les mauvais garçons*«, versichere ich ihm. Er lächelt.

»Ich weiß genau, was Sie brauchen«, sage ich. »Sie brauchen jemanden, der sehr reich ist und sehr chic.«

»Ja«, sagt er. »Ja, das wäre mir gerade recht. Und schön.«

»Aber das werden Sie nicht im Dôme finden, mein Lieber.«

»Wo soll ich dann hingehen? Wo finde ich das alles?«

»In der Bar vom Ritz«, sage ich auf gut Glück.

Danach lege ich los. Ich nenne ihm meinen Namen, meine Adresse, alles. Er sagt, er heiße René, fügt aber weiter nichts hinzu. Ich sage, mein Hotel hängt mir zum Hals heraus, ich möchte da weg und mir eine Wohnung oder ein Atelier suchen.

Er spitzt sofort die Ohren. »Ein Atelier? Ich glaube, ich könnte Ihnen genau das verschaffen, was Sie brauchen.«

So betrunken bin ich nun doch noch nicht.

»Sagten Sie nicht, Sie wären gerade aus der Fremdenlegion entflohen und erst gestern Abend nach Paris gekommen und Sie wollten so schnell wie möglich wieder weg?«

»Warum soll mich das daran hindern, Ihnen eine Atelierwohnung suchen zu helfen, wenn Sie eine haben möchten?«

(Lass gut sein, meine Liebe, lass gut sein. Es ist doch egal.)

»Darf ich Sie in Ihr Hotel bringen?«

»Ja, aber zu Fuß ist es zu weit. Ich brauche ein Taxi.«

Wir sitzen schweigend im Taxi. An der Straßenecke steigen wir aus. Ich lasse ihn bezahlen. (Umso schlimmer für dich. Das wird dich lehren, dir deine Leute ein bisschen besser anzuschauen.)

»Lassen Sie uns noch ein letztes Glas trinken«, sagt er.

Wir gehen die Straße entlang und suchen ein Lokal, das noch offen hat. Überall scheint schon geschlossen zu sein; es ist zwölf vorbei. Wir gehen

Hand in Hand durch die Rue Jacques. Ich bin jetzt ganz unbefangen. Wir gehen Hand in Hand und schwenken die Arme. Plötzlich bleibt er stehen, zieht mich unter eine Laterne und starrt mich an. Die Straße ist leer, die Lichter in den Bars sind aus.

»He, ist es dafür nicht ein bisschen spät am Tag?«

Er sagt: »Mais c'est complètement fou. Ich habe Halluzinationen. Wenn ich hier so mit Ihnen gehe, habe ich das Gefühl, als ginge ich mit einem …«

»Mit einem wunderschönen Mädchen?«

»Nein«, sagt er. »Mit einem Kind.«

Jetzt habe ich genug getrunken, jetzt kommen mir gleich die Tränen. Ich sage: »Also, nirgends ist offen. Überall zu. Ich geh nach Hause.«

Er schaut hinauf zur Tür meines Hotels.

»Kann ich mit in Ihr Zimmer kommen?«

»Nein, das können Sie nicht.«

»Na schön, aber kann ich nach einer Weile zurückkommen und mir selber ein Zimmer nehmen und Sie dann besuchen?«

(Damit die Patronne sagt: ›L'Anglaise hat sich einen aufgegabelt. Habt ihr's gesehen?‹)

»Nein, kommen Sie nicht her. Ich werde mich furchtbar ärgern, wenn Sie herkommen. Machen Sie das bitte nicht.«

»Natürlich nicht, wenn Sie es nicht wollen«, sagt er. Taktvoll. »Wie wär's mit dem Hotel nebenan? Vielleicht könnte ich da ein Zimmer bekommen.«

Das Hotel nebenan? Nein, das Hotel fünf oder sechs Häuser weiter. Das ist das richtige. In dem Hotel gibt es ein Zimmer mit dem größten Bett, das ich je gesehen habe – das größte Bett auf der ganzen Welt, das Bett aller Betten … Alles ist rot in dem Zimmer. Und es ist nichts drin als dieses riesige Bett und ein Waschbecken und ein Bidet. Soll ich heute Nacht wieder hingehen und mich hineinlegen, jetzt, wo alles eine Karikatur, ein Zerrbild ist?

Ich sage: »Also, ich würde das an Ihrer Stelle nicht tun. Die Hotels in dieser Straße – in dieser Beleuchtung sehen sie ganz ordentlich aus, aber sie sind nicht sehr behaglich. Versuchen Sie's mit etwas Modernerem.«

»Rien à faire?«

»Rien à faire.«

Er zuckt die Achseln. »Das tut mir leid«, sagt er.

»Was ist das für eine Straße? Wie komme ich zum Boulevard Saint-Michel?«

Diese Pose des Fremden in Paris glaube ich ihm nicht, aber er macht seine Sache recht gut.

Jemand hämmert an meine Tür. Ich habe sie verriegelt – unnötigerweise, da sie sich von außen nicht ohne Schlüssel öffnen lässt.

Marthe sagt: »Sie werden am Telefon verlangt. Es ist nicht sehr praktisch, wenn Sie die Tür verriegeln.«

Wahrscheinlich versucht sie schon eine ganze Weile hereinzukommen.

Ich habe Kopfschmerzen und bin sehr schlechter Laune. Ich denke: ›Das ist dieser Mann, bestimmt. Er hat sich in den Kopf gesetzt, Geld aus mir herauszuholen, und *Vénus toute entière à sa proie attachée* hat nichts damit zu tun.‹

Während ich das denke, ziehe ich mir meinen Morgenrock an. Ich kämme mein Haar und wage nicht, mich im Spiegel anzuschauen.

Ich komme hinunter ans Telefon. Es ist niemand am Apparat.

»Ein Monsieur war da«, sagt die Patronne.

Ein Monsieur war da, aber der Monsieur ist fort.

Ich fühle mich krank heute. Es wäre furchtbar, wenn ich hier krank würde. Nicht einmal eine neue Flasche Evian würden sie mir besorgen, wenn die erste leer wäre – sie würden keinen Finger rühren.

Wenn ich läute und sage, sie sollen das Bett frisch beziehen, so tun sie es wahrscheinlich. Das ist meine Vorstellung von Luxus – jeden Tag das Bett frisch beziehen lassen, und sonntags zweimal. Das ist meine Vorstellung von der Macht des Geldes.

Ja, ich werde mir das Bett frisch beziehen lassen. Ich werde den ganzen Tag im Bett bleiben, die Vorhänge zuziehen und die verdammte Welt aussperren. Ein Monsieur war da, aber der Monsieur ist fort. Nicht nur ein Monsieur war da, aber sie sind alle fort. Was für eine Mischung! Von jeder Sorte einer …

Ich will den ganzen Tag im Bett bleiben, die Vorhänge zuziehen und die verdammte Welt aussperren.

Zweiter Teil

Trotzdem bin ich um drei Uhr dabei, mich für die Verabredung mit dem Russen anzuziehen.

Er wartet bereits. Er sagt, sein Freund Serge erwarte uns. *Le peintre* nennt er ihn.

Ich schlage vor, ein Taxi zu nehmen, doch dieser Einfall scheint ihn zu erschrecken.

»Nein, nein. Wir nehmen den Bus. Es ist ganz nahe. Nur ein paar Minuten von hier.« – »Da könnten wir doch zu Fuß gehen?« – »O ja, wir könnten zu Fuß gehen. Es ist gleich bei der Avenue d'Orléans, ungefähr fünf Minuten zu Fuß.« – »Das ist mehr als fünf Minuten«, widerspreche ich. »Eher eine halbe Stunde.«

Bald ist Winter. Die Bäume haben fast kein Laub mehr, und der Mann vor dem Jardin du Luxembourg verkauft geröstete Kastanien.

Wir stehen am Ende einer langen Schlange. Kein Bus.

»Nehmen wir doch ein Taxi.« – »Na schön, wenn Sie es möchten«, sagt er widerwillig. »Aber der Mann wird sauer sein, wenn wir nur so eine kurze Strecke fahren. – Place Denfert-Rochereau,

Métro«, sagt er zu dem Fahrer. »Von dort ist es nicht mehr weit zu gehen.« – »Aber könnten wir denn nicht direkt zu dem Haus fahren, in dem Ihr Freund wohnt?« – »Nein, ich weiß nicht, wie die Straße heißt.« – »Sie wissen nicht, wie die Straße heißt?« – »Nein, ich habe nie darauf geachtet.«

Als ich sehe, wie seine Augen am Zähler hängen, tut es mir leid, dass ich auf dem Taxi bestanden habe. Andererseits – wenn ich die ganze Strecke hätte laufen müssen, wäre ich tot umgefallen.

»Lassen Sie bitte mich bezahlen, ich wollte doch unbedingt fahren.«

Aber er hat das Geld schon bereit und zählt es dem Mann in die Hand.

Er nimmt meinen Arm, und wir gehen los. »Es ist nur eine Minute, es ist nur eine Minute«, sagt er immer wieder.

Während ich im Takt der *Arlésienne* gehe, muss ich an den Mantel denken, den ich damals trug – schwarz-weiß kariert, mit großen Taschen. Eben sind wir an dem Hotel vorbeigekommen, in dem ich damals wohnte. Das war der Tiefpunkt – als ich drei Wochen lang nichts zu essen hatte außer Kaffee und einem Croissant am Morgen.

Die meiste Zeit schlief ich. Wahrscheinlich war es deshalb so leicht. Hätte ich viel herumlaufen müssen, ich hätte mich vielleicht schlechter gefühlt.

Schließlich war ich so weit, dass ich von vierundzwanzig Stunden fünfzehn schlief.

Zweimal sagte ich, ich sei krank, und sie schickten mir eine Fleischsuppe nach oben, und gelegentlich bekam ich im Laden um die Ecke eine Flasche Wein auf Pump. Wenn man sich's recht überlegt, war ich noch weit entfernt vom Verhungern. Allerdings – ich will nicht bestreiten, dass mir ein paarmal seltsam zumute war.

Nach der ersten Woche beschloss ich, mir das Leben zu nehmen – die übliche Dosis Chloroform. Nächste Woche oder nächsten Monat oder nächstes Jahr werde ich mir das Leben nehmen. Aber meine Monatsmiete ist schon bezahlt, die kann ich genauso gut noch abwohnen und meinen Anspruch auf das Frühstück geltend machen.

»Lass dir Zeit, mein Kind. Du hast die Ewigkeit vor dir«, pflegte Schwester Marie-Augustine ironisch zu sagen, weil ich so langsam war. Aber der Ausspruch ist mir im Gedächtnis geblieben. Ich habe die Ewigkeit vor mir. Bald werde ich's fertigbringen, aber es eilt nicht. Ich habe die Ewigkeit vor mir …

Zwischen dem Schlaf am Nachmittag und dem in der Nacht ging ich gewöhnlich spazieren, den Boulevard Arago hinauf bis an eine bestimmte Stelle, und dann wieder zurück. Und eines Abends ging ich dort spazieren, die Hände in den Manteltaschen vergraben, den Kopf auf die Brust gesenkt. Das war die Zeit, in der ich mir angewöhnte, beim Gehen den Kopf hängen zu lassen ... Ich ging wie in einem Traum, wie im Nebel dahin, als ein Mann mich einholte und ansprach.

Das kommt unverhofft. Und eigentlich auch unerwünscht. Im Grunde will ich ja nur meinen üblichen Spaziergang machen, eine Flasche Wein auf Pump kaufen und zum Schlafen ins Hotel zurückkehren. Jedoch – es ist passiert, und da stehe ich nun. Auf die elementaren Bedürfnisse reduziert, ist das Leben eine seltsame Sache.

Gut, wir gehen ins Café Buffalo. Ob ich einen kleinen Apéritif möchte? Gewiss doch. Es kommen zwei Pernods.

Ich beginne, an Essen zu denken. Choucroute zum Beispiel – hier sollte es doch *choucroute garnie* geben. Herrliche Wurst, herrliche Kartoffeln, herrliches, herrliches Kraut ... Ganz plötzlich läuft mir das Wasser im Munde zusammen. Ich trinke den Pernod halb aus, um es mit Anstand hinunterzuschlucken. Und dann fühle ich mich wie eine Göttin. Mir hätte übel werden können, aber es ging genau andersherum.

Das Orchester spielte *L'Arlésienne,* das weiß ich noch sehr gut. Ich brauche bloß diese Musik zu hören, und schon bin ich wieder im Café Buffalo und sitze neben diesem Mann. Und die Musik rauscht.

Und er erzählt von einem Freund, der so reich ist, dass die Bauchbinden seiner Zigarren sein Foto tragen. Eine verrückte Unterhaltung.

»Eines Tages«, sagt er, »werde ich auch so reich sein, dass mein Foto auf den Bauchbinden der Zigarren ist, die ich meinen Freunden anbiete. Das ist mein Ehrgeiz.«

Ob ich noch einen kleinen Pernod möchte? Natürlich möchte ich noch einen kleinen Pernod. (Essen? Ich will jetzt nichts essen. Ich will noch dieses Gefühl auskosten – Feuer und Flügel.)

Da sitzen wir nun und schwatzen drauflos, als kennten wir uns schon seit Jahren. Er liest mir einen Brief vor, den er gerade von einem Mädchen bekommen hat.

Was ist los mit dem Brief? Es scheint mir ein Brief zu sein, auf den jeder Mann stolz sein kann. Da ist nur die Rede von *frissons*, von *spasmes* und unbestreitbaren *réussites*. (Chéri, Chéri, rappelles-tu que …) Eine Ehrenurkunde ist dieser Brief.

Aber das dicke Ende kommt noch, wie immer. Das Mädchen möchte ein Paar neue Schuhe und bittet um dreihundert Franc, um sie kaufen zu können. Chéri, du erinnerst dich doch noch an die unvergesslichen Stunden, die wir miteinander verbracht haben, und wirst mir's nicht abschlagen, wenn ich dir sage, dass meine Schuhe ganz abgetragen sind. Ich schäme mich, damit auf die Straße zu gehen. Der *valet de chambre* weiß, dass ich in beiden Sohlen große Löcher habe. Ich schäme mich wirklich, dass ich so arm bin. Die ganze Zeit bleibe ich in meinem Zimmer. Und deshalb, chéri, et cetera, et cetera, et cetera …

Er wird mit diesem Brief nicht fertig. »Ich glaube es nicht«, sagt er. »Es ist alles eine Lüge, es ist eine Falle, eine Schlinge. Das Mädchen lügt, müssen Sie wissen. Sie will weiter nichts als dreihundert Franc, die sie ihrem *maquereau* geben kann. Soll ich ihr dreihundert Franc für ihren *maquereau* schenken? Nein, das tu ich nicht. Ich tu es nicht … Und trotzdem«, sagt er, »ich kann den Gedanken nicht ertragen – das arme Ding mit Löchern in den Schuhen. Das kann nicht angenehm sein, wenn man mit den Füßen auf der bloßen Erde geht.«

»Nein, das ist nicht angenehm«, sage ich. »Besonders an Regentagen.«

»Also, was meinen Sie? Halten Sie den Brief für ehrlich? Was denken Sie?«

Als wir mit unserem zweiten Pernod zu Ende sind, haben wir jedes einzelne Wort durchgekaut.

»Außerdem«, sagt er, »auch wenn alles wahr ist – sofort darf ich das Geld nicht schicken. Das wäre ganz falsch. Wenn sie denkt, sie braucht nur zu bitten, und schon kommt das Geld – das wäre ganz falsch. Nein, nein, ich muss sie warten lassen.«

Einerseits, andererseits, einerseits …

»Nein, ich glaube, sie lügt.«

Die ganze Zeit starrt er mich an und mustert mich. Unter dem Tisch hat er die Hand auf meinem Knie.

Er ist nicht aus Paris. Er lebt in Lille. Er wohnt hier im Appartement eines Freundes, sagt er, und es sei eine sehr hübsche Wohnung. Ob ich mit dorthin kommen wolle, auf ein Gläschen Portwein … Schön, warum nicht?

Wie sieht der Mann aus? Ich weiß es nicht mehr. Ich glaube, ich habe ihn nicht ein einziges Mal angesehen. Ich erinnere mich, dass er sehr kleine Hände hatte und dass er einen Ring mit einem blauen Stein trug.

Wir treten hinaus auf die Straße. Und, wie zu erwarten war – beim ersten frischen Lufthauch bin ich so betrunken, dass ich nicht mehr laufen kann.

»Hé là«, sagt er. »Was ist los? Haben Sie zu viel getanzt? Ihr jungen Frauen tanzt alle zu viel«, sagt er. »Vergnügungssüchtig, das junge Volk … Aber wir werden ein Taxi nehmen.«

Schwankend überqueren wir die Straße, stellen uns unter einen kümmerlichen Großstadtbaum und warten auf ein Taxi, das wir heranwinken können. Ich fange an zu kichern. Er lässt seine Hand an meinem Arm auf und ab wandern.

Ich sage: »Wissen Sie, was in Wirklichkeit mit mir los ist? Ich habe Hunger. Ich habe drei Wochen lang kaum etwas gegessen.«

»Comment?«, sagt er und lässt mich sofort los.

»C'est vrai«, sage ich und kichere noch lauter. »Es ist wirklich wahr. Ich hatte drei Wochen nichts zu essen.« (Ich übertreibe wie gewöhnlich.)

Im selben Augenblick hält ein Taxi an. Ohne ein Wort steigt er ein, knallt die Tür zu und lässt mich auf dem Fußweg stehen.

Und hat mir das etwas ausgemacht? Überhaupt nicht, überhaupt nicht. Wer denkt, das hätte mir etwas ausgemacht, der hat nie ein solches Leben geführt: tief in einen Traum versunken, wo alle Gesichter Masken sind, nur die Bäume sind lebendig, und man sieht sie fast, die Schnüre, an denen die Puppen tanzen. Nahaufnahme der menschlichen Natur – ist das nicht auch was wert?

Ich nehme an, dieser Mann fühlte sich vom Schicksal verfolgt – erst das Mädchen mit seinen Schuhen und dann ich mit meinem Hunger. Aber so ist es nun einmal, wenn man nicht viel anlegen will – da darf man sich nicht wundern, wenn die Leute sich manchmal einfallen lassen, auch ihre eigene kleine Misere vor einem auszubreiten.

Mitten in der Nacht wachst du auf. Du fängst an zu weinen. Was geht mit mir vor? Ach, mein Leben, ach, meine Jugend …

Es ist noch ein bisschen Wein in der Flasche. Du trinkst ihn. Die Uhr tickt. Schlafen …

Die Leute reden immer vom glücklichen Leben, aber glücklich wird das Leben erst, wenn man nicht mehr danach fragt, ob man lebt oder stirbt. Dahin kommt man erst nach langer Zeit und vielen Schicksalsschlägen. Und glaubst du wirklich, du wärst dann geborgen? Niemals.

Sobald du diese himmlische Gleichgültigkeit erreicht hast, wirst du wieder herausgerissen. Aus deinem Himmel musst du zurück in die Hölle. Wenn du der Welt abgestorben bist, dann holt dich die Welt oft gewaltsam zurück, und wäre es auch nur, um dich zum Gespött zu machen.

Ich gehe im Takt der *Arlésienne,* taste nach den Taschen meines Wintermantels und bin überrascht, als ich den Pelz fühle … Nimm dich zusammen, meine Liebe. Wir haben jetzt Ende Oktober 1937, und der alte Mantel von damals hat schon lange ausgedient.

Wir steigen in einem Gebäude mit Atelierwohnungen die Treppe hinauf zu einem großen, leeren, kalten Raum mit Masken an den Wänden, zwei alten Sesseln und einem Holzstuhl, auf dem ›merde‹ steht. Die Antwort, die letzte Antwort auf alles?

Der Freund ist ein etwa vierzigjähriger Jude. Er hat den spöttischen Blick des Juden, jenen Blick, der so hasserfüllt, der so anziehend, der so traurig sein kann.

Er ist gerade dabei, zusammengeknülltes Zeitungspapier in den Ofen zu stecken.

»Er will nicht brennen. Er hat heute schlechte Laune. Ich mache Tee. Das Wasser wird gleich kochen.«

»Westafrikanische Masken?«

»Ja, direkt aus dem Kongo ... Ich habe sie gemacht. Die eine hier ist nicht schlecht.«

Er nimmt sie herunter und zeigt sie mir. Die dicht beieinanderstehenden Augenhöhlen starren mich an. Ich kenne dieses Gesicht sehr gut. Ich habe viele solcher Gesichter gesehen – komplett mit Rumpf und Beinen.

So sehen sie einen an, wenn sie sagen: ›Warum bist du nicht in die Seine gegangen?‹ So sehen sie einen an, wenn sie sagen: ›Qu'est-ce qu'elle fout ici, la vieille?‹ So sehen sie einen an, wenn sie sagen: ›Was ist das wieder für ein Märchen?‹ Wenn sie dich mustern. Wer bist du überhaupt? Wer ist dein Vater, und hast du Geld, und wenn nicht, warum nicht? Gehörst du zu uns? Wirst du denken, was man dich denken heißt, und sagen, was man von dir erwartet? Bist du rot, weiß oder blau, Gelee, Pudding oder Kaviarersatz?

Serge geht zu einem alten Grammophon in der Ecke, legt eine Platte mit Béguine-Musik aus Martinique auf und fragt, ob ich tanzen möchte.

»Nein, ich möchte lieber Ihnen zusehen.«

Er hält sich die Maske vors Gesicht und tanzt. »Damit Sie lachen«, sagt er. Er tanzt recht gut. Sein magerer, sehniger Körper wirkt seltsam unter dieser scheußlichen Maske. Delmar, sehr ernst und korrekt, klatscht im Takt der Musik in die Hände.

(›Haben Sie zu viel getanzt?‹) »Hören Sie nicht auf.«

(›Vergnügungssüchtig, das junge Volk.‹) »Bitte, hören Sie nicht auf.«

Das Grammophon plärrt *Maladie d'amour, maladie de la jeunesse …*

Ich liege in einer Hängematte und schaue in die Zweige eines Baumes hinauf. Das Rauschen des Meeres kommt und geht, als würde eine Tür geöffnet und geschlossen. Den ganzen Tag ist ein starker Wind gegangen, aber bei Sonnenuntergang legt er sich. Die Berge sehen wie Wolken aus und die Wolken wie phantastische Berge.

Schmerzen der Liebe,
Schmerzen der Jugend,
Geht fort von mir,
Bleibt fern von mir,
Will euch nicht sehen,
Nie wieder, nie wieder …

Dann reden wir über »Negermusik« und verschiedene *boîtes* in Montparnasse. Der Highball? Nein, der Highball ist nicht mehr nett. Das ist jetzt eine schmutzige Kneipe. Ach, tatsächlich? Ja, tatsächlich. Dort geht kein Mensch mehr hin. Aber das Cuban Cabin in Montmartre, das ist recht gut. Das würde Ihnen gefallen. Sie machen gute Musik da. Es ist lustig dort.

Ich rede ununterbrochen, ganz ruhig und gelassen, aber plötzlich passiert es wieder – Tränen stehen mir in den Augen, Tränen rollen mir über die Wangen. (Gerettet, geborgen, aber nicht mehr ganz so gut wie neu …)

»Entschuldigen Sie. Ich bin so ein albernes Ding. Ich weiß nicht, was mit mir los ist.«

»Oh, Madame, oh, Madame«, sagt Delmar, »warum weinen Sie?«

»Ich bin so ein albernes Ding. Bitte kümmern Sie sich nicht um mich. Kümmern Sie sich einfach nicht um mich, dann werde ich schon wieder vernünftig.«

»Aber weinen Sie doch«, sagt der Maler. »Weinen Sie, wenn Ihnen danach zumute ist. Warum sollten Sie nicht weinen? Sie sind doch bei Freunden.«

»Wenn ich einen Drink haben könnte …«

»Einen Drink. Ich habe irgendwo noch Portwein.«

Er eilt geschäftig hin und her und bringt drei winzige Schälchen – die Dinger, aus denen man Sake trinkt.

»Japanisch«, sage ich geistreich.

Er antwortet nicht. Er ist auf der Suche nach der Portweinflasche. Nun schenkt er aus, was noch übrig ist. Es füllt gerade ein Sake-Schälchen. Das soll ein Drink sein?

Ich habe ein unwiderstehliches Verlangen nach einem großen, starken Drink, der mich vergessen lässt, dass ich wieder einmal verfluchten menschlichen Kreaturen das Recht eingeräumt habe, mich zu bemitleiden und auszulachen.

Ich sage laut und herausfordernd: »Gehen Sie und holen Sie mir eine Flasche Brandy«, nehme Geld aus meiner Tasche und halte es ihm hin.

Das ist der Augenblick, in dem er, Serge, sich meiner bemächtigt. Er nimmt das Geld weder an, noch lehnt er es ab – er beachtet es gar nicht. Er löscht aus, was ich gesagt habe und wie ich es gesagt habe. Er ignoriert es, als wäre es nicht passiert, und ich weiß, für ihn ist es auch nicht passiert. Er denkt an etwas anderes.

»Trinken Sie jetzt nichts«, sagt er. »Später hole ich welchen, wenn Sie wollen. Ich mache Ihnen jetzt einen Tee.«

Er kommt mit dem Tee und tut Zitrone hinein. Es schmeckt mir.

»Mir ist oft nach Weinen zumute. Das ist das Einzige, was die Frauen den Männern voraushaben – sie dürfen wenigstens weinen.«

Wir erörtern ganz ernsthaft das Thema Weinen.

Delmar weint nicht leicht, sagt er. Nein, gar nicht so leicht. *Le peintre* weint, wie es scheint, über van Gogh. Er verbreitet sich weitläufig über das »schreckliche Bemühen, das unablässige Bemühen – es übersteigt alles menschliche Begreifen, was er getan hat«. Et cetera, et cetera …

Als er mir eine Zigarette gibt, zittert seine Hand. Er lügt nicht. Ich glaube, er hat wirklich über van Gogh geweint.

Wir trinken noch mehr Tee. Der Ofen ist ausgegangen, und es ist sehr kalt, aber sie scheinen es nicht zu merken. Ich bin froh über meinen Mantel. Ich denke, ich sollte ihn fragen, ob ich seine Bilder sehen darf, aber er ist so bei der Sache, dass ich ihn nicht unterbrechen kann. Er erzählt gerade ein Erlebnis, das er in London hatte.

»Oh, haben Sie einmal in London gelebt?«

»Ja, ich war eine Zeit lang dort, aber ich bin nicht lange geblieben – nein. Aber einen wunderbaren Anzug habe ich mir besorgt«, sagt er. »Ich sah vom Hals abwärts ganz wie ein englischer Gentleman aus. Ich war sehr stolz … Ich hatte ein Zimmer in der Nähe vom Notting Hill Gate. Kennen Sie das?«

»O ja, das kenne ich.«

»Ein sehr behagliches Zimmer. Aber eines Abends passierte Folgendes. Da wir gerade vom Weinen sprechen – ich habe das nicht vergessen können …

Ich saß am Kamin, als ich draußen ein Geräusch hörte, als wäre jemand hingefallen. Ich machte die Tür auf, und da lag der Länge nach eine Frau im Korridor und weinte. Ich sagte zu ihr: ›Was ist los?‹ Sie weinte nur immer weiter. Na, dachte ich mir, die Sache geht dich nichts an. Ich machte die Tür entschlossen wieder zu. Aber ich konnte sie immer noch hören. Da öffnete ich die Tür noch einmal und fragte sie: ›Was ist los? Kann ich was für Sie tun?‹ Sie sagte: ›Ich brauche einen Drink.‹«

»Genau wie ich«, sagte ich. »Ich habe geweint und um einen Drink gebeten.« Der hält sicher gern große Reden, dieser *peintre.* Ist das auf mich gemünzt?

»Nein, nein«, sagt er. »Ganz und gar nicht wie Sie.«

Er fährt fort: »Ich sagte zu ihr: ›Kommen Sie herein, wenn Sie wollen. Ich habe etwas Whisky.‹ Sie war keine Weiße. Halb schwarz war sie – eine Mulattin. Sie hatte so sehr geweint, dass man unmöglich sagen konnte, ob sie hübsch oder hässlich, jung oder alt war. Dazu war sie betrunken, aber das war nicht der Grund, aus dem sie weinte. Sie weinte, weil sie völlig am Ende war. Es war ein Klang in ihrem Schluchzen, der unmissverständlich ist – wie manchmal in der Musik … Ich legte den Arm um sie, aber es war nicht so, wie wenn man eine Frau in den Arm nimmt. Sie war wie etwas Versteinertes.

Wieder bat sie um Whisky. Ich gab ihn ihr, und sie begann eine lange Geschichte, teils auf Französisch, teils auf Englisch, was ich natürlich nicht sehr gut verstehen konnte. Sie komme aus Martinique, sagte sie, und sie habe diesen Monsieur in Paris kennengelernt, den Monsieur, mit dem sie im obersten Stockwerk wohnte. Jeder im Hause wusste, dass sie nicht mit ihm verheiratet war, aber noch schlimmer war, dass sie keine Weiße war. Sie sagte, jedes Mal, wenn die Leute sie ansehen, spürt sie, wie sie sie hassen, und die Leute auf der Straße sähen sie genauso an. Zuerst machte es ihr nichts aus – sie fand es komisch. Aber jetzt war sie so weit, dass sie überhaupt keine Menschen mehr sehen mochte. Sie sagte mir, seit über zwei Jahren gehe sie nur noch im Dunkeln aus. Als sie das sagte, empfand ich etwas ganz Ungeheuerliches – als schaute ich in einen Abgrund. Das waren ihre Augen. Ich sagte: ›Aber der Monsieur, mit dem Sie zusammenleben, was ist mit dem?‹ – ›Oh, er ist ein typischer Engländer, er sagt, ich bilde mir das alles nur ein.‹ Ich fragte, ob er es nicht sonderbar findet, dass sie nie ausgeht. Aber sie sagte, nein, das finde er ganz natürlich. Sie sprach lange von diesem Monsieur. Es schien, als bleibe sie nur bei ihm, weil sie nicht wusste, wo sie sonst hingehen sollte, und er behielt sie bei sich, weil er ihre Kochkünste schätzte. Das klingt alles ein bisschen lächerlich, aber wenn Sie diese Frau gesehen hätten, würden Sie verstehen, warum ich sie nie habe vergessen können. Ich sagte zu ihr: ›Steigern Sie sich nicht in eine Hysterie hinein, denn wenn Sie das tun, ist alles aus.‹ Aber es war schwierig, vernünftig mit ihr zu reden, weil ich die ganze Zeit das Gefühl hatte, als spräche ich auf etwas ein, das schon nicht mehr ganz Mensch, schon nicht mehr ganz am Leben war.«

»Das ist eine sehr traurige Geschichte«, sagte ich. »Sie waren bestimmt nett zu ihr.«

»Aber das ist es ja gerade. Ich war nicht nett. Sie sagte mir, an jenem Nachmittag habe sie sich besser gefühlt und ein wenig spazieren gehen wollen. ›Obwohl es noch nicht dunkel war‹, sagte sie. Als sie aus dem Haus trat, begegnete ihr das Töchterchen eines anderen Mieters. Es war eins von den Häusern, deren Stockwerke einzeln vermietet sind. Es wohnten mehrere Familien darin. Sie sagte zu dem kleinen Mädchen: ›Guten Tag …‹ Es war eine lange Geschichte, und wie ich schon sagte, konnte ich nicht alles verstehen. Aber das Kind hatte zu ihr gesagt, sie sei ein schmutziges Weib, sie rieche schlecht, sie habe im Hause nichts zu suchen. ›Ich hasse Sie und ich wünschte, Sie wären tot‹, sagte das Kind. Und daraufhin hatte sie eine ganze Flasche Whisky ausgetrunken, und da lag sie dann, draußen vor meiner Tür. Nun, was kann man zu so einer Geschichte sagen? Ich wusste die ganze

Zeit, dass ihr einziger Wunsch war, ich schliefe mit ihr, und dass nur das ihr ein wenig helfen würde. Aber leider – ich konnte es nicht. Ich gab ihr nur all meinen Whisky, und sie ging fort, schwankend. Da wohnten noch zwei andere Frauen im Haus. Die eine mit einem zusammengekniffenen, schmalen Mund, die andere fett und mit dem Lachen einer Hure. Ich muss zugeben, ich hörte sie nie zu der Frau aus Martinique sprechen, sie hatten grausame Augen, alle beide. Wie sie mich ansahen, das gefiel mir auch nicht recht … Aber vielleicht haben alle Frauen grausame Augen. Was meinen Sie?«

Ich sage: »Ich glaube, die meisten Menschen haben grausame Augen.« Diese frische, ungerührte, unschuldige Grausamkeit. Ich kenne das.

»Als ich ihr am nächsten Tag auf der Treppe begegnete, sagte ich Guten Morgen, aber sie gab mir keine Antwort … Einmal sah ich, wie das Kind dem armen Geschöpf die Zunge rausstreckte. Erst sieben oder acht und wusste schon so genau, wie man grausam ist und bei wem man es ungestraft sein darf. Bewunderungswürdig, die Natur … Da packte mich ein erstaunlicher Hass auf dieses Haus. Jedes Mal, wenn ich es betrat, war es, als schritte ich in eine Mauer hinein – so eine Mauer, in die Menschen, lebendige Menschen eingemauert sind. Ich habe das nie vergessen. Im Ernst, während der ganzen Zeit, die ich in London verbrachte, war mir, als müsste ich ersticken, als säße ein riesiger *derrière* auf mir.«

»Nun ja, manche Leute empfinden so, und andere spüren es natürlich nicht. Es kommt ganz darauf an.«

»Aber es ist sechs Uhr«, sagt er. »Ich muss um sechs Uhr bei jemandem sein. Macht es Ihnen etwas aus, wenn ich Sie mit meinem Freund allein lasse und er Ihnen alles zeigt? Bitte bleiben Sie. In einer Stunde bin ich wieder da. Aber jetzt muss ich gehen. Ich habe es versprochen, und ich komme schon eine halbe Stunde zu spät. Vous êtes chez vous.«

Ein kurzes Hin und Her mit Delmar über den schnellsten Weg zu seinem Ziel, das in der Rue du Bac zu liegen scheint. An der Tür dreht er sich noch einmal um und sagt etwas auf Russisch, wobei der spöttische Zug in seinem Gesicht sehr deutlich wird. Wenigstens nehme ich an, dass es Russisch ist.

Delmar schaltet ein schwaches Licht in der Mitte des Zimmers an, kommt dann zu mir, ergreift zögernd meine Hand und küsst sie.

Dann küsst er mich auf die Wange.

»Ich war so traurig, als Sie weinten.«

Ich küsse ihn. Zwei laute, nichtssagende Küsse, wie ein französischer General, wenn er einen Orden verleiht. Netter Junge …

»Was hat er gesagt, als er hinausging?«

»Er sagte, Sie brauchen kein Bild zu kaufen, wenn Sie nicht wollen. Niemand erwartet das von Ihnen.«

»Oh, aber ich möchte es. Ich möchte unbedingt eines haben.«

»Warten Sie, ich weiß, wie wir es machen, dass Sie die Bilder auch richtig sehen können.«

Eine Menge leerer Rahmen steht gegen die Wand gelehnt. Delmar stellt sie rings im Zimmer auf und steckt eine Leinwand nach der anderen hinein. Die Bilder sträuben sich. Sie rollen sich ein; sie wollen nicht in die Rahmen hinein. Er schiebt und zieht, bis sie hineingehen und irgendwie auch drinbleiben.

»Dürfen wir das denn? Was wird er sagen, wenn er wiederkommt?«

»Oh, das macht nichts. Es ist schon in Ordnung. Ich möchte, dass Sie sie richtig sehen können.«

Als er fertig ist, stehen an drei Wänden des Zimmers Bilder auf dem Fußboden.

»Jetzt können Sie sie sehen«, sagt er.

»Ja, jetzt kann ich sie sehen.«

Ich bin von Bildern umgeben. Es ist erstaunlich, wie lebendig sie in diesem schwachen Licht wirken … Jetzt weitet sich der Raum, und der eiserne Reif um mein Herz lockert sich. Das Wunder ist geschehen. Ich bin glücklich.

Ich betrachte die Bilder und verliere mich dabei

in vage Träume. Vielleicht wohne ich eines Tages wieder um die Ecke in einem Zimmer, das genauso leer ist wie dieses hier. Nichts drin außer einem Bett und einem Spiegel. Nachmittags gegen zwei zünde ich das Feuer an – die Kälte und der Ofen kämpfen gegeneinander an. Ich liege nahe am Ofen, ganz ruhig, esse ein Brot mit *pâté*, nehme dann einen Drink und liege den ganzen Nachmittag in dem leeren Zimmer – nichts drin als das Bett, der Ofen und der Spiegel, und draußen Paris. Und was hat man nicht für Träume, allein in einem leeren Zimmer, wenn man wartet, dass die Tür aufgeht, das geschieht, was geschehen muss …

Es ist sieben vorbei, als Serge zurückkommt. Er stürzt herein und keucht: »Es tut mir leid, dass ich mich verspätet habe.« Er spricht mit Delmar Russisch. Sagt er jetzt: ›Na, war sie was wert?, oder sagt er: ›Wird sie ein Bild kaufen und gleich zahlen?‹ Letzteres, denke ich, denn es klang geschäftlich.

»Ich würde sehr gern eines von Ihren Bildern kaufen – dieses hier.«

Es zeigt einen alten Juden mit einer roten Nase, der Banjo spielt.

»Das kostet sechshundert Franc«, sagt er. »Wenn Sie meinen, es sei zu viel, werden wir uns auf einen anderen Preis einigen.«

Sein ganzer Charme und sein liebenswürdiges

Wesen sind verschwunden. Er sieht unruhig und verdrießlich aus. Ich sage verlegen: »Ich glaube nicht, dass es zu viel ist. Aber ich habe das Geld nicht …«

Ehe ich weitersprechen kann, bricht er in lautes Gelächter aus. Er wendet sich an Delmar: »Was habe ich dir gesagt?«

»Aber Sie sollen es haben, nehmen Sie es trotzdem. Sie gefallen mir. Ich schenke es Ihnen.«

»Nein, nein. Ich wollte ja nur sagen, dass ich es jetzt nicht bezahlen kann.«

»Oh, das macht nichts. Sie können mir das Geld aus London schicken. Ich will Ihnen sagen, was Sie für mich tun können – Sie können ein paar andere Idioten ausfindig machen, die meine Bilder kaufen.«

Während er das sagt, lächelt er so freundlich, so entwaffnend. Endlich einmal ein Mensch … ich wusste gar nicht mehr, wie das ist, wenn man einem Menschen begegnet.

»Ganz im Ernst. Ich sage das nicht nur so. Nehmen Sie das Bild und schicken Sie mir das Geld, wenn Sie können.«

»Sie sollen es noch heute Abend haben.«

Wir streiten uns eine Weile, wo wir uns treffen wollen.

»Ich kann Montparnasse nicht ausstehen«, sagt er. »Diese Gesichter, diese *gueules*! Sie machen mich krank. Irgendwo im Quartier Latin.«

Wir entscheiden uns für das Capoulade um halb elf. Er rollt das Bild in Seidenpapier ein, bindet ein Stück Bindfaden darum, und ich nehme es unter den Arm. Dann drückt er mir lange und kräftig die Hand und sagt »Amis«.

Wie er mir so die Hand drückt und »Amis« sagt, fühle ich mich sehr glücklich …

Wir treten hinaus in den Hof, Delmar und ich. Es ist ein sehr kalter, klarer Abend. Die Tür zur Straße ist verschlossen. Verhandlungen mit der Concierge.

Ich denke jetzt überhaupt nicht an die Vergangenheit. Ich bin ganz der Gegenwart hingegeben.

»Capoulade – um halb elf …«

Die Bilder begleiten mich. Die zwergenhaften Missgeburten machen ihre Kunststücke mit riesigen bunten Ballons, die Frau mit den vier Brüsten stellt sich zur Schau, die alte Dirne wartet mutlos vor dem *urinoir,* die junge unter dem *bec de gaz …*

Um zehn Uhr fünfundzwanzig bin ich – noch ganz angeregt – im Capoulade. Ich warte eine Viertelstunde, zwanzig Minuten. Niemand kommt … Bon, bien, das ist die Strafe für deinen Übermut, mein Mädchen. Aber meine Rüstung bewährt sich – ich mache mir nichts daraus.

Ich zerbreche mir gerade den Kopf, wie ich dem

Mann sein Geld zukommen lassen soll. Schreiben kann ich nicht, weil ich mich nicht an die Hausnummer erinnere. Soll ich es unter der Tür zum Atelier hindurchschieben und hoffen, dass alles klappt?

Während ich noch überlege, kommt Delmar herein. Korrekt, die Handschuhe in der linken Hand.

»Oh, entschuldigen Sie, entschuldigen Sie. Ich habe im Atelier eine halbe Stunde auf den *peintre* gewartet, und er ist nicht aufgetaucht. Ich habe nicht gewusst, was ich machen soll. Ich habe gedacht, ich komme besser hierher. Es tut mir so leid.«

»Ist schon gut. Das macht gar nichts.«

Ich gebe ihm den Umschlag mit dem Geld.

Schließt er die Augen, sehe ich Erleichterung in seinem Gesicht? Ja, ich glaube. Und warum auch nicht? Hab Erbarmen. Warum auch nicht?

Doch er scheint verdrießlich zu sein – soweit das bei ihm möglich ist, tief geht es ja nicht. Er ist ein Mensch, der unerschütterlich an seiner Überzeugung festhält: ›Ich habe nicht verlangt, geboren zu werden, ich habe nicht verlangt, in die Welt gesetzt zu werden, ich habe mich nicht selbst gemacht, ich habe die Welt nicht so gemacht, wie sie ist, ich bin ohne Schuld. Deshalb habe ich das Recht‹ – et cetera, et cetera, et cetera …

»Le peintre!«, sagt er. »Il est fou, le peintre … Hat er Ihnen gefallen?«

»Ja, er hat mir sehr gefallen.«

Er legt seine Handschuhe sorgsam auf den Tisch. »Nehmen Sie einen Kaffee, Madame?«

»Nein, ich nehme einen Brandy, bitte.«

Er sieht besorgt aus, bestellt den Brandy und einen Kaffee für sich. Gott, ist das furchtbar!

»Le peintre«, sagt er, »ist verrückt. Ich weiß nicht, warum er so unhöflich gewesen ist, aber es passt zu ihm. Weil er verrückt ist. Sie müssen wissen, vor zwei Jahren, da lebte dieser Mann … Schrecklich … La crasse, madame … Ich sagte zu ihm: ›So kannst du nicht weiterleben.‹ – ›Je m'en fous‹, sagte er. Doch ich redete ihm zu, und schließlich brachte er das Geld für seine Ausstellung zusammen. Und seine Bilder wurden gekauft. Ja, sie wurden gekauft. Achtzehntausend Franc. C'est inouï, une somme pareille … Und dann zog er um. Er zog in dieses schöne, anständige Zimmer, in dem Sie ihn gesehen haben … Trotzdem, er ist verrückt.«

Er spricht noch weiter über *le peintre.* Wahrscheinlich mag er ihn wirklich, ist aber eifersüchtig. Er hat kein Auge für seinen Charme. Warum, warum?

»Er hat Ihnen also gefallen?«

»Ja. Sehr.«

»Ah«, sagt er resigniert, »voilà. Trotzdem habe

ich genug von diesen Leuten von der extremen Linken. Sie haben schlechte Manieren. Moi, je suis monarchiste … Und vergessen Sie nicht, wenn er sagt, er gehöre zur extremen Linken, so ist das alles Unsinn. In Wirklichkeit ist es ihm ganz egal.«

»Natürlich ist ihm das egal.«

»Ja, ja … Was mich betrifft, ich bin *monarchiste*. Eine Königin zum Beispiel, eine Fürstin – das ist doch etwas.«

Wenn er so denkt, was hat es dann für einen Sinn, mit ihm zu streiten? … Ich bin mit allem einverstanden. Eine Königin, eine Fürstin – das ist etwas.

Als er fragt, ob ich mich wieder mit ihm treffe: »Ja, ich will's versuchen«, sage ich. »Aber ich habe sehr viel zu tun.«

Ich kann dieses Theater nicht ertragen, wenn ich nicht zu trinken kriege, was ich will, weil er mich's nicht bezahlen lässt und es selber bestimmt auch nicht bezahlen möchte. Das ist mir zu aufreibend.

»Nächste Woche verlasse ich Paris. Früher, als ich dachte.«

Ob ich ihm Bescheid gebe, damit er an die Gare du Nord kommen und sich verabschieden kann?

»Ja, bitte tun Sie das. Es wäre so nett, wenn Sie kämen. Es ist traurig, abzureisen, ohne dass einem jemand Lebewohl sagt.«

Als ich wieder in meinem Zimmer bin, mache ich mir plötzlich Gedanken seinetwegen und wegen des Geldes, das er für mich ausgegeben hat. Und dann denke ich: ›Ich wette, er bekommt seine Prozente von den sechshundert Franc. Oder vielleicht liefert er das Geld überhaupt nicht ab.‹

Bei dem Gedanken muss ich lachen – die ganze Zeit, bis ich mich ausgezogen habe.

*

Ich laufe durch die engen Gassen beim Panthéon. Es fängt an zu regnen.

Ich gehe in ein *tabac.* Die Frau an der Bar mustert mich mit diesem typischen Blick: ›Was willst denn du hier, du? Wir sind nicht auf Touristen eingestellt, wir haben hier andere Gäste …‹ – ›Nun ja, liebe Madame, ehrlich gesagt, ich will weiter nichts als einen Drink von Ihnen – oder eher zwei, glaube ich, vielleicht auch drei.‹

Draußen ist es kalt und dunkel, und mich hat jetzt alles verlassen, nur mein Elend nicht.

»Einen Pernod«, sage ich zum Kellner.

Er schenkt mir einen schlauen, belustigten Blick, als er ihn bringt.

Gott, ist das komisch, eine Frau zu sein! Und die andere – die hinter der Theke – wird sie jetzt kichern oder irgendetwas über mich sagen, laut genug, dass ich's hören kann? So ist ihr doch jetzt zumute.

Nein, sie sagt nichts … Aber damit sagt sie alles.

Nun, das ist prächtig, chère madame, das haben Sie sehr hübsch gemacht. Sie haben nichts und damit alles gesagt. Macht nichts, hier bin ich und hier bleibe ich auch.

Hinter meinem Tisch ist eine Tür. Toilette – das hätten sie gar nicht draufzuschreiben brauchen. Und dann eine zweite, kleinere Tür: Service. Ich höre, wie hinter dieser Tür Geschirr gespült wird.

Nach einer Weile kommt ein Mädchen raus. Sie trägt ein Tablett, auf dem saubere Gläser aufgereiht sind. Sie lässt die Tür offen. Drinnen ein Ausguss, ein Wasserhahn und noch mehr schmutzige Gläser und Teller, die gespült werden wollen. Es ist gerade so viel Platz, dass das Mädchen stehen kann. Aus dem Ausguss kommt ein unbeschreiblicher Geruch.

Sie geht an mir vorbei, ohne mich anzusehen. Nackte, stämmige Beine, Filzschuhe, ein schwarzes Kleid, eine schmierige Schürze, dichtes, lockiges, zerzaustes Haar. Ich kenne sie. Das ist das Mädchen, das alle Schmutzarbeiten macht und sehr schlecht dafür bezahlt wird. *Salut!*

Sie geht in den Raum hinter der Theke, stellt die Gläser ab, kehrt in ihren Schrank zurück und sperrt sich ein. Wie macht sie es, dass sie nicht bei jeder Bewegung mit dem Ellbogen anstößt? Wie kann sie auch nur fünf Minuten in diesem Sarg stehen, ohne ohnmächtig zu werden? ... Bemitleidenswert? Warum sollte ich sie bemitleiden? Hat sie nicht stämmige Beine und lockiges Haar? Singen ihre starken Hände nicht die *Marseillaise*? Und wenn die Revolution kommt, sind nicht das die Hände, die geküsst werden? Nun ja, wenigstens sagt das Monsieur Rimbaud, oder nicht? Ich hoffe, er hat recht. Aber ich frage mich doch, ich frage mich ...

Ich rufe den Kellner, um zu zahlen. Ich gebe ihm ein großes Trinkgeld. Er sieht hin, sagt »Merci« und dann »Merci beaucoup«. Ich bitte ihn, mir den Weg zum nächsten Kino zu sagen. Natürlich nur, weil ich den heimlichen Wunsch hege, meine Anwesenheit in diesem Lokal zu erklären. Ich bin nur hergekommen, um nach dem Weg zum nächsten Kino zu fragen. Ich bin eine anständige Frau, une femme convenable, die zum nächsten Kino unterwegs ist. Faites comme les autres – das war schon immer mein Wahlspruch. Faites comme les autres, verdammt noch mal.

Und ihm ist's auch ganz egal – ich hätte mir die Mühe sparen können. Aber das ist meine Einstellung zum Leben. Bitte, bitte, Monsieur et Madame, Mister, Missis und Miss, ich gebe mir solche Mühe, wie Sie zu sein. Ich weiß, dass ich's nicht schaffe, aber sehen Sie doch nur, welche Mühe ich mir gebe. Drei Stunden, um einen Hut auszusuchen; jeden Morgen anderthalb Stunden, nur um einigermaßen so auszusehen wie alle anderen. Jedes Wort, das ich spreche, trägt Ketten um die Knöchel; jeder Gedanke, den ich denke, ist mit schweren Gewichten belastet. Trägt nicht schon seit meiner Geburt jedes Wort, das ich sage, jeder Gedanke, den ich denke, alles, was ich tue, Fesseln, Gewichte, Ketten? Und bedenkt – ich weiß, dass ich mit all dieser Last nichts erreiche. Oder dass ich in seltenen Momenten verdammt zu viel erreiche … Aber denkt auch daran, wie sehr ich mich abmühe und wie selten ich aufbegehre. Denkt daran – und habt ein wenig Mitleid. Das heißt, wenn ihr überhaupt jemals denkt, was ich bezweifle, ihr Affen.

Jetzt hat der Kellner mir gesagt, wie ich zum nächsten Kino komme.

»Noch einen Pernod«, sage ich.

Er bringt ihn. Er füllt mein Glas fast bis zum Rand, vielleicht in der Hoffnung auf ein zweites Trinkgeld, vielleicht, weil er mich so rasch wie möglich betrunken sehen möchte, vielleicht auch, weil er die Flasche nicht fest genug in der Hand hatte.

Das Mädchen kommt mit dem letzten Tablett voller Gläser heraus. Ich bin froh. Mir ist eben eingefallen, dass die Tür zu ihrem Sarg offen bliebe, wenn ich nicht hier wäre. Vielleicht. Nicht, dass ich fortgegangen wäre, wenn ich mir das früher überlegt hätte. Warum auch? Die Hände, die die *Mar-*

seillaise singen, die Welt, die so ganz anders sein könnte – was geht das alles mich an?

Was kann ich da tun? Nichts. Ich mache mir nichts vor.

Das wäre erledigt. Ich kann mich dem zweiten Pernod widmen.

Die Atmosphäre ist auf einmal anders. Sie wissen alle, was ich bin. Ich bin eine Frau, die hergekommen ist, um sich zu betrinken. Das kommt bisweilen vor. Sie trinken ein Glas, diese Frauen, und dann noch eins, und dann weinen sie still vor sich hin. Und dann gehen sie in die Damentoilette, und dann kommen sie wieder raus – gepudert, aber mit Schatten unter den Augen – und schleichen mit gesenktem Kopf davon.

›Arme Frau, sie hat Tränen in den Augen.‹

›Kann man etwas anderes erwarten? Elle a bu.‹

So ist's, chère madame, ich bin betrunken. Ich habe getrunken. Daran ist jetzt nichts mehr zu ändern. Ich habe getrunken. Aber im Übrigen still, verschüchtert, gezähmt, bereit, große Trinkgelder zu geben. (Ich geb dir ein großes Trinkgeld, wenn du mich in Ruhe lässt.) Bon, bien, bien, bon …

Manchmal kommt jemand herein, um Briefmarken zu kaufen, oder ein Mann, der etwas trinken will. Dann kann man auf die Straße hinaussehen, und die Straße kommt herein. Es ist eine von jenen Straßen – finster, mächtig, zauberkräftig …

›Oh, da bist du ja‹, sagt sie, wenn sie zur Tür hereinkommt, ›da bist du ja. Wo warst du denn so lange?‹

Sonst kennt mich keiner, aber die Straße kennt mich.

›Und hier bist du‹, sage ich ziemlich betrunken und leere mein Glas. ›Salut, salut!‹

(Aber manchmal schien die Sonne … In der Sonne spazieren gehen, in einem bunten Kleid mit roten und blauen Streifen … Ich werde nicht wieder durch diese Straße gehen.)

Das Cinéma Danton. Zusehen, wie ein edler junger Mann sich bemüht, seinen Chef vor einer geschäftstüchtigen Geliebten zu bewahren. Der Chef ist ein kahlköpfiger, munterer alter Knabe, der Toilettenartikel herstellt. Der edle junge Mann ist so linkisch, penibel, schüchtern und gefühlvoll, wie edle junge Männer es sein müssen. Er unterbricht intime Gespräche, klopft laut an, bringt Briefe und Pakete herein et cetera, et cetera, et cetera. Schließlich steht die Dame verärgert auf und fegt hinaus. An der Tür dreht sie sich um und sagt: »Alors, bien, je te laisse à tes suppositoires.« Alle lachen laut darüber, und ich lache mit. Das hat sie gut gesagt.

Der Film geht endlos weiter. Nach allen möglichen Zwischenfällen triumphiert der edle junge Mann. Er darf die Tochter seines Chefs um ihre

Hand bitten. Er wartet am Ufer eines großen Teiches und hat einen Ring in der Westentasche, den er ihr geben will. Er nimmt ihn heraus, um sich zu vergewissern, dass er ihn nicht vergessen hat. Närrisch vor Glück marschiert er am Ufer auf und ab und fuchtelt mit den Armen. Er macht eine ungestüme Bewegung. Der Ring fliegt mitten in den Teich. Er zieht seine Hose aus, er watet ins Wasser. Er muss den Ring wiederhaben, er muss ihn unbedingt wiederhaben.

Genau das, was mir immer passiert. Ich lache, bis mir die Tränen kommen. Doch der Film scheint nicht enden zu wollen. So stehe ich auf und gehe hinaus.

Noch ein Pernod in der Bar neben dem Kino. Ich sitze an einem Ecktisch und trinke in kleinen Schlucken, anständig, mit niedergeschlagenen Augen. Je suis une femme convenable, die eben aus dem Kino nebenan gekommen ist … Jetzt ist wirklich alles in Ordnung mit mir, chère madame. Wenn ich mir zum Abendessen eine Flasche Bordeaux bestelle, werde ich fast so betrunken sein, wie ich es mir erhofft hatte.

Im Hotel liegt ein Brief von *le peintre.* Er sagt, es tue ihm sehr leid, dass er gestern Abend nicht kommen konnte – il faut m'excuser. Er sagt, Delmar habe ihm die sechshundert Franc gegeben, und er danke mir. Er sagt, wenn mir der *bonhomme* nicht gefalle, wenn ich ihn zu traurig fände, werde er ihn mir gegen eine von den Landschaften umtauschen oder gegen etwas anderes, was immer ich haben möchte, und er werde versuchen, zur Gare du Nord zu kommen, um mir *au revoir* zu sagen (wetten, dass er nicht kommt), und er sei mein Freund, Serge Rubin.

Na, darauf werde ich einen Whisky trinken.

Ich entrolle das Bild, und der Mann, der da in der Gosse steht und Banjo spielt, starrt mich an. Er ist sanft, demütig, resigniert, spöttisch, ein bisschen verrückt. Er starrt mich an. Er hat zwei Köpfe, zwei Gesichter. Er singt: *Es war einmal*, er singt: *Es wird sein*. Zwei Köpfe und vier Arme … Ich starre zurück und denke an Hunger, Kälte, Kränkung und Verspottung, als hätte ich das alles in einem anderen, nicht in diesem Leben erfahren.

Dieses verdammte Zimmer – es quillt über von Vergangenheit … Es ist alle Zimmer, in denen ich je geschlafen, alle Straßen, durch die ich je gegangen bin. Jetzt zieht das alles in einer geordneten, wogenden Prozession an meinen Augen vorüber. Zimmer, Straßen, Straßen, Zimmer …

Dritter Teil

Das Zimmer bei den Steens.

Es stand voller roter Plüschmöbel, deren Holz glänzend poliert war. Dann gab es mehrere Vasen mit Tulpen und zwei Käfige mit Kanarienvögeln, und außerdem zwei Uhren, von denen eine lauter zu ticken versuchte als die andere. Die Fenster waren fast immer geschlossen, aber die Luft war nicht muffig im Zimmer. Wenn die Tür zum Laden offen war, roch es nach Arzneien und Eau de Cologne. Auf einem Tisch im Hintergrund stand ein großer Teekessel auf einem Spirituskocher. Mit dem kleinen blauen Licht sah das aus wie ein Altar.

In diesem Zimmer konnte man nicht denken, konnte man keine Pläne machen. Eben weil die Uhren so tickten – und draußen die sauberen, engen Straßen, und die anderen sprachen Holländisch, und ich hörte zu, ohne etwas zu verstehen. Es war, als wäre ich wieder ein Kind, das horcht und an etwas anderes denkt und dabei die Stimmen hört – endlos, unausweichlich und ruhevoll. Wie Sonntagnachmittag.

Ja, London ... Das klingt wunderbar, aber was

war London für mich? Es war ein kleines Zimmer, in dem es stank, in dem meine Strümpfe zum Trocknen vor einem Gasofen hingen. Nichts in diesem Zimmer war je sauber, aber nichts war auch je schmutzig. Alles war immer halb so und halb so. Sie wechselten jedes Mal nur ein Laken, sodass das Bett nie ganz sauber und nie ganz schmutzig war.

Der Gedanke: ›Jedenfalls habe ich das jetzt alles hinter mir. Nicht zurückkehren müssen, nicht zurückkehren …‹

Ich mochte Tonny; sie war lieb. Aber ich hasste Hans Steen. Er hatte einen anmaßenden Blick. Er war nicht anmaßend, er war sehr höflich. Aber seine blassblauen Augen hatten diesen Blick, und seine Hände sahen so aus.

Schmale Straßen, und Leute darin, die auf der einen Seite hinauf-, auf der anderen Seite hinuntergingen. So aufgeräumt. Im Park, dem Haagsche Bos, die Bäume verkehrt herum im eisgrünen Wasser.

Wir gehen jeden Tag auf einen Apéritif in das Centraal. Wir essen in einem kleinen Lokal, wo der Geiger sehr schön sentimentale Lieder spielt. (›Möchten Sie *Le Binyou* für Madame spielen? …‹)

Ich habe kein Geld. Er hat auch keines. Beide glaubten wir, der andere hätte Geld. Aber überall in der Welt machen die Leute verrückte Sachen. Der Krieg ist aus. Kein Krieg mehr – niemals, niemals. Après la guerre wird es überall schön sein …

Und nicht nach London zurückmüssen. Es ist gar nicht schön, was mich in London erwartet.

Aber kein Geld? Nix? ... Und der Brief in meiner Handtasche: ›Ich glaube, du bist verrückt. Wenn du darauf bestehst ...‹

Eine große Vase auf dem Tisch voll üppiger Tulpen. Wie sie sich anbieten! »Vielleicht, weil sie wissen, dass sie nichts zu bieten haben«, sagt Enno.

Gespräche über Paris, wo er seit seinem achtzehnten Lebensjahr wohnt. Offenbar war er Chansonnier, ehe er Journalist wurde. In der ersten Kriegswoche meldete er sich freiwillig. Von 1917 an klafft eine Lücke. Er schien sehr wohlhabend, als ich ihm in London begegnete, doch jetzt – kein Geld, nix. Was ist passiert? Er sagt es mir nicht.

Aber wenn wir in Paris sind, wird es uns wieder gut gehen. Außerdem – wir haben ja Geld. Zusammen haben wir fünfzehn Pfund.

Trotz allem dachte ich nie, dass wir wirklich heiraten würden. Eines Tages werde ich mir einen Plan machen, werde ich wissen, was ich zu tun habe ...

Dann wache ich auf, und es ist mein Hochzeitstag – kalt und regnerisch. Ich ziehe das graue Kostüm an, das mir ein Schneider in Delft auf Pump gemacht hat. Es gefällt mir nicht besonders. Enno kommt mit einem Maiglöckchenstrauß herein, steckt ihn mir ans Revers und küsst mich. Wir nehmen ein Taxi, fahren durch den Regen zum Rathaus und werden mit einer Menge anderer Paare getraut, die sich im Kreis aufgestellt haben. Wir kommen aus dem Rathaus und nehmen einen Drink mit Tonny und Hans. Dann gehen sie heim, um sich um den Laden zu kümmern. Wir gehen in ein Lokal. Niemand da – es ist zu früh. Wir trinken zwei Glas Port und dann noch mal zwei. »Wie idiotisch die ganze Sache war!«, sagt Enno.

Wir trinken noch mehr Portwein. Es ist das erste Mal an diesem Tag, dass ich mich warm und glücklich fühle.

Ich sage: »Du wirst mich nie verlassen, nicht wahr?«

»Allons, allons, ein bisschen Fröhlichkeit«, sagt Enno.

Er hat einen Freund namens Dickson, einen Franzosen, der im Scala singt. Er nennt sich Dickson, weil englische Sänger gerade sehr beliebt sind. Wir gehen an diesem Nachmittag zu ihm in die Wohnung und trinken Champagner. Alle werden sehr lustig. Louis und Louise, Tangotänzer, ebenfalls beim Kabarett, führen uns ihre Nummer vor. Dickson singt *In These Hard Times*:

That funny kind of dress you wear
Leaves all your back and your shoulders bare,
But you're lucky to be dressed up to there
In these hard times.

Enno singt:

Quand on n'a pas de chaussures
On fait comme les rentiers,
On prend une voiture,
On ne vous voit pas les pieds!
Parlons donc de chaussettes:
Faut pas les nettoyer,
On les retourne, c'est pas bête,
Puis on les change de pied!

Ich singe: *»For tonight, for tonight, Let me dream out my dream of delight, Tra-la-la … And purchase from sorrow a moment's respite, Tra-la-la …«*

Mrs Dickson liest mit lauter Stimme aufgeregt aus einer Theaterzeitung vor. Zwei junge Mädchen, Bekannte von ihnen, sind in einen Mordfall verwickelt. Sie liest von Riri und Cricri und rollt ihr ›r‹. Rrrirrri, Crrricrrri …

Ich bin ein bisschen betrunken, als wir in den Zug nach Amsterdam steigen.

*

… Das Hotelzimmer in Amsterdam in jener Nacht.

Es war sehr sauber und hatte eine Tapete mit Rosenmuster.

»Also, mach dir wegen Geld nur keine Sorgen«,

sagt Enno. »Es ist dumm, sich um Geld zu sorgen. Lass mich nur machen. Ich kann immer etwas auftreiben. Wenn wir erst in Paris sind, wird alles gut.«

(Wenn – wir – erst – in – Paris – sind ...)

Auf dem Nachttisch steht noch eine Flasche Champagner.

»Die Liebe«, sagt Enno, »über die Liebe darfst du nicht reden. Rede nicht ...«

Du darfst nicht reden, du darfst nicht denken, du musst aufhören zu denken. Natürlich, so ist es. Du musst alles loslassen, musst aufhören zu denken ...

Am nächsten Morgen essen wir ein riesiges Frühstück mit Wurst, kaltem Braten, Käse und Milch. Wir bummeln durch Amsterdam. Wir sehen uns die Bilder im Rijksmuseum an. »Möchtest du deine Doppelgängerin sehen?«, sagt Enno.

Ich bin in Hochstimmung. Alles ist glatt, sanft und zart. Die Liebe. Die Farben der Bilder. Die Sonnenuntergänge. Zarte, nördliche Farben, wenn die Sonne untergeht – Hellrosa, Mauve, Grün und Blau. Und der Wind sehr frisch und kalt, und die Lichter in den Kanälen wie goldene Raupen, und die Möwen stoßen aufs Wasser herab. Hochstimmung. Alles zart und melancholisch – wie das Leben manchmal ist, gerade nur einen Augenblick lang ... Und wenn wir erst in Paris sind; *wenn – wir – erst – in – Paris – sind ...*

»Ich möchte so gern wieder nach Paris«, sagte Enno immer. »Ganz ohne Zweck und Ziel. Und trotzdem möchte ich wieder hin. Bestimmte Häuser, bestimmte Straßen ... Ohne Zweck und Ziel. Nur eben dieses Heimweh ... Und vergiss nicht, ein paar von meinen Liedern haben Geld gebracht ...«

Plötzlich packt mich wie ein Fieber die Angst, hierbleiben zu müssen. Lass uns gleich fortgehen, lass uns gleich fortgehen ... Warum sollen wir nicht wenigstens nach Brüssel gehen? Also gut, gehen wir nach Brüssel; vielleicht gibt uns Brüssel eine Chance. Aber die fünfzehn Pfund sind dahin. Wir kratzen jeden Pfennig zusammen. Wir verkaufen fast alle unsere Kleider.

Mein wunderschönes Leben vor mir, es entfaltet sich wie ein Fächer in meiner Hand ...

*

Was geschah dann? ... Ja, was geschieht?

Das Hotelzimmer in Brüssel – sehr heiß. Die Klingel vom Kino nebenan schrillt. Ein langes, schmales Zimmer mit einem langen, schmalen Fenster, und die Klingel vom Kino nebenan, schrill und sinnlos.

Wir hatten kein Glück. Enno sagt: »Wir haben nur noch dreißig Franc.« (Mein Gott, ist das alles?)

»Ja, nur dreißig Franc. Morgen müssen wir uns darum kümmern.«

Die Klingel vom Kino hörte nicht auf zu schrillen, und ich spürte, wie er jedes Mal zusammenfuhr, wenn sie wieder einsetzte.

Als er am nächsten Morgen wegging, sagte er: »Ich denke, ich werde ein bisschen Geld auftreiben können. Warte hier auf mich.«

»Wirst du lange weg sein?«

»Nein. Geh jedenfalls nicht aus dem Haus.«

Auf dem Bett sitzen und warten. Im Zimmer auf und ab gehen und warten. Ich ertrage es nicht, dieses Warten.

Dann plötzlich, als hätte es jemand in meinem Kopf laut ausgesprochen – Mr Lawson. Natürlich, Mr Lawson …

Ich hatte nicht mehr gewusst, dass sie so glasig waren, die Augen von Mr Lawson.

»Ja?«, sagt er. »Sie wollten mich sprechen?« Mit hochgezogenen Augenbrauen sagt er: »Ja-ha?«

Er erkennt mich nicht. Ich muss ziemlich schrecklich aussehen.

Ich sage: »Ich fürchte, Sie werden sich nicht an mich erinnern. Ich wohnte damals in diesen Zimmern im Temple, die Sie sich ansehen kamen, und Sie führten mich zum Essen aus. Wir aßen Austern und sprachen von Irland. Erinnern Sie sich nicht?

Dann waren wir zusammen auf dem Schiff nach Holland, und Sie gaben mir Ihre Brüsseler Adresse. Sie sagten, wenn ich je herkäme, sollte ich Sie besuchen. Erinnern Sie sich nicht?«

»Natürlich. Die kleine Miss …«

»Nicht klein«, sage ich. »Nicht klein.« Ich kann es nicht leiden, wenn mich so ein Typ klein nennt.

Ich plaudere weiter und sage wie im Scherz: »Wir sitzen nicht regelrecht auf dem Trockenen. Alles kommt wieder ins Gleis, wenn wir erst in Paris sind. Ja, eigentlich wird morgen oder übermorgen alles schon geregelt sein. Nur gerade jetzt sind wir dummerweise ein bisschen abgebrannt.«

Mr Lawson geht auf mein Geplauder ein, und zum Schluss gibt er mir hundert Franc. »Wenn Ihnen damit geholfen ist. Aber jetzt muss ich mich beeilen, so leid es mir tut.«

Ich stehe mit dem Schein in der Hand da, als er an mich herantritt und mich küsst. Ich hasse ihn, wie ich noch keinen Mann in meinem Leben gehasst habe, und doch spüre ich, wie mein Mund unter dem seinen weich wird und meine Arme alle Kraft verlieren. »Goodbye«, sagt er, indem er einen Amerikaner markiert und grinst.

»Hast du etwas erreicht?«

»Nicht wirklich«, sagt Enno.

»Ich habe mir hundert Franc borgen können.«

»Von wem?«

»Ach, von einer Frau, die ich früher in London recht gut kannte. Ich wusste, dass sie hier wohnt, und habe ihre Adresse im Telefonbuch gefunden. Eine Bekannte von Miss Clavell. Ja, eine Freundin von Miss Clavell. Sie wohnt in der Avenue Louise, da bin ich hingegangen und habe sie besucht. Richtig befreundet sind wir nicht«, sage ich. »Im Grunde war sie sogar schrecklich unhöflich, das alte Biest. Sie hat mir zu verstehen gegeben, dass sie nicht zu Hause wäre, wenn ich noch mal käme. Mademoiselle regrette, mais Mademoiselle ne reçoit pas aujourd'hui …«

»Avenue Louise? Welche Nummer?«

»Ach, hör doch endlich auf damit.« Ich lege mich aufs Bett und fange an zu weinen.

»Weine doch nicht. Es macht mich verrückt, wenn du weinst.«

»Dann halt den Mund und mach nicht so ein Getue wegen der lumpigen hundert Franc.« (Mit hundert Franc erkaufen sie sich das uneingeschränkte Recht, dich zu verachten. Das ist billig.)

»Worüber weinst du denn?«, sagt er.

»Mein Kleid. Ich komme mir so grässlich vor. Ich fühle mich so schmutzig. Ich möchte ein Bad nehmen. Ich brauche ein anderes Kleid. Ich brauche saubere Unterwäsche. Ich komme mir so grässlich vor. Ich fühle mich so schmutzig.«

»Ich besorge dir ein neues Kleid, sobald wir in Paris sind. Ich weiß, wo wir auf Kredit kaufen können … Du wirst sehen, wenn wir erst in Paris sind, wird alles gut.«

Er geht fort, um etwas zu essen einzukaufen. Ich liege da und bin glücklich, ich habe alles vergessen, bin glücklich und gelassen und schere mich nicht darum, ob ich lebe oder sterbe. Ich sehe wieder vor mir, wie mich Mr Lawson angesehen hat, als ich ins Zimmer kam – sein langes, schmales, überraschtes Gesicht. Ich lache und kann gar nicht mehr aufhören.

*

In der Toilette auf dem Bahnhof – da habe ich das nächste Mal geweint. Ich hatte mich eben übergeben. Ich hatte solche Angst, ich könnte vielleicht ein Kind bekommen …

Obwohl ich mich so heftig habe übergeben müssen, geht es mir nicht besser. Eiskalt und schweißbedeckt lehne ich an der Wand. Jemand drückt die Türklinke runter, und ich reiße mich zusammen, höre auf zu weinen und pudere mir das Gesicht.

Wir fahren jetzt nach Calais. Enno hat sich mit einem Kellner angefreundet, der dort wohnt und versprochen hat, uns etwas Geld zu leihen.

Er kann einen sehr guten Salat anmachen, dieser Kellner. Wir essen am nächsten Tag mit ihm und seiner Frau. Da steht er, mit seinem fetten Rücken und dem Stiernacken und macht die Salatsoße. Er nimmt Zucker wie die Deutschen. Seine Frau beobachtet ihn, sie sieht tückisch und verschüchtert aus. Sie ist dürr und hässlich und nicht mehr jung.

Der Kellner mischt die Salatsoße ganz bedächtig auf der Kredenz. Ich kann mich im Spiegel sehen. Ich sehe mager aus – zu mager – und schmutzig und hohlwangig, ich habe diesen Ausdruck in den Augen, den man bekommt, wenn man sehr erschöpft ist, wenn alles wie ein Traum ist und man plötzlich begreift, wie sehr sich die Wirklichkeit von dem unterscheidet, was die Leute einem weismachen wollen.

Damit hatte ich nicht gerechnet. Ich dachte nicht, dass es so sein würde – schäbige Kleider, abgetragene Schuhe, Schatten unter den Augen, das Haar glatt und strähnig, und wie die Leute einen ansehen ... So hatte ich es mir nicht vorgestellt.

Durch die Straßen von Calais mit der Frau des Kellners. Wir gingen uns diese Plastik von Rodin ansehen. Die ganze Zeit beklagte sie sich mit dünner Stimme, dass er ihr niemals Geld für Kleider gebe; und schließlich sei es doch ihr Geld; als sie ihn heiratete, hatte er nicht einen Sou.

Sie schien sich gar nicht für uns zu interessieren und wollte auch nicht wissen, wo er uns aufgelesen hatte. Sie redete bloß immer weiter über seine Unfreundlichkeit und über die Kleider, die sie brauche.

Es war ein grauer Tag. Es war, als gingen wir durch London, als gingen wir im Traum. Mein Gott, wie schrecklich ich in dem Spiegel ausgesehen hatte! Wenn ich weiter so aussehe, dann gibt es keine Hoffnung. Sich vorzustellen, dass ich in diesem Zustand nach Paris komme …

Als wir zurück waren, tranken wir Absinth. Der Kellner machte ihn sorgsam für uns zurecht. Es dauerte lange. Ich mochte den Geschmack nicht, aber mir war kalt, und er wärmte mich. Wir saßen da und tranken in kleinen Schlucken, und Enno unterhielt sich in einer Ecke mit dem Kellner. Die Frau sagte nichts, und nach einer Weile sagte ich auch nichts mehr. Aber der Absinth machte mich streitlustig, und ich wünschte mir jetzt, ich könnte ihnen ›Haltet den Mund‹ zurufen, und ich mochte den Kellner nicht mehr, weil ich wusste, dass ich ihm nicht besonders gefiel. (›Sie macht nicht viel her. Zuerst kam sie mir hübscher vor.‹)

Ich hörte nicht mehr zu, was sie sagten, aber als mir der Absinth in den Kopf stieg, war mir, als brüllte ich sie an, sie sollten den Mund halten. Ich hörte mich sogar sagen: ›Haltet doch den Mund;

ich hasse euch.‹ Aber in Wirklichkeit sagte ich nichts, und als Enno zu mir hersah, lächelte ich.

Nun, Gustave – der Kellner – lieh uns das versprochene Geld, und wir verließen Calais.

Enno fand Gustaves Frau sehr unsympathisch. »Und so was nennt sich Frau!«, sagte er.

»Aber es war ihr Geld«, sagte ich.

»Na ja«, sagte Enno, »er investiert es doch sehr gut, oder? Viel besser, als sie es täte.«

Es war ein Bummelzug. Wir saßen dicht gedrängt im Abteil. Ich liege im Gepäcknetz, von Ennos Stock gestützt, und versuche zu schlafen, und die Räder des Zuges sagen: ›Paris, Paris, Paris, Paris …‹

*

Ein Mädchen kam in das Café und setzte sich an den Nebentisch. Sie trug ein graues Kostüm, der Rock war kurz und eng und die Bluse ganz frisch und sauber. Dazu eine kecke schwarze Kappe wie das Schiffchen eines schottischen Soldaten. Ihre Handtasche lag auf dem Tisch neben ihr – Lackleder, zu den Schuhen passend. (Handtasche … Was ich mir noch alles anschaffen muss! Soll ich mir auch so ein Kostüm kaufen? Nein, ich glaube, ich nehme lieber …) Und sie ging so rasch und zielbewusst in ihren hochhackigen Schuhen. Tap, tap, tap, klopften die Absätze.

»Ich bringe dich wohin, wo du warten kannst«, sagte Enno. »Ich muss ein paar Leute treffen.«

Kaffeetrinken am frühen Morgen, alles wie im Traum. Ich war so müde.

Wir kamen aus der Metro auf den Boulevard Montparnasse.

»Hier rein«, sagte Enno. Er fasste mich am Arm.

Die Rotonde war voller Männer, die Zeitungen an langen Stäben lasen. Schäbige Männer, die weder spöttische Bemerkungen machten, noch sich sonst um mich kümmerten. Bilder an den Wänden.

Die Uhrzeiger laufen schnell. Eine Stunde, zwei Stunden, drei Stunden …

Wie lange wollen sie mich hier noch sitzen lassen? Kein Tropfen Kaffee mehr. Der letzte Tropfen war sehr kalt und sehr bitter – sehr kalt und bitter, der letzte Tropfen. Ich habe fünf Franc, aber ich wage nicht, mir noch eine Tasse zu bestellen. Dafür will ich sie nicht ausgeben.

Die Farben der Bilder verschwimmen, ich habe den Kopf an die Bank gelehnt. Wenn ich einschlafe, werfen sie mich sicher hinaus. Vielleicht auch nicht, aber ich lasse es lieber nicht darauf ankommen.

Dreieinhalb Stunden …

Sowie ich ihn erblicke, sehe ich an seinem Gesicht, dass er Geld bekommen hat. Ein hochgewachsener

Mann begleitet ihn, ein Mann mit einem freundlichen Gesicht und langen, schmalen Händen.

Wir gehen ein Haus weiter in ein Lokal namens La Napolitaine und essen Ravioli. Mir wird warm. Langsam essen, damit es lange dauert.

Ich war noch nie so glücklich in meinem Leben. Ich bin lebendig, esse Ravioli und trinke Wein. Die Flucht ist mir gelungen. Eine Tür hat sich geöffnet und mich hinausgelassen in die Sonne. Was will ich mehr? Jetzt ist alles möglich.

»Ich habe ein Zimmer«, sagt Enno. »Rue Lamartine.«

»Es war eine Hetze«, sagt er. »Paulette war nicht zu Haus. Ich habe eine Nachricht hinterlassen. Unmittelbar vor ihrer Wohnung lief ich Alfred in die Arme.«

Alfred lächelt, verbeugt sich, reibt sich nervös die Hände und geht.

»Er ist nett«, sage ich.

»Ja, er ist ein netter Kerl. Er ist Türke.«

»Oh, ich dachte, er wäre Franzose.«

»Nein, er ist Türke.«

Wie viel Geld hat er bekommen? Nein, nicht fragen. Ich will es nicht wissen. Sag mir's später, sag mir's morgen. Lass mich jetzt glücklich sein …

Ein alter Mann kommt herein, er verkauft rote Rosen. Enno kauft ein paar. Er muss Geld genug haben – für ein Weilchen.

Der Alte schlurft hinaus. Dann dreht er sich um, kommt zurück und legt noch zwei Rosen neben meinen Teller. »Vous permettez, monsieur?«, sagt er zu Enno und verneigt sich wie ein Fürst.

Paris ... Ich bin in Paris ...

*

Das Zimmer, das wir in dem Hotel in der Rue Lamartine bekamen, sah ordentlich aus. Es war ganz oben, im vierten Stock. Ein großes Bett mit einer roten Daunendecke stand darin, und draußen war ein kleiner Balkon. Man konnte dastehen und die Arme auf das kühle Eisen stützen und auf die Straße hinunterschauen.

Wir nahmen es und zahlten die Miete für einen Monat im Voraus – und in der Nacht wachten wir davon auf, dass wir uns kratzen mussten, und die Wand war voller Wanzen, die langsam dahinkrochen.

Mich störten die Wanzen nicht weiter. Mich störte damals überhaupt nichts ...

»Impossible, monsieur. Mais qu'est-ce que vous me dites là? Ce n'est pas possible. Voyons ...« Et cetera, et cetera.

Sie wollten das Geld nicht wieder hergeben, und nach einer Weile einigte man sich, dass sie das Zimmer ausschwefeln ließen und uns für die Zwischenzeit ein anderes Zimmer gäben. Ich war froh, dass ich nicht ausziehen musste.

Ich liege auf einer Chaiselongue in der Mitte des Zimmers, das noch immer nach Schwefel riecht. Ich habe die Tür aufgemacht und Papier dazwischengeklemmt, damit sie offen bleibt. Die Läden sind geschlossen, um die Sonne abzuhalten. Das Zimmer ist dämmrig, und mir ist, als drückte mir die Decke auf den Kopf. Ich habe die Anzeigen im *Figaro* durchgesehen und die angestrichen, in denen Leute Englischunterricht suchen.

Enno sitzt am Tisch und raucht Pfeife, Monsieur Alfred sitzt auf dem Bett. Ich beobachte, wie ihm Schweißperlen von den Schläfen zum Kinn hinunterlaufen. Noch nie habe ich jemanden derart schwitzen sehen – es ist unglaublich. Ab und zu schnauft er, ohne den Mund aufzumachen, zieht sein Taschentuch heraus und wischt sich das Gesicht ab. Eine Minute später ist es wieder feucht und glänzend.

Ich mag Alfred. Einmal sagte er zu mir: »Es ist sehr warm heute. Ich mache jetzt, dass Ihnen kühl und wohl wird.« Er nahm mein Handgelenk und blies darauf, ganz leicht, ganz gleichmäßig. Ich wollte es wegziehen, tat es aber nicht, weil er uns fünfhundert Franc geliehen hatte, und dann wurde mir wirklich kühl und wohl.

Und Alfred rezitiert. *»Das ewige Schweigen der Gottheit mit einem kalten Schweigen beantworten«,* sagt er. Und schwitzt dabei wie verrückt.

»Haben Sie etwas dagegen, wenn ich die Tür zumache, Madame? Es zieht furchtbar.«

»Ah, non, mon vieux, non«, sagt Enno. »Lassen Sie die Tür offen.«

»Wie Sie wollen«, sagt Alfred und streichelt seinen Bart mit seinen langen, schönen Händen. Er sieht scheu aus und leidend.

»Ich dachte, es sei nicht gut für Madame, so im Zug zu sitzen.«

»Mir zieht es nicht«, sage ich. »Es geht mir gut.«

Alfred streicht sich noch immer den Bart. Seine Augen blicken boshaft, genau wie bei einer Frau, wenn ihr plötzlich die Tücke aus den Augen schaut.

Er sagt mit boshaftem Blick: »Ich halte das für eine gute Idee, Madame, das mit dem Unterrichten.« Dann wendet er sich an Enno. »Keine schlechte Idee, gar keine schlechte Idee. Sie schnappen sich zwei oder drei Spießbürger, die bares Geld auf den Tisch legen, und dann – ça va. Sie können sagen, was Sie wollen, es geht eben doch nicht ohne die Bourgeoisie.«

Enno antwortet nicht.

»Wenn ich verheiratet wäre«, sagt Alfred, »würde ich meine Frau nicht für einen anderen Mann arbeiten lassen. Nein, nein. Ich würde das für eine furchtbare Schande halten, wenn meine Frau noch für einen anderen arbeitet. Das würde ich nicht machen. Nichts könnte mich dazu bewegen.«

»Tu m'emmerdes!«, schreit Enno und springt auf. »Tu m'emmerdes, je te dis. Was willst du eigentlich damit sagen?«

»Bon, bon, ich gehe schon«, sagt Alfred und erhebt sich. »Ich sehe, du hast schlechte Laune. Ich gehe schon. Du brauchst mich nicht anzubrüllen.«

»Oh, gehen Sie nicht«, sage ich.

»Du hältst den Mund«, sagt Enno.

»Madame«, sagt Alfred von der Tür her und verbeugt sich.

Ich lache bei seiner Verbeugung. Ich sage immer wieder: »Ist das nicht komisch, ist das nicht komisch?« Ich muss daran denken, wie Alfred auf meine Handgelenke blies, um sie abzukühlen, und ich kann nicht aufhören zu lachen. Schließlich bin ich so erschöpft, dass ich den Kopf in die Hände lege.

Enno sagt: »Ich gehe jetzt und kaufe etwas zu essen.«

»Schon? Es ist noch zu früh.«

Er geht hinaus, ohne zu antworten, und schlägt die Tür zu.

*

»Du verstehst nichts von der Liebe«, sagte er. Das war ungefähr einen Monat nach unserer Ankunft in Paris. »Du bist zu passiv, du bist träge, du langweilst mich. Ich habe genug davon. Leb wohl.«

Er ging fort und ließ mich allein – die Nacht und den nächsten Tag und noch eine Nacht und noch einen Tag. Mit zwanzig Franc auf dem Tisch. Und ich bin jetzt sicher, dass ich ein Kind bekommen werde, wenn ich auch noch kein Wort davon gesagt habe.

Ich muss aus dem Haus und mir etwas zu essen holen. Der Patron weiß Bescheid, die Patronne weiß Bescheid, alle wissen Bescheid … Aufwachen in der Nacht, lauschen, warten …

Am dritten Tag finde ich mich damit ab, dass er nicht wiederkommt. Ein blauer Tag, es ist das erste Mal, dass ich die Patronne anschaue und nicht mit niedergeschlagenen Augen an ihr vorbeischleiche. Sie fragt mich nach Monsieur. Monsieur wird vielleicht eine Weile fort sein.

Blauer Himmel über den Straßen, den Häusern, den Bars, den Cafés, den Gemüseläden und dem Faubourg Montmartre …

Ich kaufe Milch, einen Laib Brot, vier Orangen und gehe wieder ins Hotel zurück.

Ich zerdrücke eine Orangenschale und rieche daran. Eine Menge Saft – sie muss ziemlich frisch sein … Ich denke: ›Wie wird es nun weitergehen?‹

Eigentlich ist mir ziemlich gleichgültig, wie es weitergeht. Und als ich das denke, kommt Enno herein, eine Flasche Wein unterm Arm.

»Hallo«, sagt er.

»Ich habe etwas Geld«, sagt er. »Lieber Himmel, diese Hitze. Schäl mir eine Orange.

»Ich habe großen Durst«, sagt er. »Schäl mir eine Orange.«

Jetzt müsste ich sagen: ›Schäl sie dir selbst‹, jetzt müsste ich sagen: ›Scher dich zum Teufel‹, jetzt müsste ich sagen: ›So lass ich mich nicht behandeln.‹ Doch es ist viel zu mächtig – das Zimmer, die Straße, das da in mir, ach, viel zu mächtig … Ich schäle die Orange, lege sie auf einen Teller und gebe sie ihm.

Er sagt: »Ich habe etwas Geld.«

Er holt einen Tausender heraus, dann noch einen Tausender. Ich frage nicht, woher er das Geld hat. Warum fragen? Geld zirkuliert; es zirkuliert – und wie! Wirklich, man möchte es manchmal gar nicht glauben.

Er schenkt mir ein Glas Wein ein. »Er ist kühl. Ich habe ihn nicht in die Sonne kommen lassen. Aber was hast du für kalte Hände«, sagt er. »Mein Mädchen …«

Er zieht die Vorhänge zu, um die Sonne fernzuhalten.

Als er mich auf die Lider küsste, um mich zu wecken, war es dunkel.

Aber all das war nicht entscheidend. Nicht, dass er so genau wusste, wann es darauf ankam, grausam zu sein, wie er es anstellen musste, zärtlich zu sein. Der Tag, an dem ich wusste, dass ich ihn liebte, war ganz anders.

Er war ausgegangen, um etwas zu essen einzukaufen. Ich stand hinter dem Vorhang und sah ihn unten auf der Straße neben einer Laterne stehen; er schaute zu unserem Fenster herauf, schaute nach mir aus. Er wirkte sehr klein und dünn, und ich erkannte seinen Gesichtsausdruck ganz deutlich. Besorgt, er war besorgt …

Die Flasche Wein hatte er unter den Arm geklemmt, und sein Mantel stand ab, weil er den Laib Brot darunter versteckt hielt. Die Patronne hatte es nicht gern, wenn wir auf unserem Zimmer aßen. Ab und zu einmal, dagegen hatte sie nichts, aber wenn Leute jeden Abend auf ihrem Zimmer essen, da weiß man, dass sie wirklich kein Geld haben.

Als ich ihn so heraufschauen sah, wusste ich, dass ich ihn liebte und dass es für immer war. Mir war, als drücke es mir das Herz ab, und ich wusste, es war für immer. Es ist ein seltsames Gefühl – wenn man tief in sich die Gewissheit hat, dass etwas für immer ist. Genauso muss auch der Tod sein. All die Sorglosigkeit, all die Fröhlichkeit ist nur vorgetäuscht. Weil ich von London wegwollte, hatte ich mich an ihn geklammert, und nun hänge ich wie ein Gewicht an ihm. All die Fröhlichkeit schwindet dahin, und er ist mager und besorgt …

Ich winkte ihm nicht.

Ich blieb am Vorhang stehen und beobachtete ihn, und nach einer Weile überquerte er die Straße und ging ins Hotel.

»Ich kann nicht schlafen«, sagte er. »Lass mich hier liegen, den Kopf auf deiner silbernen Brust.«

*

Die Vorhänge sind dünn, und wenn sie zugezogen sind, fällt sanft das Licht hindurch. Auf dem Fensterbrett stehen Blumen, ich sehe ihren Schatten auf den Vorhängen. Das Kind von unten schreit.

Es geht ein Wind, und die Blumen auf dem Fensterbrett und ihre Schatten auf dem Vorhang schwanken. Wie Schwäne, die ihre Schnäbel ins Wasser tauchen. Wie das Unberechenbare, das sein Haupt erhebt, sinnlos und wild, einen Augenblick, ehe es geschlagen ins Dunkel hinabsinkt. Wie Schädel auf langen, dünnen Hälsen. Sie tauchen, wenn der Wind bläst, jäh unter das Ende des Vorhangs, in ihr Nichts. Und zerstören beim Untertauchen sich selbst.

Die dumpfe Luft, die Wanzen, die Einsamkeit, dieses Zimmer, das zur Straße draußen gehört – das ist alles, was ich vom Leben will.

Alles geht gut. Wir haben uns eingerichtet. Enno hat zwei Artikel verkauft. Er hat den alten Knaben vom Lapin Agile aufgesucht, und jetzt singt er jeden Abend dort. Ein richtiger Job steht in Aussicht. Eine Werbekampagne, die den Tee in Frankreich populär machen soll – *Timmins' Tea.* Er ist ganz aufgeregt und hat ein Plakat entworfen, das, wie er meint, die Franzosen ansprechen wird: ›Tee, das sparsamste Getränk der Welt. Nicht mal ein Sou die Tasse.‹ Ich gebe Englischstunden. Zehn Franc die Stunde. Ich habe drei Schüler – ein Mädchen aus einer Parfümerie, einen Mann, der im *Figaro* inseriert hatte, und einen jungen Russen, den Enno im Lapin Agile kennengelernt hat. Er spricht genauso gut Englisch wie ich.

Ich habe mir ein Berlitzbuch gekauft und halte mich streng daran. Diese Stunden sind eine Farce – aber nicht für den Russen. Er ist fest entschlossen, den vollen Gegenwert für seine zehn Franc zu bekommen, und das gelingt ihm auch.

»Würden Sie mir bitte sagen, ob ich das ›th‹ richtig ausspreche?« The, this, that, these, those – alles richtig.

Er bringt eine Ausgabe von Oscar Wildes gesammelten Werken mit und sagt, das möchte er alles lesen.

»Bitte unterbrechen Sie mich, wenn ich ein Wort falsch ausspreche? ... Ich halte Oscar Wilde für den größten englischen Autor. Meinen Sie nicht auch?«

»Nun …«

»Ah, Sie meinen das nicht.«

»Aber ich mag ihn. Ich finde ihn – sympathisch.«

Er hält eine kleine Rede über die englische Heuchelei. Wem sagt er das!

Die Straßen glühend heiß – und Pfirsiche essen. Die langen, wunderschönen blauen Tage, die kein Ende nahmen, die noch immer dauern …

An der Straßenecke die Apotheke, in der das Elixier von einem Abbé Soundso angepriesen wird – es heilt dies, es heilt das, es heilt die Übelkeit bei schwangeren Frauen. Ob es auch meine heilt? Das frage ich mich.

Mein Gesicht ist hübsch, mein Bauch ist riesig. Als wir neulich im algerischen Restaurant aßen, musste ich aufspringen und mich übergeben … Die Leute sind sehr nett zu mir. Im Bus stehen sie auf und überlassen mir ihren Platz. Passe, femme sacrée. Das ist übertrieben, aber immerhin – mir schien es, als wären sie freundlich. Und überhaupt, ich bin jetzt nicht so wild darauf, auszugehen, und verbringe lange Stunden allein.

Nebenan ist eine Buchhandlung, die antiquarische englische Romane anbietet. Der Gehilfe ist ein

Hindu. Ich möchte ein dickes, stilles Buch über Leute mit viel Geld – ein Buch wie eine weite grüne Wiese mit Schafen, die auf ihr weiden. Aber er will mir durchaus schauerliche Geschichten über den weißen Sklavenhandel verkaufen. »Das hier ist ein sehr gutes Buch, sehr schön, die reine Wahrheit.«

Doch nach und nach finde ich ein paar Bücher, die ich wirklich mag. Ich lese fast die ganze Zeit, und ich bin glücklich.

*

Sie geben sich die Tür in die Hand – Lise, Paulette, Jean und Alfred, der Türke. Ich beobachte sie und lerne sie doch nie ganz kennen – aber Lise liebe ich.

Sie ist Brodeuse – oder sie war Brodeuse. Jetzt singt sie englische Lieder in einem billigen Cabaret in der Rue Cujas – *Roses of Picardy* und *Love, Here is My Heart.* Dabei kann sie überhaupt kein Englisch. Sie ist zweiundzwanzig Jahre alt, drei Jahre jünger als ich.

Alles an Lise überrascht mich – ihre Sanftheit, ihre unglaubliche Sentimentalität, die so anders ist als das, was man mich von Französinnen zu erwarten gelehrt hat. Melodien aus *Manon,* rosa Strumpfbänder mit kleinen seidenen Röschen darauf.

»Stimmt es, dass die Engländerinnen sich nie duschen? Ich, ich dusche zweimal am Tag … Und meine Unterwäsche ist von Hand genäht. Ja, jeder einzelne Stich.«

Sie hat schwarzes, lockiges Haar, ein sehr hübsches Gesicht und – leider – starke Fesseln … »Ich schwärme für Gounods *Ave Maria*. Die Musik ist wie ein Gebet, findest du nicht auch?«

Sie kommt oft vorbei und isst mit uns.

Eines Abends bin ich mit Lise zusammen im Zimmer. Wir haben eben eine prächtige Mahlzeit verzehrt – Spaghetti, die wir auf dem Spirituskocher gekocht haben, und eine Flasche Asti spumante. Ich fühle mich sehr wohl.

Sie sagt: »Ich wünschte, es gäbe wieder Krieg.«

»Aber Lise, sag das doch nicht.«

»Doch. Vielleicht hätte ich ein bisschen Glück. Vielleicht käme ich um. Ich mag nicht mehr leben, nein.«

Dann bricht es aus ihr heraus. Sie hat niemanden. Sie glaubt, niemand mag sie. Ihr Engagement in der Rue Cujas ist zu Ende. Sie findet kein anderes. So wird sie sich wieder eine Stellung als Brodeuse suchen müssen. »Und das Licht in den Werkstätten ist gar nicht gut. Manchmal tun einem die Augen so weh, dass man sie kaum aufmachen kann.« Sie wird wieder bei ihrer Mutter wohnen müssen, die einen Lebensmittelladen in Clamart hat. Sie hat Angst vor ihrer Mutter. Als sie noch ein kleines Mädchen war, hat ihre Mutter sie geschlagen. »Für alles, für nichts. Man weiß es nicht. Und die ganze Zeit sagt sie schlimme Sachen zu mir. Sie bringt mich gern zum Weinen. Sie hasst mich, meine Mutter. Ich habe niemanden. Bald werde ich eine Brille tragen müssen. Bald werde ich alt sein.«

»Lieber Gott, Lise, du hast doch wirklich noch ein paar Jahre vor dir. Kopf hoch.«

»Non, j'en ai assez«, sagt sie. »Schon jetzt. Ich habe genug.«

»Lise, wein doch nicht.«

»Non, non, j'en ai assez.«

Nun weine ich auch. Nein, das Leben ist zu traurig; es ist ganz unmöglich.

Wir sitzen vor dem Spirituskocher, haben einander die Arme um die Hüften gelegt und weinen. Nein, das Leben ist zu traurig. Meine Tränen fallen auf ihr dichtes Haar, das immer so gut riecht.

Enno, der mit einer zweiten Flasche Spumante hereinkommt, sagt: »Ach, du lieber Himmel, ist das lustig« und fängt laut zu lachen an.

Wir schauen uns an, Lise und ich, und müssen auch lachen. Bald kugeln wir uns alle, wir können uns nicht mehr halten vor Lachen. Es ist zu viel, ich kann nicht mehr, es ist zu viel …

»Arme kleine Lise«, sagt Enno, »sie ist ein nettes kleines Mädchen, aber viel zu sentimental.«

Bei Paulette liegt die Sache ganz anders. Sie ist ein freches, lustiges Ding, eine sehr gute Freundin von Enno. Ich bewundere sie und versuche, sie nachzumachen, und bin eifersüchtig auf sie.

Sie liest uns aus Briefen vor, die ihr ein Liebhaber aus der Provinz geschrieben hat. »›Tu es belle et tu sens bon.‹ Na, was sagt ihr dazu? Und hört euch das an: ›Deine Brüste halten das Versprechen deiner Augen.‹ Originell, was? Und die zweitausend Franc, um die ich dich gebeten habe – wo sind sie, vieux con? Macht nichts, er wird sie schon noch rausrücken, ehe ich ihn sitzen lasse. Warte nur. Attends, mon salaud.«

Eines Tages kamen die beiden, Enno und Paulette, mit einem Steak für mich nach Hause. Sie hatten auswärts gegessen. Ich war nicht mitgegangen, weil mir so übel war, aber nun ging es mir besser, und ich hatte Hunger. Pauline briet das Steak auf dem Spirituskocher, und ich aß es ganz auf. »Hat es dir geschmeckt?«, fragte sie.

»Ja«, sagte ich. »Ist dir nichts daran aufgefallen?« – »Mir ist aufgefallen, dass es ein bisschen zäh war«, sagte ich. »Sonst fand ich es gut.« – »Es war Pferdefleisch«, sagte sie. »Oh, tatsächlich?« Beide beobachteten mich mit schmalen Augen und warteten darauf, dass die *Anglaise* zum Vorschein kam. Aber als ich sagte: »Oh, tatsächlich?«, klappten ihre Münder zu, die sie schon zum Lachen aufgesperrt hatten. Von da an wusste Paulette, glaube ich, dass ich nicht aus besseren Verhältnissen kam, dass ich auch früher schon nicht dazugehört hatte und dass es mir keineswegs so glänzend gegangen war. Von da an mochte sie mich lieber.

Sie hat etwas Romantisches, Paulette. Langes gelbes Haar, sanfte braune Augen, eine Schale mit Veilchen im Zimmer. Wenn sie sich nackt im Spiegel betrachtet, ist sie stolz wie Luzifer. Romantisch und sehr freigebig. Sie schenkt mir seidene Strümpfe. Sie erscheint mit mehreren Paar Socken für Enno. »Ich habe sie geklaut«, sagt sie. »Das merkt er gar nicht – er hat zu viele.«

Sie erzählt uns, einer ihrer Liebhaber, der Graf Soundso, wolle sie heiraten, aber seine Familie sei empört und entsetzt. »Voilà«, sagt Paulette, »je ne joue pas du piano, moi.« Sie ist nicht verbittert – nur betrübt und in ihr Schicksal ergeben.

Außerdem hat sie großes Pech – das ist Schicksal. So hatte sich zum Beispiel die Mutter neulich wirklich überreden lassen, mit ihr zu Mittag zu essen. Und was passierte, als sie aus dem Restaurant traten? Paulette rutschte der Schlüpfer runter.

Ob ich das glaube? Ja, diese Geschichte jedenfalls glaube ich, weil mir genau dasselbe passiert ist.

Ich lache wie verrückt, auf meinem Bett in der Rue Lamartine, und denke daran, wie der Mann damals zu mir sagte: »Können Sie da widerstehen?« – »Ja, das kann ich«, sagte ich ganz kalt. Ich kann widerstehen, so ganz klar und nordisch, gewiss kann ich das. »Sie müssen verrückt sein«, sagt er, »verrückt.« (Wo war das? In Kensington.) Als Nächstes sagt er dann, er wolle mich zum Bus bringen. »Dummes, dummes Mädchen«, sagt er, während er seine Knöpfe schließt, und begleitet mich zur Haltestelle. Wir stehen in tödlichem Schweigen neben einer Laterne und warten auf den Bus. Und was passiert? Ich verliere die Hose. Ich schaue auf sie hinab, steige dann vorsichtig heraus, hebe sie auf, rolle sie zu einem kleinen Päckchen zusammen und stecke sie in meine Handtasche. Was hätte ich sonst tun sollen? Er starrt in die Luft, über alle Maßen erschrocken. Der Bus kommt. Er lüftet schwungvoll den Hut und entfernt sich.

Am nächsten Morgen wird mir klar, dass ich diejenige bin, die schlecht abgeschnitten hat. Ganz entschieden. Mir ist in jeder Hinsicht schrecklich zumute. Ich gehe zum nächsten Telefon und rufe ihn an. »Sind Sie verärgert wegen gestern Abend?« Er antwortet: »Ja, ich bin verärgert, sehr verärgert … Ich werde Ihnen eine Schachtel Turkish Delight schicken«, sagt er und legt auf.

Also, was soll das denn heißen? Turkish Delight? Ist das Kritik, Ironie, eine Entschädigung, eine Entschuldigung, oder was? Ich werde es zum Fenster hinauswerfen, was immer es sein mag.

*

Jetzt fällt Schnee. Im Zimmer liegt der Widerschein von Schnee. Alles sieht sehr seltsam aus in diesem Licht. Der Hügel meines Leibs ist unter den Bettlaken verborgen. Ich bin ganz ruhig, als ich mich im Spiegel gegenüber betrachte. Das Haar hängt mir auf die Schultern herab. Es ist wieder lockig, und meine Mundwinkel gehen nach oben. Heute gefalle ich mir. Jetzt wird mir nicht mehr übel. Es geht mir sehr gut, und ich bin sehr glücklich. Ich denke nie daran, wie es sein wird, wenn das Kind kommt, und wenn ich doch daran denke, ist es, als schließe sich eine Tür in meinem Kopf. Furchtbar, schrecklich! Und dann schließt sich eine Tür in deinem Kopf.

Ich denke auch kaum einmal an Geld, oder daran, dass ich allein sein könnte, wenn es so weit ist. Glückt die Sache mit dem Teejob, so darf man nicht riskieren, ihn zu verlieren. Ich werde also vielleicht allein in Paris bleiben.

Aber alles ist vorbereitet. Sobald es beginnt, soll ich in ein Taxi steigen und zu der *sage femme* fahren. Mein Zimmer ist reserviert – alles ist vorbereitet. Es gibt keinen Grund, sich aufzuregen, alle sagen das.

Wir stehen gut mit der Patronne. Sie wird nach mir sehen, wenn Enno weg ist. Mir wird nichts passieren.

Der Russe kommt zur Stunde. Ich habe Enno einen Absagebrief mitgegeben – er muss vergessen haben, ihn einzuwerfen.

Er schaut überrascht, der Russe, als er mich im Bett vorfindet – überrascht und spöttisch. Glaubt er, es ist eine abgekartete Sache, dass ich im Bett liege? Glaubt er, ich will, dass er mit mir schläft? Das kann doch wohl nicht sein. Aber ich glaube, er denkt es doch.

Er zieht die Mundwinkel nach unten, wenn er ›femme‹ sagt. (Hass oder Furcht?) Les femmes – er traut ihnen nicht, sie sind zu allem fähig.

Ich bin so ruhig, so göttlich heiter, und der große Hügel meines Leibs ruht in der Geborgenheit der Bettlaken ... Es hat keinen Sinn, viele Worte zu machen. Da er schon hier ist, wollen wir auch die Stunde halten.

»Das wird nun leider die letzte Stunde sein«, sage ich.

Das Licht lässt alles merkwürdig erscheinen. Er küsst mir die Hand, und ich betrachte meine Hand, während er sie küsst – weiß, mit rot lackierten Nägeln.

Wir lesen *Lady Windermere's Fan.*

»›The laughter, the horrible laughter of the world – a thing more tragic than all the tears the world has ever shed ...‹ Unterbrechen Sie mich bitte, wenn ich ein Wort falsch ausspreche?«

Englische Konversation ... Er erzählt mir von der russischen Fürstin, die in der Peter-und-Paul-Festung eingesperrt wurde, damit die Ratten sie fräßen, weil sie eine Revolutionärin war. »Sie schrie zehn Tage lang, und dann wurde es still. Darauf ließen sie noch einen Tag vergehen, ehe sie in die Zelle gingen. Und da war nichts mehr von ihr übrig außer ihr Haar. Sie hatte langes, schönes, schwarzes Haar.«

Er sprach fast immer nur von Schmerz und Qual.

Er will zu seiner Familie nach London gehen und dann nach Oxford. Sie haben großes Glück gehabt. Sie sind mit sehr viel Geld geflohen. The, this, that, these und those – alles richtig.

»Was meinen Sie, ob die Engländer mich mögen?«

»Ja, davon bin ich überzeugt.« (Ich brauche dich nur anzusehen, dann weiß ich, dass man dich in England mögen wird.)

»Und mein Englisch?«

»Aber Sie sprechen ja perfekt Englisch.«

Das hört er gern. Er lächelt albern. »Ich versuche, immer in Übung zu bleiben«, sagt er. Er gibt mir zehn Franc, küsst mir wieder die Hand, verbeugt sich aus der Hüfte und geht. Leben Sie wohl, lieber Herr, leben Sie wohl ...

Die zehn Franc stecke ich unter das Kopfkissen. Ich mache das Licht aus. Solange ich schlafen kann, lasst mich schlafen. Ein Boot schaukelt auf einem Fluss, einem glatten, grünen Fluss.

Draußen – die verschwiegenen Straßen. Der Mann, der singt: »*J'ai perdu la lumière* …«

*

… *Das Haus am Boulevard Magenta.*

Die *sage femme* hat sehr weiße Hände und klare, schräge Augen, und wenn sie dich ansieht, hört die Welt auf umherzutaumeln. Die Wolken sind Wolken, Bäume sind Bäume, Leute sind Leute und damit basta. Bring nicht wieder alles durcheinander. Nein, werde ich nicht.

Und immer gibt es die Arznei aus Orangenblütenwasser.

Aber mein Herz, schwer wie Blei, schwer wie Stein. Man hat ihm eine Karte ans Handgelenk gebunden, weil er gestorben ist. Da liegt er, so kalt und still, mit einer Karte am Handgelenk, weil er gestorben ist.

Nicht denken. Nur die Zweige dieses Baumes beobachten und ihr Muster, das sich gegen den kalten Himmel abhebt. Vor allem nicht denken …

Als wir ins Hotel zurückkamen, war ich sehr müde. Ich setzte mich aufs Bett und schaute auf den Teppich hinab. Ich war nur müde, sonst fehlte mir nichts. Aber ich musste immer an sein Kleidchen denken – das hübsche Kleidchen. Es wird ganz kaputtgehen, dachte ich. Alles ganz kaputt.

»Gott ist sehr grausam«, sagte ich, »sehr grausam. Ein Teufel – natürlich. Das erklärt alles. Die einzig mögliche Erklärung.«

»Ich gehe jetzt aus«, sagte Enno. »Ich halte es hier nicht aus. Ich muss hinaus.«

Ich blieb da, schaute auf den dunkelroten, schmutzigen Teppich und sah eine dunkle Mauer in der heißen Sonne – die Mauer so heiß, dass man sich die Hand verbrannte, wenn man sie berührte – und die roten und gelben Blumen und die Tageszeit, in der alles stillsteht.

*

Jetzt sind die Lichter rot, ein düsteres Rot, ein wildes Rot, ein grausames Rot. Saiten, zart gezupft von einem Mann mit einer langen, schmalen Nase und stechenden blauen Augen.

Unser Schicksal hat sich gewendet, und die Lichter sind rot.

Da sind wir alle – Lise, Alfred, Jean … Ein dicker Mann schreit: »La brune et la blonde, la brune et la blonde.« Der Korken einer Champagnerflasche knallt. Warum sich sorgen? Unser Schicksal hat sich gewendet.

Der dicke Mann und ich sitzen allein in einer Ecke.

Er sagt: »Das Leben ist zu schrecklich. Kennen Sie

die Geschichte von dem Mann, der eine Frau liebte, die mit einem anderen verheiratet war – und sie wurde krank? Und er wagte nicht, hinzugehen und sich nach ihr zu erkundigen, weil der Ehemann ihr misstraute und ihn hasste. So trieb er sich nur in der Nähe des Hauses herum. Und die ganze Zeit konnte er sich nicht darüber klar werden, ob er ein Feigling wäre, wenn er hinginge und bäte, sie sehen zu dürfen, oder ob er ein Feigling wäre, wenn er nicht hinginge. Und dann ging er eines Tages hin und bat darum, aber da war sie tot. Müssen Sie da nicht lachen? Sie war tot, verstehen Sie, und er hatte nie ein einziges Wort von sich hören lassen. Und er liebte sie, und sie lag im Sterben, und er wusste, dass sie im Sterben lag, und ließ nie ein Wort von sich hören.

Das ist eine alte Geschichte, aber müssen Sie nicht darüber lachen? Sie könnte wahr sein, diese Geschichte, nicht wahr?«

(Pourquoi êtes-vous triste, madame? Il ne faut pas être triste, madame. Sie dürfen nicht traurig sein; Sie müssen lachen, Sie müssen tanzen …)

Der dicke Mann redet immer noch weiter.

»Mein Geschäftsfreund hat eine sehr hübsche Frau, und aus irgendeinem Grund war sie unglücklich. So ging sie in den Bois de Boulogne, irrte umher und kam unter einen großen Baum. Und dort hielt sie sich einen Revolver an die Brust und drückte ab. Ob sie gestorben ist? Natürlich nicht. Kein bisschen. Wenn man wirklich sterben will, muss man ihn in den Mund halten – gegen den Gaumen. Nun, sie liegt noch im Krankenhaus … Und zuerst hat das großen Eindruck auf meinen Geschäftsfreund gemacht. Er war in einem schrecklichen Zustand, weil er immer daran dachte, wie unglücklich sie doch gewesen sein muss, dass sie versucht hat, sich umzubringen. Aber das war vor einer Woche – jetzt findet er das alles höchst lästig und meint, sie habe sich lächerlich gemacht, und nun tut sie ihm nicht mehr leid. Ist das Leben nicht komisch?«

Ja, da hast du's. Es geht nicht darum, dass solche Sachen vorkommen oder dass man sie sogar überlebt, sondern darum, dass sie vergessen werden. Selbst der eine Augenblick, den du für deine Ewigkeit hieltest, verblasst, wird vergessen, stirbt. Und das macht das Leben so komisch – dass man vergisst; und jeder Tag ist ein neuer Tag, und es gibt Hoffnung für jeden, hurra …

Jetzt hat sich unser Schicksal gewendet, und die Lichter sind rot.

*

Ein Zimmer? Ein nettes Zimmer? Ein schönes Zimmer mit Bad? Immer auf und ab, immer hin und her … Dies geschah und das geschah …

Und dann kamen die Tage, da ich allein war.

*

»Ich werde schreiben«, sagte er. »Ich will versuchen, dir etwas Geld zu schicken.«

Aber ich wusste, es war vorbei. Von Anfang an hatte ich gewusst, dass es eines Tages so kommen würde – dass wir einander Lebewohl sagen würden.

Er beugte sich aus dem Fenster seines Waggons. Ich sah zu ihm hinauf und fragte mich, ob seine Augen so glänzten, weil er weinte. Er gehörte nicht zu den Männern, die leicht weinen, Enno.

Als der Zug fort war, trank ich Kaffee in einer Bar an der Gare du Nord und sah durchs Fenster hinaus in die dunkle weite Welt.

Es ist nur für eine Weile. Wir werden wieder beisammen sein, wenn die Verhältnisse sich gebessert haben. Ich wusste, es war vorbei …

Liebte ich Enno da noch? Hat er mich je geliebt? Ich weiß es nicht. Nur – damals begann ich mich aufzulösen. Natürlich nicht mit einem Schlag. Erst geschah dies, und dann geschah das …

*

… Ich ziehe in ein Hotel in der Nähe der Place de la Madeleine. Es sind eine Menge Fliegen in diesem Zimmer. Sie plagen mich. Eine töte ich. Ich wusste nicht, dass Fliegen Blut haben wie du und ich. Nun, da liegt sie, die Flügel reglos und die Beine nach oben. Du wirst nicht wieder tanzen …

Ich schreibe nach England, um mir etwas Geld zu borgen. Sie lassen mich lange auf eine Antwort warten, und ich esse inzwischen in einem nahen Kloster, wo die Nonnen sehr billige Mahlzeiten für mittellose Mädchen ausgeben. Sie ist gütig, die alte Nonne, die die Aufsicht führt – jedenfalls kommt sie mir nicht ungütig vor. Das Zimmer, in dem wir essen, geht auf einen großen steinernen Hof hinaus. Für wenige Sous bekommt man einen Viertel Wein.

Aber im Hotel ist ein englischer *valet de chambre,* der erzählt dem Patron, ich hätte mir zwar einen anderen Namen zugelegt, aber er kenne mich ganz genau aus London; ich wäre mit einem guten Freund von ihm nach Paris gekommen, einem Jockey, und ich hätte seinen Freund sehr schlecht behandelt, und ich wäre das schmutzigste Weib, das ihm je begegnet sei, und das wolle allerhand heißen. Sinnlos, das alles abzustreiten – ganz sinnlos … War es Hysterie, oder Hass auf den ersten Blick, oder hatte er mich wirklich mit einem anderen Mädchen verwechselt? Ich werde es nie erfahren.

Aber er macht mir das Leben zur Hölle, dieser *valet de chambre.*

Schließlich kommt das Geld aus England. ›Wir können das nicht zur Regel werden lassen‹, sagen sie. ›Du hast unseren guten Rat in den Wind geschlagen und deinen Kopf durchgesetzt.‹ Und so weiter ... Na schön, ich werde euch nicht wieder fragen. Spartaner, die sie sind.

Ich verlasse das Hotel, verlasse das Viertel. Zum letzten Mal habe ich Messer, Gabel und Löffel gespült und sie in den Spind gelegt. Keine Mahlzeiten mehr mit den jungen Mädchen.

Doch immerhin war das noch die Zeit, da ich zum Kaffeetrinken in ein Café ging, da ich bei einer halben Flasche Wein fröhlich sein konnte, da dies passierte und das passierte.

Doch sie währen nie, die goldenen Tage. Und sie kann traurig sein, die Sonne am Nachmittag, nicht wahr? Ja, sie kann traurig sein, die Nachmittagssonne, traurig und zum Fürchten.

Jetzt Geld – denn die Nacht bricht an. Geld für mein Haar, Geld für meine Zähne, Geld für Schuhe, die mir die Füße nicht kaputt machen (es ist nicht so leicht, in billigen Schuhen mit hohen Absätzen herumzulaufen), Geld für schöne Kleider, Geld, Geld. Die Nacht bricht an.

Gerade dann hat man nie welches. Gerade wenn man es braucht, ist kein Geld da. Kein Geld. Das macht einen kaputt.

Ist es wahr, bin ich *moche*? Gott, nein. Ich wette, eine Frau hat das gesagt. Nein, doch nicht. Es war ein Mann, der es gesagt hat. Bin ich *moche?* Nein, nein, du bist jung, du bist schön.

Manchmal ist alles in Ordnung, manchmal funktioniert es. Oft funktioniert es. Und Tage. Und Nächte …

Essen. Trinken. Laufen. Marschieren. Zurück ins Hotel. Ins Hotel Ankunft, ins Hotel Abfahrt, das Hotel Zukunft, das Hotel Martinique und Universum … Zurück ins Hotel Namenlos in der Straße Namenlos. Man drückt den Knopf, und die Tür geht auf. Dies ist ein Hotel Namenlos in der Straße Namenlos, und die Gäste haben keine Namen, keine Gesichter. Man steigt die Treppe hinauf. Immer dieselbe Treppe, immer dasselbe Zimmer.

Das Zimmer sagt: ›Ganz wie in alten Zeiten. Ja? … Nein? … Ja.‹

*

Und was geschah nach alledem?

Es geschah Folgendes: Sowie ich die geringste Chance sah, mich irgendwo zu verstecken, kroch ich in den Schlupfwinkel und versteckte mich.

Nun, manchmal ist es draußen schön, nicht wahr? Manchmal ist der Himmel blau. Manchmal ist die Luft leicht, man atmet frei. Und immer gibt es ein Morgen …

Morgen gehe ich in die Galeries Lafayette, suche mir ein Kleid aus, gehe weiter ins Printemps, kaufe Handschuhe, kaufe Parfum, kaufe einen Lippenstift, kaufe Sachen für fr. 6,25 und fr. 19,50, kaufe irgendetwas Billiges. Das Gefühl, Geld auszugeben, nur darauf kommt es an. Ich werde mir Armbänder ansehen, die mit falschen Steinen besetzt sind, mit roten, grünen und blauen, Ketten aus falschen Perlen, Zigarettenetuis, mit Steinen besetzte Schildpattkämme ... Und wenn ich dann ein paar Glas getrunken habe, werde ich nicht wissen, ob es gestern, heute oder morgen ist.

Vierter Teil

Als ich ins Büro komme, um meinen Schlüssel zu holen, sagt mir die Patronne, ein englischer Monsieur habe eine Nachricht für mich hinterlassen. Ein englischer Monsieur? … Ja, so hat sie es verstanden – ein Monsieur aus London.

Allo! Bin vorbeigekommen, um Sie zu besuchen. Mir geht es gut. Ich habe ungeheures Glück gehabt. Morgen oder übermorgen verlasse ich Paris. Schade, dass Sie nicht da waren.

René

Als ich im vierten Stock ankomme, macht der Commis seine Tür auf und steckt den Kopf heraus. »Vache! Sale vache«, sagt er, als er mich sieht. Sein Kopf verschwindet, und die Tür wird zugeschlagen, aber er spricht weiter, mit hoher, dünner Stimme.

Ich lege Hut und Mantel ab und lege das Parfum und die Strümpfe weg, die ich eben gekauft habe. Die ganze Zeit lausche ich angespannt, will verstehen, was er sagt.

Die Stimme verstummt. Ein lautes Klopfen. Also,

das ist zu viel, jetzt werde ich ihm die Meinung sagen. Wenn du meinst, ich hätte Angst vor dir, irrst du dich. Warte nur …

Entschlossen gehe ich zur Tür und reiße sie auf.

Draußen steht der Gigolo, hochgestimmt und selbstzufrieden. Er nimmt meine Hand in seine beiden Hände.

»Ich war schon einmal hier. Hat man es Ihnen gesagt? … Aber was ist los? Warum sehen Sie so erschrocken aus?«

»Nicht erschrocken. Verärgert.«

»O nein, Sie sehen erschrocken aus. Vor wem haben Sie Angst? Vor mir? Wie schmeichelhaft!«

»Ich dachte, es wäre der Mann von nebenan. Er hat mich angeschrien. Er geht mir auf die Nerven.«

»War er grob zu Ihnen? Voulez-vous que je lui casse la gueule?«, sagt er.

»Ganz gewiss nicht. Auf gar keinen Fall.«

»Wenn Sie wollen, tu ich's. Ich kann mich auf mancherlei Weise nützlich machen.«

»Lieber Himmel, nein. Tun Sie nichts dergleichen.«

»Na ja, vielleicht lieber nicht. Ich sollte keinen Krach anfangen, solange ich meine Papiere noch nicht habe. Aber ich bekomme sie. Morgen ist alles geregelt … Dieses Zimmer gefällt mir«, sagt er. »Ein hübsches Zimmer, ein reizendes Zimmer. Nichts als Betten. Darf ich mich setzen?«

»Es sind doch nur zwei Betten.«

»Ah ja, das sehe ich – nur zwei. Aber irgendwie hat man den Eindruck, hier stünden lauter Betten … Ich habe heute Nachmittag fast eine Stunde hier auf Sie gewartet. Ihrer Patronne habe ich gesagt, ich sei ein alter Freund von Ihnen, aus London. Ich habe Englisch mit ihr gesprochen. Und sie hat mich gefragt, ob ich in Ihrem Zimmer warten wolle.«

Das ist wahrscheinlich die Erklärung für das ›Vache! Sale vache!‹.

»Schön und gut, aber ich habe Sie doch gebeten, nicht herzukommen, und Sie hatten das auch versprochen.«

»Aber warum? Die Frau unten ist so nett … Ich verstehe Sie nicht. Sie hat absolut nichts dagegen. Sie könnten dauernd jemanden hier haben, und sie hätte nichts dagegen. Es ist ein Jammer, dieses Hotel und dieses Zimmer ungenutzt zu lassen. Sehr, sehr geeignet für die Liebe, dieses Zimmer. Haben Sie es tatsächlich noch nicht genutzt? Ich kann das gar nicht glauben.« Er lacht laut. »Diese Augen, diese tiefen Schatten unter Ihren traurigen Augen – was hat das zu bedeuten?«

»Jedenfalls nicht das, was Sie denken. Ich schlafe nicht gut, und ich nehme viel Luminal, um schlafen zu können.«

»Armes Mädchen, armes Mädchen«, sagt er und berührt meine Augen. »Und Sie wollen mich nicht einmal versuchen lassen, ob ich etwas dagegen tun kann?«

Ich habe es jetzt satt, ausgelacht zu werden – satt, satt, ausgelacht zu werden. Allez-vous-en, salaud. Ich habe es satt, ausgelacht zu werden.

Er spürt, dass ich verärgert bin. Er sagt höflich und formell: »Ich wollte Sie fragen, ob wir heute Abend einen Aperitif miteinander trinken könnten. Sagen Sie bitte Ja. Ich wäre sonst sehr enttäuscht.«

Sehr rasch, sehr glatt, dieser Haltungswechsel, wie ein Fisch, der mit einem Flossenschlag mal hierhin, mal dorthin gleitet.

»Also gut. Ich werde um halb acht bei der Closerie des Lilas sein. Ich freue mich sehr, dass Sie solches Glück hatten.«

»Ich bin einer Amerikanerin begegnet«, sagt er geheimnisvoll. »Schön. Und sehr, sehr reich. Wie sagt man bei Ihnen – sie platzt vor Geld?«

»Sie stinkt vor Geld.«

»Ja, sie stinkt vor Geld.«

»Waren Sie in der Bar vom Ritz?«

»Nein.«

»Sie wollen mir doch nicht erzählen, Sie hätten die Dame im Dôme kennengelernt?«

»Nicht im Dôme. In diesem dänischen Lokal – Sie wissen schon. Na ja, wir unterhielten uns, und sie sagte, sie würde gern irgendwohin zum Tanzen gehen, und ich sagte ganz freiheraus … Ganz offen, wissen Sie …«

»Davon bin ich überzeugt.«

»Ich sagte: ›Ich wüsste nicht, was ich lieber täte, wirklich. Aber mein Pech ist, dass ich augenblicklich kein bisschen Geld habe – wenigstens fast nichts.‹ Da war es geschafft. Sie wohnt im Meurice. Es war ein großer Erfolg.«

»Nun, es ist nett von Ihnen, dass Sie extra hergekommen sind, um mir das zu erzählen.«

»Da haben wir's wieder. Sie verstehen das nicht. Wenn man so ein Leben führt wie ich, wird man sehr abergläubisch, und ich glaube eben, Sie bringen mir Glück. Erinnern Sie sich an den Abend, an dem wir uns begegneten. Ich war entmutigt, ganz entmutigt. Sie haben mir Glück gebracht.«

Der Glücksbringer … Nun, so habe ich mich selbst noch nie gesehen.

Er nimmt meine Hand in seine und betrachtet meinen Ring; seine Augen werden schmal.

»Nichts wert«, sage ich. »Nur etwa fünfzig Franc – wenn überhaupt.«

»Was, Ihre Hand?«

»Sie haben doch nicht meine Hand angesehen – Sie haben den Ring angesehen.«

»Oh, wie misstrauisch diese Frau ist. Es ist unglaublich … Aber Sie kommen heute Abend, nicht wahr?«

»Ja, ich werde dort sein, wo wir uns neulich Abend unterhalten haben. Um halb acht bin ich da.«

Er geht, noch immer mit einem Siegerlächeln.

Ich gehe im Zimmer auf und ab. Ich bin erregt. Ich trete an den Spiegel, sehe mich an, starre mich an, schneide mir eine Fratze, prüfe meine Zähne. Dieses verdammte Licht – wie soll man sich bei diesem Licht ordentlich herrichten?

Na schön, da stehe ich also, stolziere umher und lächle albern, und plötzlich sage ich mir: ›Nein, ich werde überhaupt nichts tun, absolut nichts. Ein bisschen Stolz, ein bisschen Würde zu guter Letzt, um Himmels willen. Ich werde nicht einmal die Strümpfe anziehen, die ich heute Nachmittag gekauft habe. Ich werde nichts tun – nicht das Geringste. Ich will vor diesen Leuten nicht länger Fratzen schneiden und posieren.‹

Und die Aufregung ist ja schließlich auch nur oberflächlich. Darunter bin ich gleichgültig. Darunter ist immer stehendes Wasser, ruhig, unbewegt – die bittere Ruhe, die dem Tod, dem Hass so nahe ist …

Ich habe noch sechzehnhundert Franc. Genug, um das Kleid zu kaufen, das ich heute ausgesucht habe, genug, um meine Hotelrechnung und die Rückreise nach London zu bezahlen. Wie viel bleibt übrig? Sagen wir vierhundert Franc. Ich nehme zweihundertfünfzig. Zweihundert Franc für das Essen, wenn es dazu kommt; fünfzig Franc hinter den Spiegel in meiner Handtasche, für das Taxi nach Hause, falls wir uns streiten, falls er unangenehm wird. ›He, Taxi‹ – und man ist aus allem heraus.

Ich richte es so ein, dass ich zehn Minuten zu spät komme, und bin zwanzig Minuten vor acht bei der Closerie des Lilas. Ich schaue mich auf der Terrasse um. Niemand da. Ich werde nicht um die Ecke gehen, um auf der anderen Seite nachzusehen. An diesem kalten Abend sitzt er sicher drinnen.

An der Bar sitzt ein sehr hübsches Mädchen auf einem Hocker und hat ein Glas vor sich. Kein Gigolo zu sehen.

Ich bestelle einen Cinzano und fühle mir gewissermaßen die ganze Zeit den Puls. Bin ich enttäuscht, bin ich verärgert? Nein, ich bin ganz ruhig, auch ganz zuversichtlich. Er ist irgendwo in der Nähe, denke ich.

Ich frage einen Kellner: »Ist jemand auf der Terrasse?«

»O nein, das glaube ich nicht. Es ist zu kalt heute.«

»Würden Sie nachsehen?«, sage ich ganz gelassen, ganz zuversichtlich. »Und wenn jemand draußen wartet, würden Sie ihm bitte sagen, dass ich hier drinnen bin?«

Nach einer Minute ist er wieder da, und mit ihm kommt der Gigolo.

»Hier sind Sie also. Ich dachte schon, Sie hätten mich versetzt.«

»Und da glaubten Sie wohl schon, die Welt ginge unter. Das konnten Sie sich doch sicher nicht vorstellen.«

»Nein – nein«, sagt er. »Aber fast war ich so weit, als der Kellner kam. Ich habe Sie schon verwünscht. Sie sagten, wo wir uns neulich Abend unterhielten, und dort habe ich auch gewartet … Ich friere. Ich habe zwei Pernod getrunken, um mich warm zu halten, aber ich friere immer noch. Fühlen Sie meine Hände. Ich muss noch einen Pernod trinken.«

Er sieht ein wenig betrunken aus, aber so wie in Romanen, wenn sie betrunken sind – sehr lebhaft, in Stimmung.

Das Mädchen vor der Bar steigt vom Hocker und verlässt das Lokal, wobei sie langsam an uns vorbeigeht.

»Oh, was für ein schönes Mädchen. Schauen Sie, wie sie geht – dieser Hüftschwung. Oh, ist sie nicht wunderschön? Was für einen herrlichen Körper muss dieses Mädchen haben!«

»Möchten Sie ihr nicht nachgehen und es herausfinden?«, sage ich. »So meinten Sie's doch wohl.«

»Nein, nein, ich will doch mit Ihnen sprechen.«

»Deswegen bin ich hier. Fangen Sie an.«

»Beim Essen«, sagt er … Eine halbe Sekunde Pause, in der ich etwas sagen soll.

Ich lade ihn ein, mit mir zu essen.

»Danke«, sagt er. »Um offen zu sein – wenn ich die Drinks hier bezahlt habe, bleibt mir nicht mehr viel Geld übrig.«

»Haben Sie denn bei Ihrer Amerikanerin gar nichts lockergemacht?«

»O nein, noch nicht. Wenn ich von ihr etwas verlange, dann wird das etwas Ordentliches sein. Aber damit darf man natürlich nicht zu früh anfangen. Sie muss erst so weit sein ... Sie ist schon fast so weit. Ich denke, morgen ist sie vielleicht so weit.«

Während er spricht, sieht er mir die ganze Zeit fest in die Augen – wie jemand, der einem trotzen will.

»Würden Sie mir das Geld für die Rechnung jetzt schon geben und nicht erst im Restaurant?«, sagt er im Taxi. »Es wäre mir lieber.«

»Selbstverständlich. Das hatte ich ohnehin vor.«

Ich gebe ihm zweihundert Franc, und seine Mundwinkel gehen nach unten.

»Wenn Sie alles bezahlt haben – das Essen, die Getränke, das Taxi, werden ungefähr noch zwei Franc übrig sein«, sage ich. »Ich habe es ausgerechnet.«

»Oh, ce qu'elle est rosse, cette femme!«

Ich weiß nicht, was dieser Mann an sich hat, das mir so natürlich, so heiter vorkommt – das mir das

Gefühl gibt, unbefangen und glücklich zu sein, gerade als wäre ich jung – aber wirklich jung. Ich bin ja niemals jung gewesen. Als ich jung war, war ich verkrampft, ängstlich. Ich bin nie richtig jung gewesen. Ich habe nie gespielt …

»Ich habe Hunger«, sagt er. »Ich habe solchen Hunger, dass ich nur noch ans Essen denken kann. Essen, essen – und dann komme, was wolle.«

»Das ist wieder eines von meinen lustigen, eleganten Lokalen«, sage ich. »Sie werden sehen, wir sind sicher die einzigen Gäste.«

Doch es trifft sich, dass noch andere Leute da sind, die sich alle ernsthaft dem Essen widmen.

Ich möchte mich bei gutem Licht sehen und gehe hinauf in die Damentoilette – eine der Attraktionen im Pig and Lily. So sauber und funkelnd, so gut beleuchtet, mit vielen Spiegeln, und niemand da, der einen beobachtet. Sehe ich ordentlich aus? Gar nicht schlecht. Wirklich, gar nicht so schlecht …

»Endlich«, sagt er, als ich herunterkomme. »Jetzt werden wir endlich essen.«

Ich habe keinen Hunger. Wahrscheinlich wird er merken, dass das Essen in dieser verdammten trübseligen *boîte* alles andere als gut ist. Nein, er scheint nichts zu merken. Er isst eine Menge. Er plaudert.

Ich glaube nicht an seine Amerikanerin – wahrscheinlich hat er sie erfunden. Und doch muss irgendetwas passiert sein, wodurch er so selbstzufrieden und selbstsicher geworden ist. Er scheint auch nicht daran zu zweifeln, dass er in ein paar Tagen in London sein wird.

Er versucht, nützliche Hinweise von mir zu bekommen. Nachtclubs zum Beispiel, Restaurants. Wo geht man hin? In London dreht sich doch alles um Clubs, nicht wahr? Clubs, Clubs … Ja, immer dreht sich's in London um Clubs, Clubs, Clubs, Clubs, Clubs … Wie findet er einen wirklich guten Schneider? Inserieren sie, wenn sie gut sind?

»Ich weiß nicht. Mit solchen Fragen sind Sie bei mir nicht an der richtigen Adresse.«

»Könnten Sie nicht eine Party geben und mich Ihren Freunden vorstellen?« Halb spöttisch, halb schmeichelnd.

»Ich habe keine Freunde.«

»Ach, zu schade, zu schade.«

Anscheinend war er noch nie in London, ist aber gut informiert. Er hat dies gehört und hat jenes gehört.

Als wir zur zweiten Flasche übergehen, habe ich so ziemlich alles über die Goldmine jenseits des Kanals erfahren.

Merkwürdige Zustände – wie seine Freunde sagen. Mindestens fünfzig Prozent der Männer homosexuell und die meisten anderen nicht besonders interessiert. Und die armen Engländerinnen verzehren sich geradezu danach, oh, boy! Und natürlich zahlen sie gern dafür, wenn man es nur richtig anfängt, oh, boy! Merkwürdige Zustände.

Die ungenutzte Goldmine jenseits des Kanals …

Ich esse ganz wenig, darum wirkt der Wein, und ich fange an, mit diesem optimistischen Idioten zu streiten. Aber als ich mit meinen Argumenten am Ende bin, sagt er in aller Ruhe: »So reden Sie, weil Sie eine Frau sind, und jeder weiß, dass England kein Land für Frauen ist. Sie kennen doch das Sprichwort – ›Unglücklich wie ein Hund in der Türkei oder eine Frau in England‹? Aber für mich wird alles ganz anders aussehen.«

So stellt er sich das vor. Aber er wird feststellen, dass es mit der Herkunft zu tun hat, nicht mit dem Geschlecht. Die Liebe ist in England eine strenge Tugend. (Im Allgemeinen eine Sache der Hygiene, mein Lieber. Die anstößige Notwendigkeit – und wer möchte Gedanken oder Zeit auf die anstößige Notwendigkeit verschwenden? … Wir kriegen unsere Ration Rosenblätter, aber nur, weil Rosenblätter ein mildes Abführmittel sind.)

»Nehmen Sie sich in Acht. Wahrscheinlich müssen Sie sich gewaltig anstrengen und bekommen hinterher nur ein Zigarettenetui in Doublé mit Ihren Initialen darauf.«

Er ist so überzeugt, alles werde gut gehen, dass

er einem leidtun muss. Und er sieht so gut aus, der arme Teufel, so lebhaft, fröhlich, gesund, so, als ob er nicht viel trinkt, als ob … Wenn er so daherredet über die Technik seines Metiers – es klingt, als wäre nicht viel dahinter. Wahrscheinlich ist auch gar nichts dahinter. Er will mich einfach nur schockieren oder erregen oder sonst etwas …

Es ist halb zehn. Wir sitzen immer noch da und schwatzen.

»Ist es wahr, dass die Engländer bei der Liebe alle ihre Kleider anbehalten, weil sie glauben, so sei es anständiger?«

»Ja, gewiss. Vollkommen angezogen. Sie ziehen natürlich noch einen Regenmantel über.«

Danach legen wir erst richtig los.

»Ich werde Ihnen jetzt etwas wirklich Komisches zeigen«, sagt er. »Schauen Sie, was ich hier im Löffel habe …«

»Ja, ziemlich komisch, wie?«

»Ich kann es noch besser«, sagt er.

Ich passe genau auf. Wenn ich dies Kunststück lerne, steigt doch sicher mein Wert als Unterhalterin.

Mögen Sie dies? Oder das? Was geht Ihnen besonders gegen den Strich? Ich habe da etwas Komisches gehört, das muss ich Ihnen erzählen. Et cetera, et cetera …

Er macht das sehr gut – gelassen, gleichgültig, ohne ein Funkeln in den Augen. Nur seine Stimme wird lauter. Zum Glück ist nur noch ein Tisch besetzt, und ich glaube nicht, dass sie Englisch verstehen.

Aber der Wirt versteht es sicher. Als er mit dem Kaffee kommt, sieht er mich mit einem halb mitleidigen, halb strengen Blick an, als wollte er sagen: ›Aber, aber, aber. Ich hätte doch gedacht, Sie wären vernünftiger! Wirklich, wirklich …‹ Er versteht ganz bestimmt Englisch.

Ich fixiere ihn meinerseits. Na, und wenn schon, du verdammter alter Flegel. Bist du vielleicht ein Unschuldslamm? He? Das machst du mir nicht vor. Ich rege mich nicht über dich auf, also reg du dich auch nicht über mich auf. Abgemacht?

Er stolziert würdevoll davon. ›Tous piqués‹, denkt er, ›tous dingo, tous, tous, tous.‹

Trotzdem geht mir diese Unterhaltung auf die Nerven. Wozu das alles? Ah! Da kommt es schon.

»Ich habe alles vorbereitet. Während ich auf der Terrasse auf Sie wartete, habe ich mich von dem Kellner beraten lassen, wohin ich mit Ihnen gehen könnte, weil Sie ja gesagt hatten, Sie wollten mich nicht mit in Ihr Hotel nehmen. Er hat mir etwas sehr Passendes am Boulevard Raspail vorgeschlagen.«

»Lieber Himmel!«, sage ich. »Sie haben den Kellner gefragt?«

»Ja, natürlich. Kellner wissen in solchen Sachen immer Bescheid.«

»Nun, das ist also wieder ein Lokal, in dem ich mich nicht mehr sehen lassen kann.«

»Und Sie behaupten, Sie wären keine *bourgeoise*!«

»Ich habe das nicht gesagt. Sie haben es gesagt.«

Trotz allem hat er ganz recht. Morgen muss ich wieder in dieses Café gehen und denselben Tisch auf der Terrasse nehmen und einen Drink bestellen. Doch wenn ich ›morgen‹ denke, ist eine Lücke in meinem Kopf, eine weiße Stelle – als fiele ich ins Leere. Morgen kommt nie.

Ich sage: »Morgen kommt nie.«

»Ich verstehe nicht.«

»Hören Sie. Ich habe es Ihnen von Anfang an gesagt – nichts zu machen. Warum fangen Sie immer wieder an? Das ist doch albern.«

»Schade«, sagt er gleichgültig, »schade. Es wäre so nett gewesen. Ich hätte Sie nicht enttäuscht.«

(Aber nehmen wir einmal an, ich hätte dich enttäuscht.)

Er ist schlau, dieser Mann, er spürt, was ich denke. Er sagt: »Wissen Sie, vor mir brauchen Sie keine Angst zu haben. Ich würde nie etwas Grausames zu Ihnen sagen, auch nicht über Sie. Ich bin nicht grausam zu den Frauen – nicht auf diese Weise. Ich mag sie, verstehen Sie? Ich mag keine Knaben; ich habe es in Marokko probiert, aber es war zwecklos. Ich mag Frauen.«

»Dann sollten Sie Ihr Gewicht in Gold wert sein. Ich hoffe nur, Sie kriegen es auch.«

»Mögen Sie Mädchen?«, fragt er mit einem neugierigen Blick.

»Nein.«

»Haben Sie nie in Ihrem Leben ein Mädchen gesehen, das Sie hätten lieben können?«

»Nein, niemals … Doch, einmal schon. Ich habe ein Mädchen in einem Bordell gesehen, das hätte ich lieben können.«

»Oh, wie bequem!«

Er lacht. Der Wirt schreckt auf, blickt zu uns herüber, zuckt mit den Achseln und dreht uns den Rücken zu.

»Warum haben Sie sie geliebt?«

»Na«, sage ich, »was ist das bloß wieder für eine Frage!«

Wie um alles in der Welt kann man sagen, warum man jemanden liebt? Ebenso gut könnte man behaupten, man wüsste, wo der Blitz einschlagen wird. So ist mir's jedenfalls immer vorgekommen.

»Erzählen Sie mir von diesem Mädchen.«

»Da gibt es nichts zu erzählen, außer dass sie mir gefallen hat. Sie sah furchtbar traurig aus und sehr sanft. Das gibt es nicht oft.«

Offenbar findet er das sehr lustig.

»Haben Sie sich geliebt?«

»Nein, natürlich nicht«, sage ich. »Selbstverständlich nicht.«

»Was ist passiert? Sagen Sie's mir.«

»Nun, während ich mich noch mit meinem sentimentalen Gedanken beschäftigte, kam ein neuer Kunde herein, und da war sie im Nu bei der Schar, die ihn umringte. Sie wissen doch, wie das ist ... Ich hasse übrigens Bordelle.«

(Warum nur war dieses Mädchen plötzlich aus der Vergangenheit aufgetaucht? Sie war nicht schön, gar nichts Besonderes. Ich nehme an, es ging ihr dort nicht allzu gut. Aber ich hätte sie geküsst und getröstet – und wenn das nicht Liebe ist, was dann?)

»Oh, alle Frauen hassen Bordelle«, sagt er.

»Ach, wirklich? Das sollte man nicht glauben, wenn man manche Frauen darüber reden hört. Übrigens – sagen Sie mir nicht, ich wäre wie andere Frauen – das stimmt nicht.«

»Ja, aber das sagen auch alle Frauen«, sagt er.

Mir scheint, jetzt liegt Streit in der Luft. Es wäre schade, wenn alles mit einem Krach endete.

»Ich bin für niemanden die Richtige«, sage ich. »Ich bin eine *cérébrale,* sehen Sie das denn nicht?«

Wenn man bedenkt, was für ein komisches Buch das wäre: *Nur eine cérébrale oder Du kannst mich nicht hindern zu träumen.* Nur müsste das natürlich von einem Mann geschrieben sein, wenn es als authentisch angesehen werden und überzeugend wirken soll. Wie schade, wie jammerschade!

»Halten Sie sich dafür?,« sagt er.

»Sicher.«

»Ich ganz und gar nicht. Ich möchte eher meinen, dass Sie ziemlich dumm sind.«

Das gibt mir zu denken. Wenn er mich jetzt dumm findet, dann würde ich gern wissen, was er zu meiner üblichen Konversation sagen würde, die etwa so klingt: ›Ich glaube, heute wird das Wetter schön … Ja, ich hoffe es – ja – ja – ja …‹

»Sie halten mich für dumm?«, sage ich.

»Nein, nein. Seien Sie mir nicht böse. Ich meine nicht ›dumm‹. Ich meine, dass Sie im Fühlen mehr leisten als im Denken.«

Stimmt das?, frage ich mich … O ja, dumm … In meinem Kopf läuft ein höchst komischer Monolog ab – mir jedenfalls kommt er komisch vor. Ich möchte verhindern, dass ich laut loslachen muss, also sage ich:

»Wir machen da sehr große Worte. Was ist denn eigentlich eine *cérébrale*? Ich weiß es nicht. Wissen Sie's?«

»Eine *cérébrale*«, sagt er ganz ernst, »ist eine Frau, die Männer nicht mag oder nicht braucht.«

»Ach so? Ich wollte das schon immer wissen. Na, von denen gibt es viele, und es werden täglich mehr.«

»Ah, aber eine *cérébrale* mag auch keine Frauen. O nein. Die echte *cérébrale* ist eine Frau, die nichts und niemanden liebt, nur sich selbst und ihren verdammten Intellekt, oder was sie dafür hält.«

So mit sich selbst zufrieden wie ein kleiner schwarzer Junge mit einem Zylinder …

»Also eigentlich ein Monstrum.«

»Ja, ein Monstrum.«

»Nun, nach alledem tröstet es mich, dass Sie mich für dumm halten. Wir wollen die Rechnung kommen lassen, ja? Gehen wir.«

»Ich habe Sie gestern Vormittag angerufen«, sagt er.

»Ja, ich weiß. Ich habe noch geschlafen. Ich war zu spät beim Telefon.«

»Sie wussten, wer es war?«

»Oh, ich habe gedacht, dass Sie es sein könnten. Sicher war ich nicht.«

»Sie haben also doch Freunde in Paris?«

»Ich habe hier keine Menschenseele außer zwei Russen, die ich neulich kennengelernt habe. Ich mag sie sehr.«

»Russen«, sagt er abschätzig, »Russen in Paris! Jeder weiß, was das für Leute sind – Juden und arme Weiße. Langweiliger geht es nicht. Schreckliche Menschen.«

Aus irgendeinem Grund ärgert mich das sehr. Ich frage mich allmählich, warum ich überhaupt hier bin, was ich in diesem Loch von Restaurant zu suchen habe, wo ich mit einem verdammten Gigolo schmutzige Geschichten austausche. Ich möchte fort. Ich möchte raus aus dem Lokal.

»Ich gehe jetzt in die Ausstellung«, sage ich. »Ich möchte sie vor meiner Abreise noch einmal sehen.«

»Die Ausstellung?«

»Waren Sie noch nicht dort?«

»Nein. Was soll ich in der Ausstellung?«

»Nun, ich gehe da jetzt hin. Sie brauchen nicht mitzukommen, wenn Sie nicht wollen. Ich kann auch allein gehen.«

Ich möchte allein gehen, ein Taxi nehmen und durch die Straßen fahren, allein dastehen und hinabschauen auf die Springbrunnen im kalten Licht.

»Aber natürlich«, sagt er. »Wenn Sie in die Ausstellung gehen möchten, gehen wir hin. Selbstverständlich.«

*

Wir gehen beim Trocadéro hinein. Es sind nicht viele Leute da. Kalt, leer, schön – so habe ich's mir vorgestellt, so habe ich's mir gewünscht.

»Was ist das da oben für ein Licht?«, sagt er.

»Das ist der Friedensstern. Kennen Sie den nicht?«

Er sieht noch einmal genau hin.

»Wie *mesquin*! Er ist kümmerlich, dieser Friedensstern.«

»Das Gebäude ist sehr schön«, sage ich im Tonfall einer Lehrerin.

Wir stehen auf der Promenade über den Springbrunnen und blicken auf sie hinunter. Das wollte ich sehen – die kalten Springbrunnen, die kalten, regenbogenfarbenen Lichter auf dem Wasser …

Er sagt noch einmal: »Er ist *mesquin,* Ihr Friedensstern.«

Wir bleiben eine Weile stehen, über die Brüstung gelehnt. Er schiebt seinen Arm unter meinen. Ich spüre, wie er zittert. Als ich ihm das sage, antwortet er: »Nun ja, es ist kalt hier nach Marokko.«

»O ja, natürlich. Marokko.«

»Sie glauben mir nicht, dass ich gerade aus Marokko gekommen bin, nicht wahr?«

Was auch sonst alles Lüge sein mag bei ihm – so viel steht fest: Er ist nicht für dieses Wetter angezogen.

Das Licht glänzt auf dem Wasser, die Brunnen springen kalt und schön …

»Warum borgen Sie sich nicht von Ihrer Amerikanerin ein bisschen Geld und kaufen sich einen Mantel?«

»Nein, ich will warten. Ich möchte mir meine Kleider in London kaufen.«

Lieber Himmel – jetzt wird er wieder anfangen

und Adressen von Londoner Schneidern von mir haben wollen …

»Gehen wir etwas trinken. Dann können wir uns aufwärmen.«

»Etwas trinken?«, sagt er. »O ja, natürlich. Aber was, wenn ich keine Lust habe, für einen billigen Drink bei dieser Kälte weit zu laufen?«

Er fängt an zu pfeifen, wie ein kleiner Junge, der pfeift, um sich selber Mut zu machen – laut, klar und rein.

»Was ist das für eine Melodie? Sie gefällt mir.«

»Das ist der Marsch der Legion«, sagt er, »der echte. Denke ich jedenfalls. Aber woher soll ich das wissen?«

»Erzählen Sie mir von Marokko.«

»Nein, ich will nicht darüber sprechen … Ich will nicht daran denken«, sagt er laut. »Kommen Sie, gehen wir etwas trinken.«

»Zum Abschied«, sage ich.

»Schön – zum Abschied. Aber nicht hier drinnen. Gehen wir …«

Wir sitzen nebeneinander im Taxi, ohne einander zu berühren. Er pfeift die ganze Zeit leise vor sich hin. Ich sehe durchs Fenster die Straßen vorübergleiten. Nun, da bist du ja, Paris, und das ist jetzt der Abschiedsdrink …

»Wo gehen wir hin?«, sagt er.

Wir kommen eben am Deux Magots vorbei.

»Das ist in Ordnung. Da gehen wir rein.«

Das Café ist nicht sehr voll. Ich wähle einen Tisch, der so weit wie möglich von allen anderen Gästen entfernt ist. Wir bestellen zwei Brandy.

Er hat mir gesagt, er sei sechsundzwanzig, aber ich glaube, er ist älter – er ist um die dreißig. Und er sieht nicht aus wie ein Gigolo, absolut nicht wie ein Gigolo.

Ich werde plötzlich scheu und unsicher. (Wie lächerlich! Lass es ihn um Gottes willen nicht merken.) Ich trinke meinen Brandy mit Soda zur Hälfte aus und fange an zu erzählen, von meinem letzten Besuch im Deux Magots und dass ich damals gerade eine Zeit lang in Antibes gewesen und ganz braun gebrannt nach Paris zurückgekommen sei, in allerbester Verfassung, mit etwas Geld in der Tasche, und so weiter und so fort.

»Verdientes Geld. Sans blague. Es war zu komisch. Ich schrieb Märchen auf, für eine sehr reiche Frau. Sie kam nach Montparnasse und suchte jemanden, und natürlich war der Andrang groß. Mich hat sie genommen, weil ich am billigsten war. An dem Abend, an dem ich – sehr reich! – nach Montparnasse zurückkam, da haben wir gefeiert. Hier haben wir angefangen, weil ich in einem Hotel in der Nähe wohnte.«

Nach den zwei Brandy mit Soda und diesem Wiedersehen mit dem Deux Magots ist mir die Geschichte wieder ganz gegenwärtig. Sie kam immer sehr früh am Morgen im Morgenrock in mein Zimmer, das Haar in zwei Zöpfe geflochten, süß sah sie aus, das muss ich zugeben. »Sind Sie schon wach, Mrs Jansen? Mir ist eben ein Märchen eingefallen. Sie können doch mitstenographieren, ja?« – »Nein, das kann ich leider nicht.« (Betrogen. Für das Geld, das ich ihr zahle, müsste sie stenographieren können.) ›Aber wenn Sie es mir erzählen, kann ich es aufschreiben‹, denke ich. Und schon ging es los. »Es war einmal ein Kaktus ...« Oder eine weiße Rose, oder eine gelbe Rose, oder eine rote Rose, je nachdem. Und das alles morgens um halb sieben, müssen Sie bedenken ... »Dieses Märchen ist eine Allegorie«, sagte sie dann mit besorgter Miene. »Das verstehen Sie doch, nicht wahr?« – »Ja, ich verstehe.« Aber sie blieb immer sehr vage in ihren Allegorien. »Könnten Sie es vielleicht in einem persischen Garten spielen lassen?« – »Warum nicht?« – »Oh, und dann wollte ich Ihnen noch etwas sagen, Mrs Jansen. Samuel hat leider das letzte Märchen gar nicht gefallen, das Sie aufgeschrieben haben.« O Gott, dieser furchtbare Druck auf dem Herzen – wie wenn man im Lift abwärts fährt. Ich wusste es doch – dieser Posten war zu schön, um wahr zu sein. »Ach, wirklich? Das tut mir aber leid. Was hat ihm denn nicht gefallen daran?« – »Also, ich fürchte, Ihr Stil liegt ihm nicht. Er hat gesagt, diese Märchen kosten doch so viel Geld, und da findet er es seltsam, dass Sie lauter einsilbige Wörter verwenden. Er sagt, das wirkt eintönig, und ob Sie denn keine langen Wörter kennen – und wenn Sie welche kennen, ob Sie sie dann bitte verwenden können? … Madame Holmberg würde furchtbar gern mit mir zusammenarbeiten. Und sie ist eine richtige Schriftstellerin – sie hat gerade den dritten Band ihrer Napoleonbiographie beendet.« Nach diesem zarten Wink fährt sie fort: »Samuel wollte selbst mit Ihnen sprechen, aber ich sagte ihm, er soll es mir überlassen, weil ich Sie nicht kränken möchte. Ich habe ihm versichert, wenn ich Ihnen sage, was er auszusetzen hat, geben Sie sich bestimmt Mühe, es besser zu machen. Ich möchte Sie auf gar keinen Fall kränken – ich habe irgendwie das Gefühl, dass wir beide uns sehr ähnlich sind. Finden Sie nicht auch?« (Nein, finde ich absolut nicht, du verwöhntes Biest.) »Es tut mir furchtbar leid, dass Ihnen das Märchen nicht gefallen hat«, sage ich.

Ich sitze an einem großen Schreibtisch, einen Bogen weißes Papier vor mir – und draußen die Sonne und das blaue Mittelmeer. *Monte Carlo, Monte Carlo, by the Med-it-er-rane-an sea-ee, Monte Carlo, Monte Carlo, where the boy of my heart waits for me-ee* … Persischer Garten. Lange Wörter. Chiaroscuro? Transparenz? Ich wette, katastrophale Aktionen und zentrifugale Fluktuation, so etwas würde ihm gefallen, die Frage ist nur, wie ich das in einem persischen Garten unterbringe? … Nun, vielleicht bringe ich's doch fertig. Es sind schon merkwürdigere Dinge vorgekommen … Ein leeres Blatt Papier. Es war einmal, es war einmal … Eine Maid, die hütete Schweine … Persische Gärten. Satrapen – sicher, Satrapen hießen sie. Es ist so herrlich draußen, und irgendwoher kommt plötzlich Musik … Im Schweiße meines Angesichts, o Gott, mit so vielen langen Wörtern wie nur möglich. Und draußen läuft *Valencia* … »Sind Sie noch da, Mrs Jansen? Sie sind nicht ausgegangen? Mir ist eben ein neues Märchen eingefallen. Es war einmal …«

Gerissen wie nur eine, diese Frau, hart wie Eisen, und so bedacht auf ihr Eigentum! Sie machte die schlimmste Szene, wenn nur ein Tropfen Wein auf einen ihrer Louis-Quinze-Stühle fiel. Echtes Louis Quinze, versteht sich.

Man erklärt solche Charaktere immer damit, dass man sagt, ihre Gedankenwelt sei wie durch Schotten aufgeteilt – alles wasserdicht voneinander getrennt –, aber mir ist das nie so vorgekommen. Alles wirbelt durcheinander wie das Bilgenwasser im Laderaum eines Schiffes, alles wird in demselben Raum durcheinandergespült, keine Rede von Schotten … Feen, rote Rosen, Besitzstreben. Selbstverständlich empfinden diese Leute nicht wie wir – Lilien im Mondenschein – ich glaube an ein Leben nach dem Tode. Dafür habe ich meine Beweise. Und wir finden unseren lieben, vertrauten Leib drüben wieder – Samuel hat vergessen, seine *suppositoires* zu kaufen – Mitleid wäre in diesem Fall fehl am Platz – mit solchen Leuten gehe ich nie in teure Restaurants. Ganz unnötig, bringt sie nur auf dumme Gedanken. Das ist nicht nett, wirklich nicht – Aber trotzdem singen all die kleinen Vögelein – Psychoanalyse könnte vielleicht helfen. Adler ist gesünder als Freud, meinen Sie nicht auch? – Englische Richter irren nie – Das Klavier ist ganz ägyptisch empfunden …

Das alles wirbelt in demselben Schiffsbauch durcheinander. Keine Schotten …

Nun, ich versuche, René das alles zu erzählen, und kichere viel dabei, und plötzlich unterbricht er mich.

»Aber – die Frau kenne ich doch! Ich kenne sie sehr gut … Sie glauben mir wieder nicht. Diesmal müssen Sie mir glauben. Hören Sie zu, sie sah so aus …« Er beschreibt sie ganz genau. »Und das Haus war so …« Er zeichnet eine kleine Skizze hinten auf einen Briefumschlag. »Hier sind die Palmen. Hier ist die Eingangstreppe. Der grässliche englische Butler, den sie hatten – erinnern Sie sich?

Hier die zwei Vitrinen mit Jade und die zwei anderen Vitrinen mit einer Porzellansammlung. Die doppelte Rundtreppe – erinnern Sie sich, wie sie da abends immer herunterkamen?«

»Ja«, sage ich. »›Ich weiß, wie man eine Treppe hinabschreitet, ich schon.‹«

»Welches Schlafzimmer hatten Sie? Hatten Sie das im zweiten Stock mit dem grünen Atlasdiwan im Vorraum zum Badezimmer?«

»Nein. Ich hatte ein ganz gewöhnliches im dritten Stock. Aber was für ein Aufgebot an Parfumflaschen! Manchmal träume ich noch davon.«

»Es war ein lächerliches Haus, nicht wahr?«

»Mir hat es großen Eindruck gemacht«, sage ich. »Es ist das einzige Millionärshaus, in dem ich je gewohnt habe.«

»Ich habe in noch viel reicheren gewohnt. Ich habe in einem gewohnt, da waren die Leute so reich, dass eine Melodie ertönte, wenn man die Wasserspülung zog … Reiche Leute – die können einem leidtun. Sie haben keine blasse Ahnung, wie man sich amüsiert. Entweder haben sie überhaupt keinen Geschmack, oder, wenn sie welchen haben, dann sperren sie sich in eine Art Mausoleum ein.«

»Na, und Sie werden das alles ändern, nicht wahr?«

Natürlich, es besteht kein Zweifel, der Mann hat in diesem Haus gewohnt, und er kennt die Leute.

Man sollte meinen, wir würden jetzt Vertrauen zueinander fassen. Ganz und gar nicht, es macht uns nur misstrauisch. Kein Zweifel, strikte Anonymität ist bei solchen Gelegenheiten von Vorteil.

Wann ist das alles passiert, was ist seine Geschichte? War er eine Zeit lang in Frankreich, ist hier in Schwierigkeiten geraten und dann in die Fremdenlegion gegangen? Ist das seine Geschichte? Ach, was geht mich eigentlich seine Geschichte an. Vermutlich erzählt er jeden Tag eine andere.

Ich sage geziert: »Entschuldigen Sie mich einen Augenblick«, und gehe hinunter in die Toilette.

Auch diese Toilette kenne ich gut, auch hier ein Spiegel, der mir vertraut ist.

›Ja, ja‹, sagt er, ›als du das letzte Mal hier hereinschautest, sahst du ein bisschen anders aus, nicht wahr? Würdest du mir glauben, dass ich von allen Gesichtern, die ich sehe, jedes einzelne behalte, dass ich ein geisterhaftes Bild bewahre, leicht wie ein Echo, und es jedem Gesicht zurückwerfen kann, wenn es wieder in mich hineinschaut?‹ Alle Spiegel in allen Toiletten tun das.

Aber es könnte schlimmer sein. Du bist jetzt gerade in dem Stadium, wo das Trinken dich hübsch macht, ehe du hässlich davon wirst.

Er sagt: »Dauernd verschwinden Sie in der Toilette. C'est agaçant.«

»Warum auch nicht?«, sage ich und fixiere ihn. »Ich werde eben alt.«

Er runzelt die Stirn. »Nein, sagen Sie das nicht. Reden Sie nicht so. Sie sind nicht alt. Aber Sie sind schon an einen Punkt gekommen, wo Sie Angst vor dem Jungsein haben. Die haben Ihnen Angst gemacht, nicht wahr? Warum lassen Sie sich von denen Angst machen? Die versuchen das immer, so oder so.«

»Danke für den guten Rat. Ich werde versuchen, mich daran zu erinnern. Und jetzt bin ich in der Stimmung für den nächsten *fine*.«

»Aber Sie haben doch gesagt, Sie fangen an zu weinen, wenn Sie zu viel trinken. Und Leute, die weinen, wenn sie betrunken sind, kann ich nicht ausstehen.«

»Mir ist kein bisschen nach Weinen zumute. Habe mich nie im Leben wohler gefühlt.«

Er sieht mich an und sagt: »Nein, ich glaube nicht, dass Sie weinen werden. Also gut.«

Da steht schon ein neuer Brandy. Ich spritze das Soda hinein und beobachte, wie die Bläschen vom Boden des Glases aufsteigen. Ich werde langsam trinken, diesmal.

»Machen Sie nicht zu lange. Trinken Sie Ihr Glas aus, und dann gehen wir.«

»Wohin denn?«

»Nun, in Ihr Hotel oder zum Boulevard Raspail.

Ganz wie Sie wollen … Sie sind so eine dumme Frau«, sagt er, »so eine dumme Frau. Warum wollen Sie mir immer noch etwas vormachen? Schauen Sie mir jetzt in die Augen und sagen Sie, Sie wünschen sich's nicht.«

»Natürlich wünsche ich's mir.«

»Warum wollen Sie dann nicht? Sagen Sie mir doch wenigstens, warum Sie nicht wollen. Etwas, das Sie gern hätten und das ich auch gern hätte …«

»Etwas so Unwichtiges.«

»Ach, wichtig!«, sagt er. »Aber es wäre doch nett. Sagen Sie mir wenigstens, warum Sie nicht wollen, oder ist das zu viel verlangt?«

»Oh, das ist nicht zu viel verlangt. Ich will es Ihnen sagen. Es ist, weil ich Angst habe.«

»Angst«, sagt er, »Angst! Aber wovor haben Sie denn Angst? … Sie denken, ich erwürge Sie, oder ich schneide Ihnen die Kehle durch, nur wegen des schönen Rings, den Sie da haben. Ist es das?«

»Nein, ich weiß genau, dass Sie mich wegen meines Rings nicht umbringen würden.«

»Dann haben Sie vielleicht Angst, ich bringe Sie um, nicht weil ich auf Geld aus bin, sondern weil ich gern Böses tue. Aber das ist ja gerade Ihre Dummheit. Bei Ihnen habe ich nichts Böses im Sinn.«

»Es gibt immer die eine, bei der Sie nichts Böses im Sinn haben, nicht wahr?«

»Ja, es gibt immer die eine«, sagt er. »Ich möchte ganz nah bei Ihnen liegen und Ihre Arme um mich spüren.«

Und mir alles, alles sagen … Das Sprüchlein hat er schon einmal aufgesagt.

»Oh, reden Sie nicht mehr davon.«

»Gewiss«, sagt er. »Aber vorher würde ich gern wissen, wovor Sie solche Angst haben. Trinken Sie aus und sagen Sie's mir. Nur um meine Neugier zu befriedigen.«

Ich trinke. Sein Ton hat mich irgendwie verletzt. Ich bringe kein Wort heraus. Meine Kehle schmerzt, und ich bringe kein Wort heraus.

»Sie haben Angst vor mir. Sie denken, ich bin *méchant.* Sie denken eben doch, ich könnte Sie umbringen.«

Wenn ich dächte, dass du mich umbringst, dann würde ich auf der Stelle mit dir gehen, dann würde ich nichts mehr fragen. Mehr noch – du könntest alles Geld bekommen, das ich habe, und meinen Segen noch obendrein …

»Ich glaube nicht, dass Sie *plus méchant* sind als andere Leute. Eher weniger.«

»Wovor haben Sie dann Angst? Sagen Sie's mir. Es interessiert mich. Vor den Männern, vor der Liebe? … Was, immer noch? … Unmöglich.«

Du gehst friedlich eine Straße entlang. Du stolperst. Du fällst in die Dunkelheit. Das ist die Vergangenheit – oder vielleicht auch die Zukunft. Und du weißt, es gibt keine Vergangenheit, keine Zukunft, es gibt nur diese Dunkelheit, die sich kaum merklich langsam verändert und doch immer dieselbe bleibt.

»Sie wollen wissen, wovor ich Angst habe? Na schön, ich will es Ihnen sagen … Ich habe Angst vor den Männern. Und ich habe noch mehr Angst vor den Frauen. Und ich habe sehr große Angst vor der ganzen verdammten menschlichen Rasse … Angst vor denen?«, sage ich. »Natürlich habe ich Angst vor denen. Wer hätte keine Angst vor einem Rudel verdammter Hyänen?«

Ich denke: ›Oh, halt doch den Mund. Hör auf. Was hat das für einen Sinn?‹ Aber ich kann nicht aufhören. Ich tobe weiter.

»Und wenn ich ›Angst‹ sage – das ist nur so ein Wort. Eigentlich meine ich Hass. Ich hasse ihre Stimmen, ich hasse ihre Augen, ich hasse ihre Art zu lachen … Ich hasse das ganze verfluchte Theater. Es ist grausam, es ist idiotisch, es ist unglaublich scheußlich. Ich hatte niemals den Mumm, mich umzubringen, sonst wäre ich schon längst nicht mehr da. Umso schlimmer für mich. Lassen wir's jetzt gut sein.«

… Jetzt weiß ich alles über mich, ich weiß es. Du hast es mir ja so oft gesagt. Du hast mir nicht den Fetzen einer Illusion gelassen, in den ich mich hüllen könnte. Aber bei Gott, ich weiß auch über dich Bescheid, und ich möchte nicht mit dir tauschen …

Alles kaputt, alles kaputt. Nun, weine nicht darüber. Nein, ich will nicht darüber weinen … Aber wenn ihr euch doch gegenseitig in Stücke risset, ihr verdammten Hyänen, und je schneller, desto besser … Soll er doch untergehen. Soll es doch geschehen. Soll er doch enden, dieser kalte Wahnsinn. Soll es doch geschehen.

Erst fünf Minuten ist's her, da war ich im Deux Magots, in meinem verdammten schwarzen Fähnchen hier, kicherte und schwatzte von Antibes, und jetzt liege ich im Elend, in tiefer Finsternis. Ganz allein. Keine Stimme, keine Berührung, keine Hand. Wie lange muss ich so liegen? Für immer? Nein, diesmal nur ein paar Hundert Jahre, meine Liebe …

Ich ziehe mich langsam und schmerzhaft aus der Finsternis. Da bin ich nun, und da ist er, der arme Gigolo.

Er sieht traurig aus. Mit leiser Stimme und zum ersten Mal mit sehr starkem Akzent sagt er: »Ich habe Wunden«, und spricht »Wunden« so seltsam aus, dass ich nicht verstehe, was er meint.

»Was haben Sie?«

Ich blicke mich um. Habe ich geschrien, gebrüllt, geflucht, geweint, eine Szene gemacht? Schaut jemand her zu uns, beachtet uns jemand? Nein, niemand … Die Frau am Pult sitzt mit niedergeschlagenen Augen da. Ich kann genau die Blautönung ihres Lidschattens erkennen. Wie viel seltsame Dinge nehmen hier ihren Anfang, und sie sehen das mit an, diese Frauen, die da in Cafés thronen – thronen wie Idole. Besonders die im Dôme.

»Was haben Sie?«

»Schauen Sie her«, sagt er, immer noch im Flüsterton. Er wirft den Kopf zurück. Da ist eine lange Narbe, sie läuft quer über seine Kehle. Jetzt verstehe ich, was das heißt: von einem Ohr zum anderen. Eine lange, dicke weiße Narbe. Seltsam, dass ich sie nicht schon früher bemerkt habe.

Er sagt: »Das ist eine. Ich habe noch andere. Ich bin verwundet worden.«

Er sagt das nicht prahlerisch und auch nicht klagend. Es klingt bestürzt, auf eine ganz unpersönliche Weise bestürzt, als ob er mich, ausgerechnet mich, fragt – warum, warum, warum?

Dich bemitleiden? Warum sollte ich das? Niemand hatte je Mitleid mit mir. Sie kennen keine Gnade.

»Ich auch«, sage ich mürrisch. »Moi aussi.«

»Ich weiß. Ich sehe es. Ich glaube Ihnen.«

»Nun«, sage ich, »wenn wir anfangen, einander zu glauben, wird es ernst, nicht wahr?«

Ich möchte heraus aus diesem Traum.

»Aber warum sollten wir einander nicht glauben? Warum sollten wir diese eine Nacht einander nicht glauben? Werden Sie glauben, was ich Ihnen jetzt sage? Ich möchte unbedingt mit Ihnen schlafen.«

»Ich habe es Ihnen von Anfang an gesagt, Sie verschwenden nur Ihre Zeit.«

»Was ist Ihnen nur passiert, was ist passiert?«, sagt er. »Einmal müssen Sie etwas Schlimmes erlebt haben, dass Sie so geworden sind.«

»Einmal? Das war nicht einmal. Das hat Jahre gedauert. Es war ein langwieriger Prozess.«

Er sagt: »Das spielt keine Rolle. Ich weiß jedenfalls, dass ich so mit Ihnen machen könnte« – er bewegt seine Hände wie ein Bäcker, der Brotteig knetet – »und dass Sie danach eine andere wären. Ich weiß es. Glauben Sie mir.«

Ich beobachte den kleinen Teufel, der in meinem Kopf Fratzen schneidet. Er trägt einen Zylinder und einen Lendenschurz und singt ein rührseliges Lied – *The roses all are faded and the lilies in the dust.*

Ich sage: »Und wer tut jetzt so, als wäre etwas Unwichtiges doch wichtig?«

»Ach, wichtig, unwichtig – das sind nur Worte. Wenn wir eine kleine Weile glücklich sein, eine kleine Weile alles vergessen können, ist das nicht wichtig genug? ... Gehen wir doch jetzt. Wir gehen in Ihr Hotel.«

»Nein.«

Lass mich in Ruhe. Ich bin müde …

»Immer noch rien à faire?« Er fängt an zu lachen.

»Immer noch rien à faire. Absolut rien à faire.«

Aber alles ist jetzt so anders, ich kann ihm nicht ins Gesicht sehen.

»Ich muss gehen. Bitte. Ich bin so müde.«

Im Taxi sage ich: »Pfeifen Sie doch die Melodie, ja? Die, von der Sie sagten, es sei der Marsch der Legion.«

Er pfeift sie sehr leise. Und ich sehe durchs Fenster die Straßen vorübergleiten. Zum Hôtel de l'Espérance …

*

Ich bin in einem kleinen, weiß getünchten Zimmer. Draußen glüht die Sonne. Ein Mann, der mir den Rücken zukehrt, pfeift diese Melodie und putzt dabei seine Schuhe. Ich habe ein sehr kurzes schwarzes Kleid an und Pantoffeln ohne Absätze. Meine Beine sind nackt. Ich beobachte gespannt den Gesichtsausdruck des Mannes, als er sich umdreht. Er behandelt mich jetzt schlecht, er betrügt mich jetzt. Er bringt oft andere Frauen mit nach Haus, die ich bedienen muss, und das gefällt mir nicht. Aber solange er lebt und in meiner Nähe ist, n ich nicht unglücklich. Wenn er stirbt, bringe ich mich um.

Einfälle wie aus dem Kino … (›Schlag dir um Himmels willen deine Kinoflausen aus dem Kopf.‹)

»Worüber lachen Sie jetzt?«, sagt er.

»Nichts, nichts … Ich habe die Melodie so gern. Was meinen Sie, ob ich das wohl auf einer Schallplatte bekommen kann?«

»Ich weiß nicht.«

Wir sind an der Tür des Hotels.

»Gute Nacht«, sagt er. »Schlafen Sie gut. Nehmen Sie eine große Dosis Luminal.«

»Ja. Und schlafen Sie auch gut.«

Ich bin nicht traurig, als ich die Treppe hinaufgehe, nicht traurig, nicht glücklich, ohne Bedauern, ohne viele Gedanken. Nur dass ich im Geiste deutlich das Röhrchen Luminal vor mir sehe und die Whiskyflasche. Für den Fall …

Ich stehe gerade vor meiner Tür, da macht es ›klick‹, und alles ist dunkel. Ich kann das Schlüsselloch nicht finden. So muss ich über den finsteren Flur bis zur Treppe gehen und das Licht wieder einschalten.

Ich taste nach dem Schalter, da sehe ich einen oder zwei Meter von meinem Gesicht entfernt den Lichtpunkt einer Zigarette. Ich stehe da und fixiere ihn – eine lange Zeit, kommt es mir vor. Dann rufe ich: »Wer ist das? Wer ist da? Qui est là?«

Aber ehe er antwortet, weiß ich's schon.

Ich mache einen Schritt nach vorn und lege meine Arme um ihn.

Ich halte ihn umarmt und fange an zu lachen, weil ich so glücklich bin. Da stehe ich und halte ihn fest an mich – so unheimlich glücklich. Auf diesem dunklen Treppenabsatz habe ich jetzt alles fest in meinen Armen – Liebe, Jugend, Frühling, Glück, alles, was ich verloren glaubte. Ich war ein dummes Ding, nicht wahr? Zu glauben, dass für mich alles schon zu Ende wäre. Wie könnte es denn zu Ende sein.

Ich hebe die Hand und berühre sein Haar. Das habe ich mir schon immer gewünscht, seit ich ihn zum ersten Mal sah.

»Habe ich dich erschreckt?«

Er hat das Licht angemacht. Er sieht erfreut aus, aber auch überrascht.

»Nein, nein«, sage ich. »Ja, ein bisschen … Nein.«

Aber ich spreche mit Flüsterstimme und schaue mich ängstlich um. Wovor fürchte ich mich denn? Es ist niemand auf dem Flur, nichts. Nichts als die Schuhe des Commis neben seiner Tür, wie üblich mit nach außen gerichteten Spitzen hingestellt.

Er nimmt mir den Schlüssel aus der Hand, öffnet die Tür und schließt sie hinter uns. Wir küssen uns leidenschaftlich, aber schon ist etwas falsch. Ich bin unruhig, mit halbem Herzen woanders. Hat mich jemand gehört? War jemand gerade wach und hat gelauscht?

»Es ist dunkel hier drinnen … Einen Augenblick, das habe ich gleich.«

Der Schalter in meinem Zimmer lässt entweder die Lampe am Bett aufleuchten oder die über dem Waschbecken hinter dem Vorhang – je nachdem, wie weit man dreht. Aber er funktioniert nicht richtig und macht immer das, was man gerade nicht will. Ich probiere eine Weile herum, ehe ich die Lampe am Bett zum Brennen bringe.

Jetzt springt mich das Zimmer an – es lacht, es triumphiert. Das große Bett, das kleine Bett, der Tisch mit dem Luminalröhrchen, das Glas und die Flasche Evian, die zwei Bücher, die Uhr, die auf dem Sims tickt, die Speisekarte. ›T'as compris? Si, j'ai compris …‹ Vier Wände, ein Dach und ein Bett. *Les Hommes en Cage* … Genau das.

Da sind wir nun. Nichts kann uns aufhalten. Vier Wände, ein Dach, ein Bett, ein Bidet, ein Scheinwerfer, der erst das Bidet und dann das Bett anstrahlt – nichts kann uns aufhalten. Alles was du willst; alles was ich will … Keine Vergangenheit, die uns rührselig stimmt, keine Zukunft, die uns aus der Fassung bringen kann … Ein schwieriger Moment, wenn man aus der Übung ist – ein Moment, der einen kalt werden lässt, kalt und wachsam.

»Möchtest du einen Whisky?«, sage ich. »Ich habe welchen hier.«

(Sehr originell. Wetten, dass vor mir noch nie jemand auf die Idee gekommen ist, die Kluft auf diese Weise zu überbrücken.)

Ich lege Hut und Mantel ab, hole die Whiskyflasche. Ich spüle das Zahnputzglas aus, mache mir darin einen Drink und nehme für seinen das Evianglas, das sauber ist. Alles tue ich so langsam wie möglich. Zeit, Zeit, gib mir Zeit – eine Minute noch, nur eine Minute, noch nicht …

Wir setzen uns auf das kleine Bett. Er nimmt einen Schluck Whisky und stellt das Glas weg.

»Ist er nicht in Ordnung? Magst du ihn nicht?«

»Doch, er ist in Ordnung. Ich möchte nicht trinken.«

»Meiner schmeckt furchtbar. Er schmeckt nach Mundwasser.«

»Warum trinkst du ihn dann? Trink ihn doch nicht.«

Trotzdem nippe ich weiter. Kleine Schlucke. Noch nicht, noch nicht … Eine Minute noch … Du wirst nicht grausam sein, ja? Um Gottes willen, sag etwas Nettes zu mir … Aber in seinen Augen liegt Ironie, während er mich beobachtet. Ich glaube nicht, dass er etwas Nettes sagen wird. Im Gegenteil. Aber das ist ganz natürlich. Es war zu erwarten. Technik.

Ich sage: »Es ist komisch, manche Männer versuchen einen mit Alkohol vollzupumpen, und andere wollen einen am Trinken hindern. Ganz automatisch. Da scheint irgendein mächtiger Instinkt am Werk zu sein. Irgendein Urinstinkt.«

Er sagt: »Eben im Flur – du wusstest, dass ich es bin?«

»Ja, natürlich.«

»Aber, wie konntest du das wissen, ehe ich ein Wort gesprochen hatte?«

»Ich wusste es eben«, sage ich hartnäckig.

»Dann wusstest du auch, dass ich hinter dir die Treppe heraufkam. Du hast damit gerechnet.«

»O nein. Das nicht. Absolut nicht.«

Er lacht und legt seine Hand auf mein Knie unter meinem Kleid. Ich hasse das. Es erinnert mich an – schon gut …

»Du spielst gern Komödie, nicht wahr?«

»Wie meinst du das – Komödie?«

Ich hätte keinen Whisky auf den Brandy trinken sollen. Das macht mich aggressiv. Zorn und Ärger durchzucken mich … Komödie, was für eine Komödie? Eine Komödie, mein Gott!

Das verdammte Zimmer grinst mich an. Die Uhr tickt. Qu'est-ce qu'elle fout ici, la vieille?

»Ich trinke noch einen Whisky.«

»Nein, trink nichts mehr.«

Oh, scher dich zum Teufel … Ich stoße seine Hand weg und stehe auf.

»Nun sag mir eines. Du denkst, ich hätte schon die ganze Zeit gewollt, dass du hier raufkommst, und alles andere, was ich heute Abend geredet habe, hältst du für Komödie? Komödie, so sagtest du doch?«

»Ich wusste, du willst eigentlich, dass ich mit raufkomme – ja. Das konnte man leicht sehen«, sagt er.

Ich könnte ihn umbringen, weil er das in diesem Ton sagt und mich so ansieht dabei. Leicht, leicht, frei und leicht … Leicht zu täuschen, leicht zu quälen, leicht zu verspotten. Aber nicht noch einmal. O nein, nicht noch einmal … Du hast zu früh gezeigt, dass du nicht nett bist. Schlechte Technik.

»Hurra«, sage ich, »auf dein Wohl. Es war reizend von dir, raufzukommen, und ich habe mich sehr darüber gefreut. Aber jetzt musst du gehen.«

»Ich gehe natürlich nicht. Warum bist du so? Sei doch nicht so.«

»Nein, es hat keinen Zweck. Ich möchte, dass du gehst.«

»Oh, ich werde nicht gehen«, sagt er. »Ich möchte mir diese Komödie ansehen. Du wirst jemanden rufen müssen, der mich hinauswirft … Au secours, au secours«, ruft er mit hoher Fistelstimme. »So etwa … falls du dich lächerlich machen willst.«

»Ich bin mein Leben lang so lächerlich gewesen, auf ein bisschen mehr oder weniger kommt es da jetzt nicht mehr an.«

»Dann ruf doch. Los. Oder warum klopfst du nicht an die Wand und holst deinen Freund von nebenan zu Hilfe?«

Als er das sagt, werde ich ganz still. Unter gar keinen Umständen will ich eine Szene im Hotel.

»Ich will keinen Krach hier«, sage ich. »Aber du musst gehen.«

»Warum?«

»Nun, weil ich's dir sage. Und du wirst auch gehen.«

»Einfach so?«

»Ja, einfach so.«

»Aber wofür hältst du mich – für ein Hündchen? Glaubst du denn, du kannst mich erst küssen und dann sagen ›Marsch, raus‹? Du hast mich nicht genau angesehen … Ich mag das nicht«, sagt er, »wenn mir jemand Befehle erteilt.«

Nun, ich habe das auch nicht immer gemocht – wenn mir Befehle erteilt wurden.

»Also gut, ich bitte dich zu gehen.«

»Oh, du machst mich wütend«, sagt er. »Du machst mich wütend, du machst mich wütend.«

Und jetzt sind wir so weit – wir ringen miteinander auf dem schmalen Bett. Mir geht es in erster Linie darum, dass es ein stilles Ringen bleibt. Es darf uns niemand hören. Schließlich liegt er auf mir und drückt meine ausgebreiteten Arme runter. Ich kann mich nicht bewegen. Mein Kleid ist am Hals aufgerissen. Aber meine Knie halte ich zusammengepresst. Es ist ein Wettkampf – ein Spiel im Schnee um einen Preis ohne Wert …

Er atmet rasch, und ich kann sein Herz klopfen hören. Ich bin ganz ruhig. ›Das ist wirklich ein bisschen komisch‹, muss ich immerzu denken. Und außerdem: ›Er sieht *méchant* aus, er könnte *méchant* sein, dieser Mann.‹

Ich schließe die Augen, weil ich ruhig bleiben möchte, weil ich weiterhin denken möchte: ›Das ist wirklich verdammt komisch.‹

»Wir sind auf dem falschen Bett«, sage ich. »Und wir haben noch alle unsere Kleider an. Wie die Engländer.«

»Oh, wir haben eine Menge Zeit. Wir haben die ganze Nacht vor uns. Wir haben Zeit bis morgen.«

Eine lange Zeit, bis morgen. Vielleicht hundert Jahre – bis morgen …

»Es gibt einen sehr guten Trick«, sagt er, »bei Frauen wie dir, die so tun als ob und lügen und immerzu eine idiotische Komödie aufführen.«

Er erklärt es mir.

»Sehr gut, sehr gut. Wo hast du das gelernt? In Marokko?«

»O nein«, sagt er, »in Marokko geht das viel leichter. Da hat man vier Kameraden, die einem helfen, und dann ist es ganz leicht. Da kommt jeder dran. Das ist eine hübsche Methode.« Er lacht laut.

»Lieber Himmel«, sage ich, »du kannst doch deine reizenden Methoden auch beschreiben, ohne so rumzuschreien.«

»Du denkst wohl, du bist sehr stark, was?«, sagt er.

»Ja, ich bin sehr stark.«

Ich bin stark wie die Toten, mein Lieber, so stark bin ich.

»Wenn du so stark bist, warum hast du dann die Augen zu?«

Weil Tote die Augen zuhaben müssen. Ich liege ganz still, ich bewege mich nicht. Nicht die Augen öffnen …

»Je te ferai mal«, sagt er. »Du bist selbst daran schuld.«

Als ich die Augen öffne, spüre ich, wie mir die Tränen aus den Augenwinkeln rollen.

»So ist's schon besser, so ist's schon besser. Jetzt sag: ›Ich befehle dir zu gehen, und du wirst gehen.‹«

Ich kann nicht sprechen.

»So ist's schon besser, so ist's schon besser.«

Ich spüre sein hartes Knie zwischen meinen Knien. Mein Mund tut weh, meine Brust tut weh, denn es tut weh, wenn man tot gewesen ist und wieder lebendig wird …

»Jetzt kommt alles in Ordnung«, sagt er.

»T'as compris?«, sagt er.

Natürlich, die Antwortformel lautet ›Si, j'ai compris …‹

Da liege ich und denke: ›Ja, ich verstehe.‹ Und denke: ›Zum letzten Mal.‹ Und denke gar nichts. Lausche einer hohen, klaren, kalten Stimme. Meiner Stimme.

»Selbstverständlich verstehe ich. Natürlich verstehe ich. Ich wäre ja schrecklich dumm, wenn ich das nicht verstehen würde. Wenn du in der rechten Tasche des Reisenecessaires da drüben auf dem Tisch nachschaust, findest du das Geld, das du haben willst.«

Er lässt meine Handgelenke los. Ich spüre, dass er ganz still wird.

»Es ist nicht verschlossen. Nimm dir den Tausend-Franc-Schein. Aber lass mir um Gottes willen die anderen, sonst gerate ich in eine üble Klemme.«

Aber wie schwer er ist – so viel schwerer, als man glauben sollte …

»Du darfst nicht denken«, sage ich, »dass ich irgendwie verärgert bin – gar nicht. Jeder muss sehen, wie er zu Geld kommt, nicht wahr? Ich will dir bloß eine Menge Ärger ersparen.«

Hör nicht darauf, das bin nicht ich, die so spricht. Hör nicht darauf. Hat mit mir überhaupt nichts zu tun – ich schwöre es.

»Und ich fand es auch ganz reizend, wie du zu mir warst«, sage ich. »Die vielen Geschichten, die du mir von dir erzählt hast, die haben mir's angetan. Besonders die eine von deinen Wunden und deinen Narben – die hat mir großen Spaß gemacht.«

Ich halte den Arm vors Gesicht, weil mir ist, als wolle er mich schlagen.

»Ich möchte dir nur eine Menge Ärger ersparen«, sage ich, »eine ganze Menge vergeudete Zeit. Du kannst das Geld jetzt gleich haben, also wäre es doch nur Zeitverschwendung, nicht wahr?«

Plötzlich spüre ich sein Gewicht nicht mehr. Er steht jetzt. Das kommt so rasch, dass mir keine Zeit bleibt, die Arme um ihn zu schlingen oder zu sagen ›Bleib‹, zu sagen ›Tu das nicht, verlass mich nicht so, bitte‹.

»Ja, du hast recht«, sagt er. »Es wäre Zeitverschwendung.«

›Du mit deinen Wunden – siehst du denn nicht, wie komisch du bist? Da konnte ich ja nur lachen. Anderer Leute Wunden – wie komisch die sind! Ich werde jedes Mal lachen müssen, wenn ich an dich denke …‹

Ich halte noch immer den Arm über die Augen. Er geht hinüber zum Spiegel, sieht sich an, rückt seine Krawatte zurecht. Jetzt öffnet er das Necessaire. Ich behalte den Arm über den Augen, weil ich nicht sehen will, wie er das Geld rausnimmt; ich will ihn nicht weggehen sehen …

Er könnte doch etwas sagen. ›Gute Nacht‹ könnte er sagen, oder ›Lebewohl‹, oder ›Viel Glück‹ oder so etwas.

Die Tür schließt sich.

Als er fort ist, drehe ich mich auf die Seite und ziehe die Knie an, mache mich so klein wie möglich, sodass meine Knie fast mein Kinn berühren. Ich weine so, dass es tief innen wehtut, dass Herz und Bauch schmerzen. Wer weint da? Dieselbe, die auf dem Treppenabsatz lachte, ihn küsste und glücklich war. Ich bin es, ich selber bin es, die hier weint. Die andere – wie soll ich wissen, wer die andere ist? Ich jedenfalls bin es nicht.

Ihre Stimme in meinem Kopf: ›Na, na, na, jetzt stell dir bloß vor. Was für ein amüsanter Aufenthalt! Strotzt geradezu von spannenden Erlebnissen. Die Schlussvorstellung von *XYZ und ihre Freunde* oder *Wirkungen eines alten Pelzmantels.* Die unwiderruflich letzte Vorstellung … Los, wein schon, allez-y. Encore. Tirez, wie man hier sagt … Nun, ruhig, ruhig. Mach dir alles in Ruhe klar. Du hast mit einem bildschönen jungen Mann zu Abend gegessen, und er hat dich geküsst, und du hast tausend Franc dafür bezahlt. Verflucht billig, besonders bei dem schlechten Wechselkurs jetzt. Vergiss den Wechselkurs nicht, meine Liebe – aber das vergisst du schon nicht, was? Und du hast ein paar Leute auf der Straße kennengelernt, und du hast ein Bild gekauft. Vergiss das Bild nicht, das soll dich doch erinnern – woran sollte es dich eigentlich erinnern? Oh, ich weiß – an das menschliche Elend …‹

Er wird mich anstarren, sanft, demütig, resigniert, spöttisch, ein wenig verrückt. Wie er da in der Gosse steht und sein Banjo spielt. Und ich werde seinen Blick erwidern, weil ich gar nicht anders kann, werde daran zurückdenken, wie ich jung war, wie ich geliebt wurde und selbst liebte, Schmerz empfand und tanzte und den Tod nicht fürchtete, an all die Melodien, die ich in meinem Leben geliebt habe, und an jede glückliche Stunde. Ich werde seinen Blick erwidern, und ich werde sagen: ›Ich kenne den Text zu jeder Melodie, die du jemals auf deinem verfluchten Banjo gespielt hast. Nun, ich darf nicht mehr singen – da hast du's. Finie la chanson. Das Lied ist aus. Schluss.‹

Dann werde ich an dieses Hotel denken, mir ganz genau vorstellen, wie das Bett aussah und die Witzblätter auf der Toilette. Da war dieser ganz ordinäre Witz, über den ich so lachen musste, weil er mit Gott unterzeichnet war. Einfach so – G. O. T. T., Gott. Ein Witz, von Gott. Und so ein feiner Humor! Nicht einmal Engländer kommen darin vor.

Sie sagt: ›Ich unterbreche dich gar nicht gern beim Weinen. Ich weiß, das ist deine Lieblingsbeschäftigung, aber ich muss dich daran erinnern, dass der Mann von nebenan wahrscheinlich jede verdammte Einzelheit gehört hat und dass er jetzt auf die Fortsetzung wartet. Vielleicht nicht ganz das, was man hätte erwarten sollen. Aber trotzdem – ganz amüsant.‹

Ich höre auf zu weinen. Ich strecke meine Beine aus. Ich fühle mich sehr erschöpft.

›Und noch etwas‹, sagt sie. ›Wenn er das ganze Geld genommen hat – und das ist doch so gut wie sicher – das wäre eine schöne Geschichte, wie?‹

Ich stehe auf und putze mir die Nase. Es ist Blut im Taschentuch. Ich schaue in den Spiegel und sehe, dass mein Mund geschwollen ist, und er blutet noch immer, wo er mich gebissen hat. Dann gehe ich hinüber zum Reisenecessaire.

›Los, schau nach. Besser, du weißt Bescheid.‹

Ich fasse in die rechte Tasche, ziehe das Geld heraus und sehe es an. Zwei Hundert-Fran-Scheine, ein Tausender.

›Nanu! Was für ein Kompliment! Wer hätte das gedacht?‹

›Ich wusste es‹, sage ich, ›ich wusste es. Darum habe ich ja geweint.‹

Ich nehme das Zahnputzglas und fülle es zur Hälfte mit Whisky. Auf dein Wohl, Gigolo, schicker Gigolo … Ich verneige mich tief. Noch ein Glas …

Ich trinke noch einen Whisky.

Ich weiß das zu schätzen, liebster Gigolo, ich danke dir von ganzem Herzen. An so höfliche Gesten bin ich nicht gewöhnt. Darum: Auf dein Wohl. Und noch einmal: Auf dein Wohl …

*

Ich bin sehr betrunken. Ich sehe das Gesicht des Russen vor mir und die Bewegungen seines Mundes, während er sagt: ›Madame Vénus se fâchera.‹ – ›Ach, die!‹, sage ich. ›Was kümmert mich die? Sie hat nie etwas für mich getan, außer dass sie mir eine Menge böse Streiche gespielt hat.‹ – ›Das macht sie bei jedem‹, sagt er. ›Trotzdem, nehmen Sie sich vor ihr in Acht. Nehmen Sie sich in Acht, nehmen Sie sich in Acht …‹

Ein Gesumme von Stimmen, aber man hört immer nur ›Femmes, femmes, femmes, femmes‹. Und das Rattern eines Zuges, das sagt: ›Paris, Paris, Paris, Paris …‹ Madame Vénus ist zornig, und Phoebus Apollo geht weg von mir, den Boulevard hinunter, wo er sich in der Gosse verbirgt. Anschrift einfach nur: Mons. P. Apollo, Gosse … Aber ich weiß sehr wohl, dass alles nur Einbildung ist, Halluzination. Venus ist tot; Apollo ist tot; selbst Jesus ist tot.

Nur eines ist übrig geblieben auf der Welt: eine riesige Maschine aus hell glänzendem Stahl. Sie hat unzählige gelenkige Arme, auch aus Stahl. Lange, dünne Arme. Am Ende eines jeden Armes sitzt ein Auge, dessen Wimpern starr sind von Wimperntusche. Wenn ich genauer hinsehe, erkenne ich, dass nur einige von diesen Armen Augen haben – andere haben Lichter. Die Arme mit den Augen und die Arme mit den Lichtern sind alle überaus gelenkig und sehr schön. Aber der graue Himmel, der den Hintergrund bildet, erschreckt mich … Und die Arme winken im Takt zu Musik und Gesang. Etwa so: ›Hotscha-hotscha-hotscha …‹ Und ich kenne die Musik; das Lied kann ich singen …

Noch einen Whisky. Verdammte Stimme in meinem Kopf, ich werde dich schon zum Schweigen bringen …

Ich wanderte im Zimmer auf und ab. Sie ist fort. Ich bin allein.

Es ist noch gar nicht so lange her, dass sie fort ist.

Zieh deinen Mantel an und geh ihm nach. Es ist noch nicht zu spät, es ist noch nicht zu spät. Zum letzten Mal, zum letzten Mal …

Ach, ich kann nicht, meine Liebe. Nicht weil ich zu stolz wäre oder so etwas Ähnliches, sondern weil meine Beine sich so komisch aufführen.

›Komm zurück, komm zurück, komm zurück‹, sage ich. So. Immer wieder. ›Du musst zurückkommen, du sollst zurückkommen. Ich werde dich zwingen zurückzukommen. Nein, das ist falsch.

Ich meine, bitte komm zurück, ich flehe dich an zurückzukommen.‹

Ich presse die Hände auf die Augen und sehe ihn. Er geht den Boulevard Saint-Michel entlang nach Montparnasse zu und denkt: ›Sale femme. Lächerliches Frauenzimmer.‹

›Komm zurück, komm zurück, komm zurück‹, sage ich.

Er hört nicht.

Er geht weiter, so schnell er kann. Er friert und ist verärgert.

›Du magst keine Männer, und du magst auch keine Frauen. Du magst nichts und niemanden. Sauf ton sale cerveau. Alors, je te laisse avec ton sale cerveau …‹

(Ein Monstrum … Das Monstrum, das bloß kriechen kann – oder fliegen … Ah! Fliegen …)

›Aber wozu diese Geste des Verzichts?‹, hadere ich. ›Es war einfach lächerlich. Du weißt doch, dass du es schon bereust. Kehr um und hol dir das Geld. Du könntest hereinkommen, könntest sagen ‚Ich habe etwas vergessen', es nehmen und wieder hinausgehen.

Komm zurück, komm zurück, komm zurück …‹

Das ist die schwere Mühe, die unsagbar schwere Mühe, unter der das menschliche Gehirn zusammenbricht. Aber nicht, ehe das Werk vollbracht ist, nicht ehe der Berg versetzt ist.

›Komm zurück, komm zurück, komm zurück …‹

Er zögert. Er bleibt stehen. Ich habe ihn.

›Hör doch. Du hörst mich jetzt, nicht wahr? Es ist noch nicht spät – noch nicht einmal zwölf. Die Tür ist offen. Du brauchst nichts weiter zu tun, als die Treppe hinaufzugehen. Wenn dich jemand anspricht, sagst du: ‚Die Dame in Nummer 41 erwartet mich, sie rechnet damit, dass ich komme.' Das sage.‹

Ich sehe ihn ganz deutlich vor mir. Ich darf ihn keinen Augenblick loslassen.

›Komm zurück, komm zurück, komm zurück …

Er darf nicht erst klopfen müssen‹, denke ich. ›Er muss sofort eintreten können.‹

Ich stehe auf und will den Schlüssel außen an die Tür stecken. Er fällt mir aus der Hand. So lasse ich die Tür ein wenig offen stehen.

›Ich habe alle meine Kleider noch an‹, denke ich. ›Wie töricht!‹

Ganz schnell ziehe ich mich aus. Ich verfolge jeden seiner Schritte.

Jetzt biegt er in meine Straße ein. Ganz deutlich sehe ich ihn vor mir. Er biegt in meine Straße ein. Ich sehe die Häuser …

Ich lege mich ins Bett. Zitternd liege ich da. Ich bin sehr müde.

Nicht ich, nein. Hab keine Sorge, es ist mein sale

cerveau, mein Gehirn ist müde. Mach dir deswegen keine Sorgen – kein sale cerveau mehr.

Ich denke: ›Wie furchtbar ich aussehen muss! Ich muss das Licht ausmachen.‹

Aber das spielt ja keine Rolle. Jetzt bin ich ganz einfach und ohne Angst; jetzt bin ich ich selbst. Er kann mich anschauen, wenn er will. Ich werde nur sagen: ›Siehst du, so habe ich geweint, weil du weggegangen bist.‹

(Oder habe ich so geweint, weil ich nie mehr singen werde, weil das Licht in meinem sale cerveau ausgegangen ist?)

Jetzt ist er vor dem Hotel angekommen.

Er drückt auf den Knopf, und die Tür geht auf.

Jetzt kommt er die Treppe herauf.

Jetzt bewegt sich die Tür, die Tür geht weit auf. Ich lege den Arm über die Augen.

Er kommt herein. Er schließt die Tür hinter sich.

Ich liege ganz still, mit dem Arm über den Augen. So still, als wäre ich tot …

Ich brauche gar nicht hinzusehen. Ich weiß es.

Ich denke: ›Ist es der blaue Morgenrock oder der weiße? Das ist sehr wichtig. Ich muss das herausbekommen – es ist sehr wichtig.‹

Ich nehme meinen Arm von den Augen. Es ist der weiße Morgenrock.

Er steht da und schaut auf mich herab. Seiner

selbst nicht sicher; seine hündischen Augen flackern.

Er sagt kein Wort. Gott sei Dank sagt er kein Wort. Ich schaue ihm gerade in die Augen: Es ist das letzte Mal, dass ich für einen anderen armen Teufel von Menschen Verachtung empfinde. Das letzte Mal …

Dann lege ich meine Arme um ihn und ziehe ihn herunter aufs Bett und sage: »Ja – ja – ja …«

Weitere Kampa Bücher stellen wir Ihnen auf den folgenden Seiten vor. Das Gesamtprogramm finden Sie auf:
www.kampaverlag.ch

KAMPA POCKET

Zelda Fitzgerald
Schenk mir den Walzer

Roman
Aus dem amerikanischen Englisch von Anita Eichholz
Mit einem Vorwort von Sheila Heti

»Sie war die Amy Winehouse der Zwanziger.«
Elmar Krekeler / Die Welt

Zelda und F. Scott Fitzgerald. Sie galten als Traumpaar der Roaring Twenties. Zelda war die elegante Frau an der Seite des gefeierten Autors, eine Südstaatenschönheit, Vorbild für seine weiblichen Romanfiguren. Doch sie wollte mehr sein als nur seine Muse und versuchte zeit ihres Lebens, sich gegen den Mann an ihrer Seite zu behaupten. Ganz gleich wie glamourös ihr Leben war, die Ehe mit F. Scott glich einem Gefängnis. Um sich daraus zu befreien, arbeitete sie an ihrer eigenen Karriere, als Tänzerin und später als Schriftstellerin. In *Schenk mir den Walzer* erzählt Zelda Fitzgerald die Geschichte von Alabama, einem jungen Mädchen aus den Südstaaten, das aus ihrem Elternhaus in die Ehe mit dem Künstler David flieht. Alabama folgt David nach New York, nach Italien und an die Côte d'Azur. Doch sein Ruhm ist ihr nicht genug, Alabama will aus dem Schatten ihres Mannes heraustreten, träumt von einer Karriere als Tänzerin – und scheitert.

Zelda Fitzgerald schrieb den Roman 1932 innerhalb von nur zwei Monaten in einer Nervenklinik. Ein aufschlussreiches Zeitdokument, das ergreifende Porträt einer großen, fatalen Liebe.

»Ein sehr bemerkenswertes Buch.«
The New York Times

KAMPA POCKET

Virginia Woolf
Orlando

Roman
Aus dem Englischen von Karl Lerbs
Mit einem Vorwort von Tilda Swinton

»Vollkommen. Ein Juwel.«
Doris Lessing

Orlando ist jung und schön – und so wird es immer bleiben, beinahe vier Jahrhunderte lang. Elizabeth I. verliebt sich in den Jüngling und ernennt ihn zu ihrem Schatzmeister – aber Orlando hält es nicht lange am englischen Hof, das vornehme Getue geht ihm auf den Geist, außerdem stellt ihm eine Herzogin nach. Es zieht ihn weiter, über seine Zeit hinaus. Zunächst jedoch lässt er sich als Botschafter nach Konstantinopel versetzen und fällt in einen langen, tiefen Schlaf. Als er aufwacht, ist er ein anderer – eine andere ... Und das bringt Probleme mit sich: Orlando verliert all ihren Besitz, all ihre Rechte – und macht sich wieder davon. Im London des 18. Jahrhunderts verkehrt sie, die Dichterin, mit bedeutenden Intellektuellen und genießt die Liebe beider Geschlechter. Ganz anders wird es ihr im viktorianischen Zeitalter mit seinen strikten Moralvorstellungen ergehen.

Ein furioser, überbordender Roman, ein Wunderwerk der Weltliteratur und zugleich ein entscheidender Text der Frauenbewegung, der auf ebenso geistreiche wie komische Weise Geschlechterstereotype hinterfragt.

»Ein unwiederholbarer Glücks- und Einzelfall.«
Wolf Wondratschek

KAMPA POCKET

Virginia Woolf
Ein Zimmer für sich allein

Aus dem Englischen und mit einem Nachwort
von Antje Rávik Strubel

Der Klassiker des Feminismus – aktueller denn je.
Neu übersetzt von Antje Rávik Strubel.

Hätte Shakespeare eine Schwester gehabt, ebenso begabt wie er, wie wäre es ihr ergangen? Welche Widerstände mussten Jane Austen oder die Brontë-Schwestern überwinden? Im Oktober 1928 hielt Virginia Woolf zwei Vorträge am ersten Frauencollege Großbritanniens an der Universität Cambridge. Ob ihnen bewusst sei, fragte Woolf ihre Zuhörerinnen, dass sie vielleicht »das am häufigsten abgehandelte Tier des Universums« seien? Schließlich wurde Literatur über Frauen fast ausschließlich von Männern verfasst. Aus Woolfs Vorträgen entstand der Essay *Ein Zimmer für sich allein*, den sie ein Jahr später veröffentlichte.

Bereits zu Woolfs Lebzeiten gepriesen, wurde ihre Abhandlung über Frauen und Literatur zu einem der wegweisenden Texte der Frauenbewegung. Engagiert, poetisch, erfahrungssatt und ironisch analysiert Woolf Geschlechterdifferenzen und führt aus, was Frauen brauchen, um große Literatur zu produzieren: finanzielle, vor allem aber geistige Unabhängigkeit, im viktorianischen England symbolisiert durch ein eigenes Zimmer.

»Eine wunderbar elegante Übersetzung, die den ganzen Witz dieses Buches zum Vorschein bringt. Wesentlich frischer als so manches Buch zum Thema Feminismus, das heute erscheint.«
Daniela Strigl / SRF Literaturclub

KAMPA POCKET

Emily Brontë
Sturmhöhe

Roman
Aus dem Englischen von Grete Rambach
Mit einem Vorwort von Patti Smith

»Einer der ganz großen Romane englischer Sprache.«
Henry Miller

Aus der Moorlandschaft Yorkshires erhebt sich das Anwesen Wuthering Heights, den Naturgewalten schutzlos ausgesetzt. Dort wachsen die Bauerntochter Catherine Earnshaw und das Findelkind Heathcliff gemeinsam auf. In ihrem stürmischen Wesen erkennen sie sich als Seelenverwandte, im Kampf gegen äußere Widerstände als Verbündete – und sie verlieben sich leidenschaftlich ineinander. Doch Catherine beschließt, den vermögenden Edward Linton von Thrushcross Grange zu heiraten, und Heathcliff verschwindet. Jahre später kehrt er zurück, auf rätselhafte Weise zu Reichtum gekommen. Doch Catherine will Linton nicht verlassen, und Heathcliff sinnt auf Rache.

Emily Brontës einziger Roman erzählt von familiärer Gewalt, von der Macht der Psyche und von einer Liebe, die Grenzen sprengt. Die Zeitgenossen lehnten ihn ab, heute gilt er wegen seiner Radikalität als eines der bedeutendsten Werke der Weltliteratur.

»Es ist, als könnte Emily Brontë alles, woran wir den Menschen erkennen, in Stücke reißen und das unkenntlich Gemachte mit einem solchen Lebensgeist füllen, dass es die Realität überschreitet.«
Virginia Woolf

KAMPA POCKET

Annemarie Schwarzenbach
Das glückliche Tal

Roman

»Dieses Buch hat mich sehr bewegt und gerührt.«
Elke Heidenreich

Drückend heiß ist es im Sommer in Teheran, und so flieht die Erzählerin gemeinsam mit einigen Freunden hinaus in die Hochebene. Sie war schon immer auf der Flucht, auf der Flucht vor der bürgerlichen Gesellschaft und einer Existenz, die sie als einengend empfand. Seit Jahren reist sie um die Welt – auf der Suche nach ihrer eigenen Identität. Doch in der fremden, stillen Landschaft Persiens holt sie die Trauer ein. Sie ist nicht allein und doch schrecklich einsam. Nachts kann sie nicht schlafen, fühlt sich ausgeliefert, der Freiheit, die sie doch immer angestrebt hat, nicht gewachsen. Sie will ihre Vergangenheit, ihre Kindheit in der Schweiz, vergessen und sehnt sich zugleich danach zurück.

In ihrem autobiographisch gefärbten Roman, erstmals 1940 erschienen, beleuchtet Schwarzenbach die Abgründe und Widersprüche ihres eigenen Lebens. Gegenwart und Vergangenheit, Traum und Wirklichkeit vermengen sich in diesem herzzerreißenden, hochlyrischen Buch, das heute als moderner Klassiker der deutschsprachigen Literatur gefeiert wird.

»*Das glückliche Tal* ist ein poetischer Klagegesang über die existenzielle Einsamkeit und Fragmentierung des modernen Menschen, der sich selbst fremd geworden ist.«
NZZ am Sonntag

KAMPA POCKET

Lucia Berlin
Abend im Paradies

Erzählungen
Aus dem amerikanischen Englisch von Antje Rávik Strubel

»Keine andere tote Autorin ist auf dem
Papier lebendiger als Lucia Berlin: komisch,
düster, so verliebt in das Leben.«
New York Times

Sie kennt sie alle. Die Höhen und Tiefen des Alltags, die Momente des Glücks, der Verzweiflung, die Gefühle dazwischen: Lucia Berlin, deren Erzählungen seit ihrer Wiederentdeckung 2015 auf den Bestsellerlisten stehen. In 22 weiteren Storys begegnen wir ihnen wieder, den Ex-Frauen und alleinerziehenden Müttern, den Männern, die sie verlassen haben, den Süchtigen, den Kranken, den Liebenden. Zwischen Texas und Chile, New Mexico und New York ziehen sie hin und her, suchen, wie die Autorin selbst, nach einem Ort, an dem sie zu Hause sein können. Immer wieder entfaltet Lucia Berlin ihre einzigartige Fähigkeit, ehrlich und unsentimental, voller Melancholie und dunklem Humor davon zu erzählen, wie sich das Leben anfühlt.

»Berlins Texte leben von einer atmosphärischen Dichte,
die Innen- und Außenwelt miteinander verbindet, sowie von
der Lebendigkeit einer Sprache, deren Feinheiten und Besonderheiten wie Slang oder spanische Einsprengsel Antje Rávik
Strubel in ihrer Übertragung hervorragend gemeistert hat.«
Angela Gutzeit / Deutschlandfunk

»Sie kann eine Handvoll Staub aufnehmen
und ihm pralles Leben einhauchen.«
Angela Schader / Neue Zürcher Zeitung

KAMPA POCKET

Kathleen Collins
Nur einmal

Storys
Aus dem amerikanischen Englisch
von Brigitte Jakobeit und Volker Oldenburg

Sommer 1963. New York ist voller Liebender, Träumer und Kämpfer.

»Sexy, radikal und intim.«
Miranda July

In der hitzigen Atmosphäre der Bürgerrechtsbewegung ziehen Studenten und Aktivisten durch New York. Schwarze und Weiße, die glauben, dass eine bessere Zukunft möglich ist, wenn man nur bereit ist, sich dafür einzusetzen. Junge schwarze Frauen fahren in den Süden, um gegen die Segregation zu kämpfen, für Gleichheit und Emanzipation. Sie entdecken neue Freiheiten, ihren Vätern gegenüber und ihren Liebhabern. So vieles scheint möglich in diesem Sommer. Alle träumen von einer Welt, in der das Leben nicht entweder schwarz oder weiß ist. Und die Liebe? Kennt sie wirklich keine Farben? Kann sie der Wirklichkeit standhalten?

»Eine ungeheure Wucht, eine schroffe Eleganz und kühne Beweglichkeit.«
Meike Feßmann / Süddeutsche Zeitung

»Ein Buch für unsere Zeit.«
The Financial Times, London

»Wäre ich Amazon, würde ich jetzt sagen: Wenn Ihnen James Baldwin gefällt, dann gefällt Ihnen auch Kathleen Collins.«
Christoph Amend / Zeit Magazin

KAMPA POCKET

Olga Tokarczuk

Gesang der Fledermäuse

Roman

Aus dem Polnischen von Doreen Daume

Krimi? Feministischer Roman? Anklageschrift gegen Tierquälerei? Vor allem: ungemein spannend!

Im Sommer tummeln sich wohlhabende Städter auf dem Hochplateau an der polnisch-tschechischen Grenze. Im Winter fliehen die allermeisten Einwohner den windumtosten Ort. An den langen dunklen Tagen widmet sich Janina Duszejko der Astrologie und der Lyrik des von ihr verehrten William Blake. Man hält die ältere Dame für verschroben, wenn nicht gar für verrückt, auch weil sie die Gesellschaft von Tieren der von Menschen vorzieht. Dann gibt es einen Toten. Janinas Nachbar Bigfoot ist grausam erstickt: In seiner Kehle steckt der Knochen eines Rehs. Und es bleibt nicht bei einer Leiche. Janina ermittelt auf eigene Faust. Kriminalfall, philosophischer Essay, Fabel, literarisches Spiel – auf ebenso komische wie ergreifende Weise zeigen Olga Tokarczuk und ihre hinreißende Heldin, wie sehr es unserer Gesellschaft an Respekt mangelt, ob der Natur und den Tieren gegenüber oder jenen Menschen, die am Rande stehen.

»Man muss einfach staunen über den Ideenreichtum dieser Autorin. In beinahe jedem Satz entfaltet sie ein neues Universum.«
Lisa Kreißler / NDR Kultur

»Bis zum überraschenden Finale entwickelt dieser Gesang der Fledermäuse schließlich einen sirenenhaften Sog, dem man sich nicht entziehen kann.«
dpa

»Ein ziemlich skurriles, phantasievolles Stück Literatur.«
Alexander Košenina / Süddeutsche Zeitung

KAMPA POCKET

Deborah Levy
Heiße Milch

Roman

Aus dem Englischen von Barbara Schaden

Manch eine Mutter-Tochter-Beziehung ist wie ein Quallenbiss: Es brennt und wirkt noch lange nach.

Sofia begleitet ihre Mutter nach Andalusien, wo diese in einer Spezialklinik behandelt werden soll, da die Beine ihr den Dienst versagen. Doch ist das Leiden der Mutter wirklich physischer Natur, oder versucht sie, ihre Tochter an sich zu binden? Dr. Gomez gilt als Koryphäe auf seinem Gebiet. Sofia, deren griechischer Vater die Familie vor Jahren verließ, versucht zu ergründen, woran ihre Mutter erkrankt ist und wo sie selbst steht. Beim Schwimmen im Meer, von Medusen umringt, in Gesprächen mit Dr. Gomez oder dessen Tochter wird ihr allmählich klar, dass sie sich von ihrer Mutter befreien muss. Als sie die Deutsche Ingrid kennenlernt, die selbstbewusst und unkonventionell ihr Leben lebt, trifft Sofia Entscheidungen. Ein Roman über eine allzu enge Mutter-Tochter-Beziehung, über Abhängigkeit und Emanzipation und über die Suche nach Identität.

»Ein Roman voller starker, sinnlicher Bilder und durchsetzt von poetischen Fragezeichen. Vieles von dem, was beschrieben wird, hat eine tagtraumhafte, fast surreale Anmutung und wird nie zur Gänze aufgeschlüsselt. Das ist mitnichten ein Mangel, sondern trägt unmittelbar zum Zauber des Romans bei.«
Carolin Courts / WDR

»Deborah Levys scharfer Blick auf die Welt wird ihre Leser noch sehr lange nicht loslassen.«
Britta Heidemann / WAZ

Wenn Ihnen dieses KAMPA POCKET gefallen hat, gefällt Ihnen vielleicht auch der Lesetipp auf der gegenüberliegenden Seite.

Schicken Sie uns bitte Ihren LIEBLINGSSATZ aus einem Kampa Pocket, bei einer Veröffentlichung auf unseren Social-Media-Kanälen bedanken wir uns mit einem Buchgeschenk: lieblingssatz@kampaverlag.ch